名家析名著丛书

名作欣赏

老舍

樊骏 主编

中国和平出版社

图书在版编目（CIP）数据

老舍名作欣赏 / 老舍著；樊骏主编. -- 北京：
中国和平出版社，2010.9
（名家析名著丛书）
ISBN 978-7-5137-0002-3

Ⅰ．①老… Ⅱ．①老… ②樊… Ⅲ．①老舍（1899～
1966）一文学欣赏 Ⅳ．①I206.7

中国版本图书馆CIP数据核字(2010)第174204号

《老舍名作欣赏》

老舍 著　　樊骏 主编

出 版 人：肖　斌
责任编辑：庞　旸
美术编辑：杨　都　谢　颖
责任校对：陈海鸥　邸　洁
责任印务：宋小仓　曲利华

出版发行：**中国和平出版社**
社　　址：北京市西城区鼓楼西大街154号　　（100009）
发 行 部：(010) 84026164　84026019（传真）
网　　址：www.hpbook.com
E - mail：hpbook@hpbook.com
经　　销：新华书店
印　　刷：三河市东方印刷有限公司

开　　本：720毫米×980毫米　1/16
印　　张：19.5
字　　数：185千字
版　　次：2010年9月北京第1版　2010年9月河北第 1 次印刷
　　　　　　（版权所有　　侵权必究）

ISBN 978-7-5137-0002-3　　　　　　　　定价：29.80元

在我入墓的那一天，我愿有人赠给我一块短碑，刻上：文艺界尽责的小卒，睡在这里。

老舍

老舍

名作欣赏

目 录

篤信好學

讀書達理則心平識遠富貴名利
無所牧求旦夕譬策宇之終
身便是真君子大英雄
甲子之夏將有英倫之游書應
滁洲仁弟正腕
小兒舒舍予
隨

老生平
舍

老舍先生的文言自述

　　舒舍予,现年四十岁,面黄无须。生于北平,三岁失信怙,可谓无父。志学之年,帝王不存,可谓无君。无父无君,特别孝爱老母,布尔乔亚之仁未能一扫空也。幼读三百千,不求甚解。继学师范,遂奠教书匠之墓。及壮,糊口四方,教书为业,甚难发财;每购奖券,以得末彩为荣,示甘于寒贱也。二十七岁,发愤著书,科学哲学无所懂,故写小说,博大家一笑,没什么了不得。三十四岁结婚,今已有一女一男,均狡猾可喜。闲时喜养花,不得其法,每每有叶无花,亦不忍弃。书无所不读,全无所获,并不着急。教书作事,均甚认真,往往吃亏,亦不后悔。如是而已,再活四十年也许能有点出息!

　　著有:《老张的哲学》,《赵子曰》,《二马》,《小坡的生日》,《猫城记》,《离婚》,《赶集》,《牛天赐传》,《樱海集》,《蛤藻集》,《骆驼祥子》,《火车集》,皆小说也。当继续再写八本,凑成二十本,可以搁笔矣。散碎文字,随写随扔;偶搜汇成集,如《老舍幽默诗文集》及《老牛破车》,亦不重视之。

老 舍

名作欣赏

鉴赏文撰稿人

舒　乙　中国现代文学馆原馆长，研究馆员，全国政协委员

刘　纳　华南师范大学文学院教授

马小弥　中国人民大学教师

范亦豪　南开大学文学院教授

苏叔阳　著名作家、剧作家

赵　园　中国社会科学院文学所研究员

谢昭新　安徽师范大学文学院院长、教授

于是之　著名戏剧表演艺术家

前 言

樊骏

　　中国历来有"文如其人"的说法。在中国现当代作家中，老舍的一生颇多与众不同之处，他本人又是一位刻意追求个人独创性的作家；于是，他那特殊的经历以及由此铸就的独特的性格为人，在作品中留下鲜明深刻的印记，进而形成富有个性特征的创作风格，作出与众不同的文学业绩。

　　在阅读老舍的作品、进入他所创造的艺术世界之前，让我们先一起回顾、追踪他那艰难的人生跋涉与曲折的艺术追求⋯⋯

一

　　1899 年 2 月 3 日，老舍诞生于北京一户舒姓的满族贫民家庭。父亲是名隶属正红旗满洲的守卫皇城的护军。在老舍还不满两岁时，八国联军入侵我国，父亲在保卫京畿的巷战中阵亡，一家老小靠着目不识丁、性格倔强的母亲充当杂役和给人缝洗衣服的微薄收入为生。

来自社会底层这个基本事实，使老舍的创作道路和文学业绩具有许多不同于同时代其他作家的显著特点，是老舍之所以是老舍的根本所在，因此也理应成为我们认识、分析、评价这位作家的出发点。

老舍是在一位慈善家的热心资助下，才获得上学受教育的机会的。这个由别人提供的机会，就老舍而言，带有很大的偶然性和被动性。当他1912年小学毕业时，周围的亲友一致认为他应该去学手艺挣钱，好减轻家庭的负担。尽管他自己也意识到理应这样做，却还是毅然做出了继续升学的决定。这完全是他个人主动做出的选择。这个愿望之所以能够实现，自然和他个人性格上的坚强和明智分不开；而潜藏在个人愿望后面的——尽管他本人当时不一定完全意识到——是被压在社会底层者渴望通过个人奋斗，改变卑微处境的朦胧要求，是他们对于旧世界及其安排的不合理秩序的自发抗争，以及旧有的生活秩序被完全打乱以后，人们自觉或者不自觉地寻找生路的努力。

1918年，老舍从北京师范学校毕业后不久，迅速成为北京小学教育界一个相当活跃的人物。从世俗的眼光来看，特别是对于来自社会底层的人来说，能够在短短几年里达到这般地步，应该说是年少得志，令人不胜钦羡的了。但是在北洋军阀统治下的"学界"，它的一些基层教育机构，大多为遗老遗少、"圣人之徒"所把持，乌烟瘴气，污浊不堪。于是，老舍毅然辞掉劝学员职务，宁愿安贫受窘过清苦的生活。这是老舍生活中一次更值得重视的重大转折，明白无误地表明了他追求的是一种完全不同的生活——一个比这些要充实有益、崇高远大的人生。

这种转折，同样表现在他的艺术爱好的变化上。在师范学习期间，老舍喜欢古典文学，"我的散文是学桐城派，我的诗是学陆放翁与吴梅村"（《〈老舍选集〉自序》），还得到过师长的赞赏。1923年初，老舍发表了他的第一篇短篇小说《小铃儿》———篇虽然幼稚，却完全不落窠臼、立意新颖的作品。

1924年，老舍应聘到英国伦敦大学东方学院担任汉语教师，在那里整整住了5年。新的生活经历，扩大了他的生活视野，深化了他对于人生的理解。他还亲身感受到大英帝国的臣民对于华侨与中国人的偏见和歧视。两者都使他更紧张地思考着灾难深重的祖国的前途，进一步激发起他对于文学的兴趣，而且直接唤起了他的创作欲望。

二

1925年，老舍正式开始文学创作。他在三四年时间里，一连写成三部长篇小说。孤独一个人旅居异国的寂寞和日益浓烈的乡思，使他经常沉浸在往昔生活的追忆之中。他产生了借笔寄托这种思念的想法。所以，一些在记忆中重新复活过来的人和事，涌进了他的笔端，成为作品的主要素材。

《老张的哲学》取材于他在北京教育界任职时的见闻。《赵子曰》写的是20年代北京大学生的生活。《二马》的故事发生在伦敦，但作为主人公的马氏父子仍然是北京味十足的地道中国人。小说的题旨"是在比较中国人与英国人的不同处"（《我怎样写〈二马〉》），对于在封建的小生产的社会土壤中培植出来的"出窝儿老"的因循苟且的民族心理作了尽情的揶揄，同时又为海外侨胞所受到的民族歧视深感不平。构成老舍全部创作的一些基本特点，像深沉的爱国主义情愫，宽广的人道主义胸怀，底层群众的道德标准和市民社会的审美趣味，丰富多彩的北京景象和市民形象，幽默风趣的笔调，在轻松的嬉笑中蕴含着沉痛的命意，朴素的写实手法，活泼的文笔，清脆的北京口语……在这些作品中都已经清晰可见了。三部小说相继在《小说月报》上连载，立即得到读者的注意和赞赏。

　　1929年夏天，老舍结束了英国的教学工作，绕道法、德、意回国。为了筹措旅费，也为了看看南洋，中途在新加坡的一所华侨中学任教。在这个时期，老舍写就了童话体小说——《小坡的生日》。作品写到了中国、马来、印度等东方民族的小孩，"而没有一个白色民族的小孩"，寄寓着"联合世界上弱小民族共同奋斗"的政治理想(《我怎么写〈小坡的生日〉》)。

　　《小坡的生日》不是老舍的重要作品，但相隔半个世纪，新加坡社会发生巨大变化以后，当地的人士仍在

◎《小坡的生日》1947年版封面。

赞叹它"深藏在儿童故事中的各种对新加坡社会的真知灼见和准确的预言"，认为这是一部"立意要挖掘出一些重要的南洋华侨与当地社会问题的作品(〔新加坡〕王润华：《老舍在〈小坡的生日〉中对今日新加坡的预言》)。

　　老舍于1930年春天回到久别的祖国。同年7月起，在济

南的齐鲁大学任教；1934年秋，改任青岛的山东大学教授。在两所大学先后开设了文学理论、外国文学史、文艺思潮、小说作法等方面的多门课程。教学之余，老舍继续从事创作。

30年代以前，老舍虽然也间或写过短篇小说，但较多地创作这类作品，开始于30年代初期。他最初有过"随便写些笑话就是短篇"的想法（《我怎样写短篇小说》），像《热包子》等篇什，的确留有"写笑话"的痕迹。但稍后的多是一些寓意丰富的作品，像《上任》深刻有力地揭露了反动政权的丑恶本质。他的短篇，从取材到表现手法，都比长篇创作中有更多的尝试和开拓——比如除了严格的现实主义以外，也有一些采用象征、意识流等手法写成的作品，像《断魂枪》等，是不可多得的精美之作。

这个时期的作品还包括长篇小说《大明湖》（小说底稿毁于"一二八"的炮火，始终没有跟读者见面）、《离婚》以及代表他这个时期最重要创作成果的《骆驼祥子》。

《骆驼祥子》40年代译成英文，赢得了外国读者的喜爱；50年代改编成话剧，80年代又改编成电影，更扩大了影响。创作《骆驼祥子》前后，老舍还写了同样取材于城市底层生活的中篇小说《月牙儿》和《我这一辈子》。《月牙儿》用的是抒情、象征的笔调，很有诗情画意；《我这一辈子》是白描式的写真，勾勒出晚清以来风云变幻的社会历史风貌——它们和《骆驼祥子》一样，都没有早期作品中那些笑料和逗乐，甚至也没有含泪微笑的幽默，而是突出了对于现实的严峻的态度。

30年代中期，是老舍创作的第一个高峰时期，他创作精力旺盛，表现出了多方面的艺术才能，取得了多方面的杰出成就。

三

《骆驼祥子》在《宇宙风》上还没有连载完毕，抗日战争的炮声已经回荡于神州大地。济南沦陷前夕，老舍抛下妻子儿女，只身奔赴当时的抗战中心武汉。1938年，中华全国文艺界抗敌协会在武汉成立。

◎ 1946 年摄于赴美讲学期间.

鉴于老舍在文学事业中的成就和地位，又考虑到他与不同的文艺派别都有所交往，经中国共产党的周恩来提议，大家一致推选他担任常务理事兼总务部主任，主持日常工作，实际上起了主要负责人的作用。抗战8年，他一直担任这个职务。事实很快证明：这一提议与推选，是十分得当的。

1939年6月，老舍参加全国慰劳总会北路慰问团，慰问抗战军民。在近半年时间里，行程两万余里，历经川、鄂、豫、陕、宁、青、甘、绥八省，包括延安和陕甘宁抗日民主根据地。作为"文协"的负责人，老舍又经常与郭沫若、茅盾等共同商讨，互相配合。通过与革命力量、革命作家的密切接触，自己又参加了实际的文艺斗争，他的精神境界开阔了，斗争经验丰富了，政治态度也随之激进起来。在民族解放的时代激流的冲击下，老舍从一个不介入政治斗争、埋头写作的作家，变成文艺界的组织者和社会活动家、抗日和争取民主的自觉战士。这些变化都鲜明地反映在他的创作中。

1942 年，老舍完成长篇小说《火葬》，"他要告诉人们，在战争中敷衍与怯懦怎么恰好是自取灭亡。"(《我怎样写《火葬》)。1944 年，他开始创作长篇小说《四世同堂》，全书分《惶惑》、《偷生》、《饥荒》三部，描写北平沦陷后各阶层市民的苦难和抗争。

1946 年 3 月应美国国务院邀请，老舍赴美讲学，一年期满后，继续旅居美国，从事创作和协助别人将自己的作品译成英文。虽然身居异域，他同样关注着祖国的人民解放战争和正在到来的历史巨变。

抗战爆发后的十余年间，老舍在文学创作上除长篇《四世同堂》外，未能取得与在这以前的十余年里相媲美的成绩。但重要的是，与这个时期中国社会正在发生的剧烈变动相一致，他的生活和思想多有深刻的变化，特别是通过在民族解放的激流———先是抗日战争，然后是解放战争———中，与中国共产党人并肩战斗的亲身经历，克服了曾经长期存在的对于任何政治行为的厌恶，与对于革命的保留误解等偏颇。这些都为此后创作的新的突破作了必要的准备。

四

1949 年 10 月 1 日，中华人民共和国成立；10 月 13 日，老舍就从美国启程回国，12 月 9 日，抵达天津。和 1930 年的情况不同，这一次迎接远道归来的游子的，是解放了的新中国。新中国欣欣向荣的气象，立即激起他新的创作激情，进而改变了他对于社会现实的态度、他的创作思想和作品的基本倾向。1951 年初，话剧《龙须沟》上演。作家把对于北京和城市贫民的熟悉和热爱,同对于他们获得新生的兴奋和喜悦结合在一起,写出了历尽动乱的北京和备尝艰辛的城市贫民正在发生的深刻变化——"国泰民安享太平"这个千百年来平民百姓最大的梦想,终于开始成为现实了。作品还表现了社会变革在这些被压迫被侮辱者的内心深处所产生的影响——他们在精神上也开始站立起来了。话剧《龙须沟》被公认为新中国初期社会主义文坛的重要收获,老舍因此被授予"人民艺术家"的光荣称号。由此,老舍的创作进入又一个高峰时期——数量多,思想和艺术都达到新的高度。

从50年代初起,老舍陆续在全国和北京市的政府部门、文艺团体、对外文化交流机构担任一些职务,以较之抗战时期更多的时间和精力从事政治、社会、文化和对外友好等活动。但他也更加勤奋地写作,不断有新作问世,被誉为"作家劳动模范"。

老舍晚年的创作中,最为成功的是话剧《茶馆》和小说《正红旗下》,它们都在更大的时空跨度中反映中国的历史命运。《茶馆》是当代中国话剧舞台上最优秀的剧目之一。20世纪80年代在欧亚一些国家演出时,以其严谨的现实主义风格和浓郁的民族特色,征服了外国观众,被誉为"东方舞台上的奇迹"。(〔德国〕马尔蒂那·蒂勒帕波:《东方舞台上的奇迹》)

《茶馆》和《正红旗下》都充分发挥了老舍作为北京风俗世态画家的特长。前者更多地显示出讽刺的锋芒,不时爆发出如火的愤懑和严正的斥责;后者往往夹杂着谐趣,或嬉笑,或怒骂,都能涉笔成趣,耐人回味,他的幽默变得更加深沉和含蓄,进入化境。《茶馆》、《正红旗下》与稍前的《龙须沟》

一起把老舍的创作推向一个比 30 年代中期更高的高峰。

然而并非一切都那么美好、那么顺利。早在 50 年代初，《龙须沟》虽然为老舍赢得了极大的荣誉，但在舞台演出中与改编成电影，都作了不符合作者原意的改动。奉命写作的、以新中国知识分子思想变化为题材的电影剧本《人同此心》完稿后，送有关部门审查，因为有的领导认为"老舍自己就是没有经过改造的知识分子，他哪能写好符合我们要求的电影剧本"而无法投入拍摄。从 50 年代中期起"左"的思潮对于文艺界的干扰日益严重，给老舍及其创作也带来越来越多的磨难。《茶馆》1958 年、1963 年的两度演出，尽管受到观众的热烈喝彩，却又不时传出缺少反映革命力量的"红线"之类的严厉指责，致使演出都以热烈轰动开始，悄悄收场了事。酝酿许久，完全可以成为又一部传世之作的《正红旗下》，又因为有悖于所谓"大写十三年"（即必须以新中国的社会现实为题材）的左倾论调，写了八万字，就被迫搁笔——两次动笔，两次都因客观原因，只开了个头就中断了。这不仅是作家个人的憾事，更是中国文坛无法弥补的损失。如此种种，不能不在他的内心深处留下道道伤痕。最为严酷的是，在"文化大革命"的最初混乱中，遭到失去理智的红卫兵粗暴野蛮的"批斗"之后，老舍于 1966 年 8 月 24 日自沉于北京太平湖。这样一位把自己的一切都献给国家民族的爱国者，孜孜不倦地从时代的风云中汲取力量和智慧，并与之一起跋涉前进的真理的寻求者，终其一生都在给人以喜悦和欢乐的"笑匠"，新中国忠实热忱的歌者，为社会主义文学增添光彩，正处于新的创作高峰、还有很大的艺术潜力的作家，就如此突然又悲惨地终止了笑声和歌声，结束了自己的创作和生命！

老舍以一个巨大的"！"作为自己一生的终止号，同时在后死者的心中唤起一个又一个难解的"？"：他做出这般断然的决定，是完全偶然的，还是有一定的必然性？究竟出于怎样的考虑——是因为愤怒还是委屈？是为了显示抗争还是出于绝望？仅仅是对于突然事件的紧急反应，还是经过深思熟虑后的自我解脱？主要是"宁为玉碎，不为瓦全"的刚烈性格使然，还是主要出于思想认识上的原因？

不管世人如何理解评说，这颗文坛巨星就如此悲惨地陨落了。幸好任何一位杰出作家的生命都不仅存在于个人的躯体，更寄寓在他的创作成果之中，使他能够超越自然的限制，永远活在读者的心上。进入新世纪以来，人们对于老舍及其创作发生更大的兴趣，有了不少不同于过去的新的理解与新的评价。作为现代中国的一位语言艺术大师，他在文学史上留下的光辉业绩，已经成为读者和评论家的共识。

散 文 卷

我的母亲

我之能长大成人，是母亲的血汗灌养的。我之能
成为一个不十分坏的人，是母亲感化的。她给我
的是生命的教育。

　　母亲的娘家是北平德胜门外，土城儿外边，通大钟寺的大路上的一个小村里。村里一共有四五家人家，都姓马。大家都种点不十分肥美的地，但是与我同辈的兄弟们，也有当兵的，做木匠的，做泥水匠的，和当巡察的。他们虽然是农家，却养不起牛马，人手不够的时候，妇女便也须下地做活。

　　对于姥姥家，我只知道上述的一点。外公外婆是什么样子，我就不知道了，因为他们早已去世。至于更远的族系与家史，就更不晓得了；穷人只能顾眼前的衣食，没有工夫谈论什么过去的光荣；"家谱"这字眼，我在幼年就根本没有听说过。

　　母亲生在农家，所以勤俭诚实，身体也好。这一点事实却极重要，因为假若我没有这样的一位母亲，我以为我恐怕也就要大大地打个折扣了。

　　母亲出嫁大概是很早，因为我的大姐现在已是六十多岁的老太婆，而我的大外甥女还长我一岁啊。我有三个哥哥，四个姐姐，但能长大成人的，只有大姐，二姐，三姐，三哥与我。我是"老"儿子。生我的时候，母亲已有四十一岁，大姐二姐已都出了阁。

　　由大姐与二姐所嫁人的家庭来推断，在我生下之前，我的家里，大概还马马虎虎的过得去。那时候定婚讲究门当户对，而大姐丈是作小官的，二姐丈也开过一间酒馆，他们都是相当体面的人。

　　可是，我，我给家庭带来了不幸：我生下来，母亲晕过去半夜，才睁眼

◎北京新街口南大街小杨家胡同8号，1899年老舍降生于此。

看见她的老儿子——感谢大姐，把我揣在怀中，致未冻死。

一岁半，我把父亲"克"死了。

兄不到十岁，三姐十二三岁，我才一岁半，全仗母亲独立抚养了。父亲的寡姐跟我们一块儿住，她吸鸦片，她喜摸纸牌，她的脾气极坏。为我们的衣食，母亲要给人家洗衣服，缝补或裁缝衣裳。在我的记忆中，她的手终年是鲜红微肿的。白天，她洗衣服，洗一两大绿瓦盆。她作事永远丝毫也不敷衍，就是屠户们送来的黑如铁的布袜，她也给洗得雪白。晚间，她与三姐抱着一盏油灯，还要缝补衣服，一直到半夜。她终年没有休息，可是在忙碌中她还把院子屋中收拾得清清爽爽。桌椅都是旧的，柜门的铜活久已残缺不全，可是她的手老使破桌面上没有尘土，残破的铜活发着光。院中，父亲遗留下的几盆石榴与夹竹桃，永远会得到应有的浇灌与爱护，年年夏天开许多花。

哥哥似乎没有同我玩耍过。有时候，他去读书；有时候，他去学徒；有时候，他也去卖花生或樱桃之类的小东西。母亲含着泪把他送走，不到两天，又含着泪接他回来。我不明白这都是什么事，而只觉得与他很生疏。与母亲相依为命的是我与三姐。因此，她们做事，我老在后面跟着。她们浇花，我也张罗着取水：她们扫地，我就撮土……从这里，我学得了爱花，爱清洁，守秩序。这些习惯至今还被我保存着。

有客人来，无论手中怎么窘，母亲也要设法弄一点东西去款待。舅父与表哥们往往是自己掏钱买酒肉食，这使她脸上羞得飞红，可是殷勤地给他们温酒作面，又给她一些喜悦。遇上亲友家中有喜丧事，母亲必把大褂洗得干干净净，亲自去贺吊——一份礼也许只是两吊小钱。到如今如我的好客的习性，还未全改，尽管生活是这么清苦，因为自幼儿看惯了的事情是不易改掉的。

姑母常闹脾气。她单在鸡蛋里找骨头。她是我家中的阎王。

◎ 战乱中凄凉萧条的北京。

直到我入了中学，她才死去，我可是没有看见母亲反抗过。"没受过婆婆的气，还不受大姑子的吗？命当如此！"母亲在非解释一下不足以平服别人的时候，才这样说。是的，命当如此。母亲活到老，穷到老，辛苦到老，全是命当如此。她最会吃亏。给亲友邻居帮忙，她总跑在前面；她会给婴儿洗三——穷朋友们可以因此少花一笔"请姥姥"钱——她会刮痧，她会给孩子们剃头，她会给少妇们绞脸……凡是她能做的，都有求必应。但是吵嘴打架，永远没有她。她宁吃亏，不斗气。当姑母死去的时候，母亲似乎把一世的委屈都哭了出来，一直哭到坟地。不知道哪里来的一位侄子，声称有承继权，母亲便一声不响，教他搬走那些破桌子烂板凳，而且把姑母养的一只肥母鸡也送给他。

可是，母亲并不软弱。父亲死在庚子闹"拳"的那一年。联军入城，挨家搜索财物鸡鸭，我们被搜两次。母亲拉着哥哥与三姐坐在墙根，等着"鬼子"进门，街门是开着的。"鬼子"进门，一刺刀先把老黄狗刺死，而后入室搜索。他们走后，母亲把破衣箱搬起，才发现了我。假若箱子不空，我早就被压死了。皇上跑了，丈夫死了，鬼子来了，满城是血光火焰，可是母亲不怕，她要在刺刀下，饥荒中，保护着儿女。北平有多少变乱啊，有时候兵变了，街市整条的烧起，火团落在我们院中。有时候内战了，城门紧闭，铺店关门，昼夜响着枪炮。这惊恐，这紧张，再加上一家饮食的筹划，儿女安全的顾虑，岂是一个软弱的老寡妇所能受得起的？可是，在这种时候，母亲的心横起来，她不慌不哭，要从无办法中想出办法来。她的泪会往心中落！这点软而硬的个性，也传给了我。我对一切人与事，都取和平的态度，把吃亏看做当然的，但是，在做人上，我有一定的宗旨与基本的法则，什么事都可将就，而不能超过自己划好的界限。我怕见生人，怕办杂事，怕出头露面；但是到了非我去不可的时候，我便不得不去，正像我的母亲。从私塾到小学，到中学，我经历过起码有廿位教师吧，其中有给我很大影响的，也有毫无影响的，但是我的真正的教师，把性格传给我的，是我的母亲。母亲并不识字，她给我的是生命的教育。

当我在小学毕了业的时候，亲友一致地愿意我去学手艺，好帮助母亲。我晓得我应当去找饭吃，以减轻母亲的勤劳困苦。可是，我也愿意升学。我偷偷地考入了师范学校——制服，饭食，书籍，宿处，都由学校供给。只有这样，我才敢对母亲提升学的话。入学，要交十元的保证金。这是一笔巨款！母亲作了半个月的难，把这巨款筹到，而后含泪把我送出门去。她不辞劳苦，只要儿子有出息。当我由师范毕业，而被派为小学校校长，母亲与我都一夜不曾合眼。我只说了句："以后，您可以歇一歇了！"她的回答只有一串串的眼泪。我入学之后，三姐结了婚。母亲对儿女是都一样疼爱的，但是假若她也有点偏爱的话，她应当偏爱三姐，因为自父亲死后，家中一切的事情都是母亲和三姐共同撑持的。三姐是母亲的右手。但是母亲知道这右手必须割去，她不能为自己的便利而耽误了女儿的青春。当花轿来到我们的破门外的时候，母亲的手就和冰一样的凉，脸上没有血色——那是阴历四月，天气很暖。大家都怕她晕过去。可是，她挣扎着，咬着嘴唇，手扶着门框，看花轿徐徐的走去。不久，姑母死了。三姐已出嫁，哥哥不在家，我又住学校，家中只剩母亲自己。她还须自晓至晚地操作，可是终日没人和她说一句话。新年到了，正赶上政府倡用阳历，不许过旧年。除夕，我请了两小时的假。由拥挤不堪的街市回到清炉冷灶的家中。母亲笑了。及至听说我还须回校，她愣住了。半天，她才叹出一口气来。到我该走的时候，她递给我一些花生，"去吧，小子！"街上是那么热闹，我却什么也没看见，泪遮迷了我的眼。今天，泪又遮住了我的眼，又想起当日孤独的过那凄惨的除夕的慈母。可

一九一六年北京内右四区略图

◎1916年北京市内右四区略图，老舍青少年时期居住、上学都在这个区内。

是慈母不会再候盼着我了，她已入了土！

儿女的生命是不依顺着父母所设下的轨道一直前进的，所以老人总免不了伤心。我廿三岁，母亲要我结了婚，我不要。我请来三姐给我说情，老母含泪点了头。我爱母亲，但是我给了她最大的打击。时代使我成为逆子。廿七岁，我上了英国。为了自己，我给六十多岁的老母以第二次打击。在她七十大寿的那一天，我还远在异域。那天，据姐姐们后来告诉我，老太太只喝了两口酒，很早的便睡下。她想念她的幼子，而不便说出来。

七七抗战后，我由济南逃出来。北平又像庚子那年似的被鬼子占据了，可是母亲日夜惦念的幼子却跑到西南。母亲怎样想念我，我可以想象得到，可是我不能回去。每逢接到家信，我总不敢马上拆看，我怕，怕，怕，怕有那不祥的消息。人，即使活到八九十岁，有母亲便可以多少还有点孩子气。失了慈母便像花插在瓶子里，虽然还有色有香，却失去了根。有母亲的人，心里是安定的。我怕，怕，怕家信中带来不好的消息，告诉我已是失了根的花草。

去年一年，我在家信中找不到关于老母的起居情况。我疑虑，害怕。我想象得到，没有不幸，家中念我流亡孤苦，或不忍相告。母亲的生日是在九月，我在八月半写去祝寿的信，算计着会在寿日之前到达。信中嘱咐千万把寿日的详情写来，使我不再疑虑。十二月二十六日，由文化劳军的大会上回来，我接到家信。我不敢拆读。就寝前，我拆开信，母亲已去世一年了！

生命是母亲给我的。我之能长大成人，是母亲的血汗灌养的。我之能成为一个不十分坏的人，是母亲感化的。我的性格，习惯，是母亲传给的。她一世未曾享过一天福，临死还吃的是粗粮。唉！还说什么呢？心痛！心痛！

赏析

　　老舍自幼丧父，跟着寡母长大，母亲的一生对老舍来说也就显得格外重要。这一篇散文是老舍自己记述母亲的文字，而且是篇幅最长、记述最详的一篇。

　　在《我的母亲》一文中，老舍通过对母亲性格的描述，相当准确而精炼地描述了自己的性格，这是这篇文章的灵魂。

　　老舍有这样的话："从私塾到小学，到中学，我经历过起码有廿位教师吧，其中有给我很大影响的，也有毫无影响的，但是我的真正的教师，把性格传给我的，是我的母亲。母亲并不识字，她给我的是生命的教育。"母亲给老舍的是"生命的教育"。这句话是《我的母亲》的最重要的思想。

　　根据老舍的描写，母亲的性格里最突出的一点是"软中硬"。

　　表面上看，母亲好客，为亲友邻居帮忙永远跑在最前面，有求必应，从不吵嘴打架，从不斗气，把吃亏当成自然的事。

　　表面上看，母亲活到老，穷到老，辛苦到老，一世没享过福，到死吃的是比粗粮还不如的"混合面"，很认命，以为命当如此。

　　在骨子里，母亲的性格里有着另一面。她刚强，好豪爽；她很穷，衣服上有很多补丁，但是永远干干净净；她很会持家，总是尽可能地将生活打理得好。

　　这种"软中硬"的性格在老舍身上表现得同样充分。"我对一切人与事"，老舍说："都取和平的态度，把吃亏看做当然的。但是，在做人上，我有一定的宗旨与基本的法则，什么事都可将就，而不能超过自己划好的界限。"

在人生的关坎处，母亲的"软中硬"性格在老舍身上都起了潜移默化的作用。

平时他幽默，他诙谐，他嘻嘻哈哈，他随和，他谦让，他热情，似乎什么都可以将就；但只要一过他自己划好的界限，决不退让，直到舍去自己的性命。老舍自沉于太平湖就是如此。

这就是他的"软中硬"。

《我的母亲》的文字朴实无华，却是一篇字字有泪的好文章。老舍先生自己写这篇文章的时候几乎是处处落泪的。它非常感人。其中有好几处是他多次写过的情节，这些情节使他终生难忘，不论他走到哪里，只要一闭眼，一个孤独的盼子归来的老母亲的形象立刻出现在他眼前。他爱他的母亲，他可怜他的母亲。这些浓浓的亲情，不管多么平凡，不起眼，只因为它们亲切而深厚，变成了不朽的文字篇章。

这也是老舍的一种文学主张，他说过儿时的回忆，往往因为它亲切，落在笔下，会成为伟大的文字。《我的母亲》便是一例。

古人说："言之无文，行而不远。"其实，只要出于真情至情，即使没有多少文章，何尝不能感动读者，流传久远？《我的母亲》同样是个有力的例证。

（舒乙）

宗月大师

没有他，我也许一辈子也不会入学读书。没有他，我也许永远想不起帮助别人有什么乐趣与意义。

在我小的时候，我因家贫而身体很弱。我九岁才入学。因家贫体弱，母亲有时候想教我去上学，又怕我受人家的欺侮，更因交不上学费，所以一直到九岁我还不识一个字。说不定，我会一辈子也得不到读书的机会。因为母亲虽然知道读书的重要，可是每月间三四吊钱的学费，实在让她为难。母亲是最喜脸面的人。她迟疑不决，光阴又不等待着任何人，荒来荒去，我也许就长到十多岁了。一个十多岁的贫而不识字的孩子，很自然的去做个小买卖——弄个小筐，卖些花生、煮豌豆、或樱桃什么的。要不然就是去学徒。母亲很爱我，但是假若我能去做学徒，或提篮沿街卖樱桃而每天赚几百钱，她或者就不会坚决地反对。穷困比爱心更有力量。

有一天刘大叔偶然地来了。我说"偶然地"，因为他不常来看我们。他是个极富的人，尽管他心中并无贫富之别，可是他的财富使他终日不得闲，几乎没有工夫来看穷朋友。一进门，他看见了我。"孩子几岁了？上学没有？"他问我的母亲。他的声音是那么洪亮（在酒后，他常以学喊俞振庭的《金钱豹》自傲），他的衣服是那么华丽，他的眼是那么亮，他的脸和手是那么白嫩肥胖，使我感到我大概是犯了什么罪。我们的小屋，破桌凳，土炕，几乎禁不住他的声音的震动。等我母亲回答完，刘大叔马上决定："明天早上我来，带他上学，学钱、书籍，大姐你都不必管！"我的心跳起多高，谁知道上学是怎么一回事呢！

第二天，我像一条不体面的小狗似的，随着这位阔人去入学。学校是一家改良私塾，在离我的家有半里多地的一座道士庙里。庙不甚大，而充满了各种气味：一进山门先有一股大烟味，紧跟着便是糖精味（有一家熬制糖球糖块的作坊），再往里，是厕所味，与别的臭味。学校是在大殿里。大殿两旁的小屋住着道士和道士的家眷。大殿里很黑、很冷。神像都用黄布挡着，供桌上摆着孔圣人的牌位。学生都面朝西坐着，一共有三十来人。西墙上有一块黑板——这是"改良"私塾。老师姓李，一位极死板而极有爱心的中年人。刘大叔和李老师

◎ 刘寿绵，法号宗月大师；老舍小时候称他为刘大叔。老舍靠他的资助才入私塾、上小学。

"嚷"了一顿，而后教我拜圣人及老师。老师给了我一本《地球韵言》和一本《三字经》。我于是就变成了学生。

自从做了学生以后，我时常地到刘大叔的家中去。他的宅子有两个大院子，院中几十间房屋都是出廊的。院后，还有一座相当大的花园。宅子的左右前后全是他的房屋，若是把那些房子齐齐地排起来，可以占半条大街。此外，他还有几处铺店。每逢我去，他必招呼我吃饭，或给我一些我没有看见过的点心。他绝不以我为一个苦孩子而冷淡我，他是阔大爷，但是他不以富傲人。

在我由私塾转入公立学校去的时候，刘大叔又来帮忙。这时候，他的财

产已大半出了手。他是阔大爷，他只懂得花钱，而不知道计算。人们吃他，他甘心教他们吃；人们骗他，他付之一笑。他的财产有一部分是卖掉的，也有一部分是被人骗了去的。他不管，他的笑声照旧是洪亮的。

到我在中学毕业的时候，他已一贫如洗，什么财产也没有了，只剩了那个后花园。不过，在这个时候，假若他肯用用心思，去调整他的产业，他还能有办法教自己丰衣足食，因为他的好多财产是被人家骗了去的。可是，他不肯去请律师。贫与富在他心中是完全一样的。假若在这时候，他要是不再随便花钱，他至少可以保住那座花园和城外的地产。可是，他好善。尽管他自己的儿女受着饥寒，尽管他自己受尽折磨，他还是去办贫儿学校，粥厂等等慈善事业。他忘了自己。就是在这个时候，我和他过往的最密。他办贫儿学校，我去做义务教师。他施舍粮米，我去帮忙调查及散放。在我的心里，我很明白：放粮放钱不过只是延长贫民的受苦难的日期，而不足以阻拦住死亡。但是，看刘大叔那么热心，那么真诚，我就顾不得和他辩论，而只好也出点力了。即使我和他辩论，我也不会得胜，人情是往往能战胜理智的。

在我出国以前，刘大叔的儿子死了。而后，他的花园也出了手。他入庙为僧，夫人与小姐入庵为尼。由他的性格来说，他似乎势必走入避世学禅的一途。但是由他的生活习惯上来说，大家总以为他不过能念念经，布施布施僧道而已，而绝对不会受戒出家。他居然出了家。在以前，他吃的是山珍海味，穿的是绫罗绸缎。他也嫖也赌。现在，他每日一餐，入秋还穿着件复布道袍。这样苦修，他的脸上还是红红的，笑声还是洪亮的。对佛学，他有多么深的认识，我不敢说。我却真知道他是个好和尚，他知道一点便去做一点，能作一点便做一点。他的学问也许不高，但是他所知道的都能见诸实行。

出家以后，他不久就做了一座大寺的方丈，可是没有好久就被驱除出来。他是要做真和尚，所以他不惜变卖庙产去救济苦人。庙里不要这种方丈。一般地说，方丈的责任是要扩充庙产，而不是救苦救难的。离开大寺，他到一座没有任何产业的庙里做方丈。他自己既没有钱，他还须天天为僧众们找到

◎正觉寺，老舍在这上私塾近三年。

斋吃。同时，他还举办粥厂等等慈善事业。他穷，他忙，他每日只进一顿简单的素餐，可是他的笑声还是那么洪亮。他的庙里不应佛事，赶到有人来请，他便领着僧众给人家去唪真经，不要报酬。他整天不在庙里，但是他并没忘了修持；他持戒越来越严，对经义也深有所获。他白天在各处筹钱办事，晚间在小室里作工夫。谁见到这位破和尚也不曾想到他曾是个在金子里长起来的阔大爷。

去年，有一天他正给一位圆寂了的和尚念经，他忽然闭上了眼，就坐化了。火葬后，人们在他的身上发现许多舍利。

没有他，我也许一辈子也不会入学读书。没有他，我也许永远想不起帮助别人有什么乐趣与意义。他是不是真的成了佛？我不知道。但是，我的确相信他的居心与言行是与佛相近似的。我在精神上物质上都受过他的好处，现在我的确愿意他真的成了佛，并且盼望他以佛心引领我向善，正像在三十五年前，他拉着我去入私塾那样！

他是宗月大师。

赏析

　　宗月和尚是老舍的恩人。没有他，就不会有日后的老舍，因为是他帮助老舍走进私塾，成为舒家历史上第一位读书识字的人。

　　宗月和尚对老舍的影响并不止于此。更大的影响是他的善心。

　　老舍的一生和宗教有密切的联系，以基督教和佛教尤为突出。现在已证实，20年代初老舍曾受洗礼和入基督教，教派是伦敦会。但是，对老舍和宗教的关系进行认真的剖析之后，可以发现：与其说老舍相信某种宗教，或者说他和特定的教派有过某些组织上和形式上的联系，不如说他是在精神上受到过宗教教义，尤其是原始教义的影响。他自己是穷人，天然地倾向于拯救穷人。他同情穷人，崇尚救苦救难，倡导舍己济贫。他给自己取的"字"就是"舍予"，是舍我，无我的意思。基于这种感情上的认同，老舍常常被伟大的宗教家那种狂热的舍己为人所感动，情不自禁地去追随他们，如他自己所说："人情往往能战胜理智。"

　　老舍早期的宗教活动的社会意义远远大于宗教本身的内涵。他是把宗教看成一种社会改造的途径，企图通过宗教普及教育、普及科学、讲究卫生、改善生活环境。他还主张将教堂教会摆脱外国教会的支配，改由国人管理。他主持过的"地方服务团"和"儿童主日学"都带有浓厚的世俗的替大众服务的宗旨。

　　由老舍的早期小说可以看出，从20年代后期开始，老舍已明显地站在反宗教的立场，从理论上他已经明白，宗教的施舍放粮放钱救不了穷人，只能延长他们受难的日期，不足以阻拦他们的死亡。在他本人的言行中也不再能发现他和宗教还有

什么牵连的痕迹。

尽管如此，同样明显的是：老舍的心一直是被释迦牟尼、耶稣和像宗月这样的大德高僧的善心所感动，他崇拜他们的热心和真诚。他认为他们的舍己救世十分高尚，是了不得的崇高德行。他愿意效仿他们，以他们为榜样，将帮助别人当做人生最大的乐事。这些想法一直伴随着他，使他成了一个真正的人道主义者。他的一系列作品和他的日常言行都证明了这一点。

老舍在《宗月大师》的结尾中有这样的自白："我在精神上物质上都受过他的好处，现在我的确愿意他真的成了佛，并且盼望他以佛心引领我向善，正像在35年前，他拉着我去入私塾那样！"这种精神上的认同提醒我们，或许从某种意义上说，老舍自己便是宗月。

所以，《宗月大师》对了解老舍先生自己的品德有极大的参考价值，值得人们多读几遍，细细体会。

（舒乙）

小型的复活（自传之一章）

我能活到现在，而且生活上多少有些规律，差不多全是那一"关"的劳；自然，那回要是没能走过来，可就似乎有些不妥了。

"二十三，罗成关。"

二十三岁那一年的确是我的一关，几乎没有闯过去。

从生理上，心理上，和什么什么理上看，这句俗语确是个值得注意的警告。据一位学病理学的朋友告诉我：从十八到二十五岁这一段，最应当注意抵抗肺痨。事实上，不少人在二十三岁左右正忙着大学毕业考试，同时眼睛溜着毕业即失业那个鬼影儿；两气夹攻，身体上精神上都难悠悠自得，肺病自不会不乘虚而入。

放下大学生不提，一般地来说，过了二十一岁，自然要开始收起小孩子气而想变成个大人了；有好些二十二三岁的小伙子留下小胡子玩玩，过一两星期再剃了去，即是一证。在这期间，事情得意呢，便免不得要尝尝一向认为是禁果的那些玩艺儿；既不再自居为小孩子，就该老声老气地干些老人们所玩的风流事儿了。钱是自己挣的，不花出去岂不心中闹得慌。吃烟喝酒，与穿上绸子裤褂，还都是小事；嫖嫖赌赌，才真够得上大人味儿。要是事情不得意呢，抑郁牢骚，此其时也，亦能损及健康。老实一点的人儿，即使事情得意，而又不肯瞎闹，也总会想到找个女郎，过过恋爱生活，虽然老实，到底年轻沉不住气，遇上以恋爱为游戏的女子，结婚是一堆痛苦，失恋便许自杀。反之，天下有欠太平，顾不及来想自己，杀身成仁不甘落后，战场上的血多是这般人身上的。

可惜没有一套统计表来帮忙，我只好说就我个人的观察，这个"罗成关论"是可以立得住的。就近取譬，我至少可以抬出自己作证，虽说不上什么"科学的"，但到底也不失"有这么一回"的价值。

二十三岁那年，我自己的事情，以报酬来讲，不算十分的坏。每月我可以拿到一百多块钱。十六七年前的一百块是可以当现在二百块用的；那时候还能花十五个小铜子就吃顿饱饭。我记得：一份肉丝炒三个油撕火烧，一碗馄饨带沃两个鸡子，不过

◎ 漫画《老舍演双簧》，
丁聪作于 1987 年。

是十一二个铜子就可以开付；要是预备好十五枚作饭费，那就颇可以弄一壶白干儿喝喝了。

自然那时候的中交钞票是一块当作几角用的，而月月的薪水永远不能一次拿到，于是化整为零与化圆为角的办法使我往往须当一两票当才能过得去。若是痛痛快快地发钱，而钱又是一律现洋，我想我或者早已成个"阔老"了。

无论怎么说吧，一百多圆的薪水总没教我遇到极大的困难；当了当再赎出来，正合"裕民富国"之道，我也就不悦不怨。每逢拿到几成薪水，我便回家给母亲送一点钱去。由家里出来，我总感到世界上非常的空寂，非掏出点钱去不能把自己快乐的与世界上的某个角落发生关系。于是我去看戏，逛公园，喝酒，买"大喜"烟吃。因为看戏有了瘾，我更进一步去和友人们学几句，赶到酒酣耳热的时节，我也能喊两嗓子；好歹不管，喊喊总是痛快的。酒量不大，而颇好喝，凑上二三知己，便要上几斤；喝到大家都舌短的时候，才正爱说话，说得爽快亲热，真露出点燕赵多慷慨悲歌之士的气概来。这的确值得记住的。喝醉归来，有时候把钱包手绢一齐交给洋车夫给保存着，第二日醒过来，于伤心中仍略有豪放不羁之感。

也学会了打牌。到如今我醒悟过来，我永远成不了牌油子。我不肯费心去算计，而完全浪漫地把胜负交与运气。我不看"地"上的牌，也不看上下

家放的张儿，我只想象的希望来了好张子便成了清一色或是大三元。结果是回回一败涂地。认识了这一个缺欠以后，对牌便没有多大瘾了，打不打都可以；可是，在那时候我决不承认自己的牌臭，只要有人张罗，我便坐下了。

我想不起一件事比打牌更有害处的。喝多了酒可以受伤，但是刚醉过了，谁者不会马上再去饮，除非是借酒自杀的。打牌可就不然了，明知有害，还要往下干，有一个人说"再接着来"，谁便也舍不得走。在这时候，人好象已被那些小块块们给迷住，冷热饥饱都不去管，把一切卫生常识全抛在一边。越打越多吃烟喝茶，越输越往上撞火。鸡鸣了，手心发热，脑子发晕，可是谁也不肯不舍命陪君子。打一通夜的麻雀，我深信，比害一场小病的损失还要大得多。但是，年轻气盛，谁管这一套呢！

我只是不嫖。无论是多么好的朋友拉我去，我没有答应过一回。我好像是保留着这么一点，以便自解自慰；什么我都可以点头，就是不能再往"那里"去；只有这样，当清夜扪心自问的时候才不至于把自己整个的放在荒唐鬼之群里边去。

可是，烟，酒，麻雀，已足使我瘦弱，痰中往往带着点血！

那时候，婚姻自由的理论刚刚被青年们认为是救世的福音，而母亲暗中给我定了亲事。为退婚，我着了很大的急。既要非做个新人物不可，又恐太伤了母亲的心，左右为难，心就绕成了一个小疙疸。婚约到底是废除了，可是我得到了很重的病。

病的初起，我只觉得浑身发僵。洗澡，不出汗；满街去跑，不出汗。我知道要不妙。两三天下去，我服了一些成药，无效。夜间，我做了个怪梦，梦见我仿佛是已死去，可是清清楚楚地听见大家的哭声。第二天清晨，我回了家，到家便起不来了。

"先生"是位太医院的，给我下得什么药，我不晓得，我已昏迷不醒，不晓得要药方来看。等我又能下了地，我的头发已全体与我脱离关系，头光得像个磁球。半年以后，我还不敢对人脱帽，帽下空空如也。

经过这一场病，我开始检讨自己：那些嗜好必须戒除，从此要格外小心，这不是玩的！

可是，到底为什么要学这些恶嗜好呢？啊，原来是因为月间有百十块的进项，而工作又十分清闲。那么，打算要不去胡闹，必定先有些正经事做；清闲而报酬优的事情只能毁了自己。

◎老舍家住青岛时距海滨浴场很近，一些朋友常借他家更换衣服，但夫妇俩却从未去海中游泳。翻译家黄嘉音为此作漫画一幅。

恰巧，这时候我的上司申斥了我一顿。我便辞了差。有的人说我太负气，有的人说我被迫不能不辞职，我都不去管。我去找了个教书的地方，一月挣五十块钱。在金钱上，不用说，我受了很大的损失；在劳力上自然也要多受好多的累。可是，我很快活：我又摸着了书本，一天到晚接触的都是可爱的学生们。除了还吸烟，我把别的嗜好全自自然然地放下了。挣的钱少，做的事多，不肯花钱，也没闲工夫去花。一气便是半年，我没吃醉过一回，没摸过一次牌。累了，在校园转一转，或到运动场外看学生们打球，我的活动完全在学校里，心整，生活有规律；设若再能把烟卷扔下，而多上几次礼拜堂，我颇可以成个清教徒了。

想起来，我能活到现在，而且生活上多少有些规律，差不多全是那一"关"的劳；自然，那回要是没能走过来，可就似乎有些不妥了。"二十三，罗成关"是个值得注意的警告！

赏析

幽默是老舍的重要风格。

老舍对幽默发表过不少言论，其中有两条是最值得注意的：一条，他说，幽默是"热"的；另一条，幽默往往带有自嘲的意味，《小型的复活》便是这两条定义的很好的实践。

老舍的幽默又是别具一格的。他的幽默来自三方面：一方面是西方的，英国式的，现代的，俏皮的，调侃的；另一方面是东方的，中国式的，古典的，滑稽的，逗乐的；第三方面是北京的，地方的，宽容的，开玩笑的。他的风格集幽默、讽刺、玩笑、调侃、滑稽、嬉戏于一身，集中外古今于一体，是别开生面的，是具有开拓性的。这种写法，在中国文坛上，始自于老舍。

这种特别的写法老舍用得很广，包括写悲剧，他也这么写，让读者和观众先笑后哭。这种写法引人入胜，它有趣，它生动，它反着来，表面上嘻嘻哈哈，开玩笑，嬉笑怒骂，皆成文章，很可乐，不合逻辑，违反常规，非理性，能在不知不觉之中让人"上当"，使读者和观众在不知不觉的情况下接受作者的思想，起到潜移默化的作用。

人生本来很复杂，坏蛋不见得在一切方面都坏，好人也难免会出错，还有的人虽然归不到坏蛋圈里，却也绝对树不起来，充其量是个可怜虫。人常常犯糊涂，常常冒傻气，常常陷入窘境，常常好心办坏事，常常误入歧途。写到这些人的事，幽默特别能发挥作用。它擅长揭短，揭别人的短，也揭自己的短。

当众描述自己的傻或者自己的窘，并非人人都会，更不是人人都肯；幽默往往诞生于这种自我暴露之中。最具幽默感的人往往是最善于和最肯于嘲笑自己的人，这种人是人间最善良最坦荡的人，因而也是最可亲近的人。世上最可乐的玩笑正是出自这种富于自嘲式幽默感的人之口。《小型的复活》正是这种幽默散文中的佳作。它坦荡，它自嘲，它在玩笑中寓有深意。

实际上，二十三，罗成关，老舍的这一出小型的复活，除了表面上的清闲而报酬优的事情毁人之外，还有很大的时代特色。对此，老舍在文章中只轻描淡写地写了几句，为着退婚的事，他可着了很大的急。一个现代青年，为了时代赋予他的那点权利，自由恋爱的权利，不管有没有固定的对象，和自己最亲最近的人发生了严重冲突。他为此而心痛，大病一场，险些丢了性命。这件事是件又大又正面的事，幽默不起来，只好淡淡地隐去。老舍把重点放在自己的错上。

读了这篇文章，人们会觉得作者与自己多么贴近，没有任何隔阂或者距离，同时更感到他何等可爱可敬，渴望自己也能和他这样地聊聊——这既是艺术的魅力，也是人格的魅力！

《小型的复活》后面附的《著者略历》是老舍40岁时的自拟小传。它幽默，它自嘲，而且是唯一的一篇自传，难得难得。

(舒乙)

"五四"给了我什么

感谢"五四",他叫我变成了作家,虽然
不是怎么了不起的作家。

因家贫,我在初级师范学校毕业后就去挣钱养家,不能升学。在"五四"运动的时候,我正做一个小学校的校长。

以我这么一个中学毕业生(那时候,中学是四年毕业,初级师范是五年毕业),既没有什么学识,又须挣钱养家,怎么能够一来二去地变成作家呢?这就不能不感谢"五四"运动了!

假若没有"五四"运动,我很可能终身做这样的一个人:兢兢业业地办小学,恭恭顺顺地侍奉老母,规规矩矩地结婚生子,如是而已。我绝对不会忽然想起去搞文艺。

这并不是说,作家比小学校校长的地位更高,任务更重,一定不是!我是说,没有"五四",我不可能变成个作家。"五四"给我创造了当作家的条件。

首先是:我的思想变了。"五四"运动是反封建的。这样,以前我以为对的,变成了不对。我幼年入私塾,第一天就先给孔圣人的木牌行三跪九叩的大礼;后来,每天上学下学都要向那牌位作揖。到了"五四",孔圣人的地位大为动摇。既可以否定孔圣人,那么还有什么不可否定的呢?他是大成至圣先师啊!这一下子就打乱了二千年来的老规矩。这可真不简单!我还是我,可是我的心灵变了,变得敢于怀疑孔圣人了!这还了得!假若没有这一招,不管我怎么爱好文艺,我也不会想到跟才子佳人、鸳鸯蝴蝶有所不同的题材,也不敢对老人老事有任何批判。"五四"运动送给了我一双新眼睛。

其次是："五四"运动是反抗帝国主义的。自从我在小学读书的时候，我就知道了国耻。可是，直到"五四"，我才知道一些国耻是怎么来的，而且知道了应该反抗谁和反抗什么。以前，我常常听说"中国不亡，是无天理"这类的泄气话，而且觉得不足为怪。看到了"五四"运动，我才懂得了"天下兴亡，匹夫有责"。这运动使我看见了爱国主义的具体表现，明白了一些救亡图存的初步办法。反封建使我体会到人的尊严，人不该作礼教的奴隶；反帝国主义使我感到中国人的尊严，中国人不该再作洋奴。这两种认识就是我后来写作的基本思想与情感。虽然我写的并不深刻，可是若没有"五四"运动给了我这点基本东西，我便什么也写不出了。这点基本东西迫使我非写不可，也就是非把封建社会和帝国主义所给我的苦汁子吐出来不可！这就是我的灵感，一个献身文艺写作的灵感。

最后，"五四"运动也是个文艺运动。白话已成为文学的工具。这就打断了文人腕上的锁铐——文言。不过，只运用白话并不能解决问题。没有新思想，新感情，用白话也可以写出非常陈腐的东西。新的心灵得到新的表现工具，才能产生内容与形式一致新颖的作品。"五四"给了我一个新的心灵，也给了我一个新的文学语言。

感谢"五四"，它叫我变成了作家，虽然不是怎么了不起的作家。

赏析

这是作者1957年为纪念五四运动而写的短文。

短虽短，却涉及一些重要课题。

五四运动造就了一批新型的文艺家，其中包括老舍先生。他在这篇文章中说："感谢'五四'，它叫我变成了作家，虽然不是怎么了不起的作家。"后一句，是老舍一贯的幽默，前一句则是实话。

为什么老舍要感谢"五四"，说"五四"使他变成了作家？他自己说有三个理由：一、"五四"给了他一双新的眼睛；二、"五四"给了他灵感，一个献身于文艺写作的灵感；三、"五四"给了他一个新的文学语言。有了这三条，一个新型的文艺家的必备条件也就有了。

归根结底，文学要有好心灵和好语言，而且要有思想内容和文学形式的高度一致。老舍就这么三言两语地把一个深奥的理论问题与一段重要的文学历史说清楚了。言简意赅，举重若轻，是很需要功力的。

19世纪末20世纪初在中国大地是产生巨人的时代。中国有五千年的文明历史，经过长期的停滞，到了19世纪末和20世纪初突然加快了脚步，开始大踏步地前进了。时势造英雄，造就了一大批思想家、革命家、文学家、艺术家。周恩来曾经不止一次地回答别人关于他的年龄的询问，他总是这么回答：他和老舍、王统照、郑振铎同庚。按传统的公历计算，他们的确都是戊戌光绪24年生的，同一年里就诞生了这么多位历史名人！

就中国历史的整体发展来看。"五四"的确是个伟大的转折点。

"五四"造就了一代巨人。

只有五四运动前后的中国文人拥有发达的"纵坐标"和"横坐标"。所谓"纵坐标"就是中国悠久的文化传统；所谓"横坐标"，就是世界的文明成果。站在同样发达的纵、横坐标交点上的人，必然有他们的巨大优势，加上主观的努力，的确能产生一批空前绝后的历史巨人。

（舒乙）

◎1983年各界民众保卫武汉大游行。

养花

有喜有忧，有笑有泪，有花有实，有香有色，既须劳动，又长见识，这就是养花的乐趣。

    我爱花，所以也爱养花。我可还没成为养花专家，因为没有工夫去作研究与试验。我只把养花当做生活中的一种乐趣，花开得大小好坏都不计较，只要开花，我就高兴。在我的小院中，到夏天，满是花草，小猫儿们只好上房去玩耍，地上没有它们的运动场。

    花虽多，但无奇花异草。珍贵的花草不易养活，看着一棵好花生病欲死是件难过的事。我不愿时时落泪。北京的气候，对养花来说，不算很好。冬天冷，春天多风，夏天不是干旱就是大雨倾盆；秋天最好，可是忽然会闹霜冻。在这种气候里，想把南方的好花养活，我还没有那么大的本事。因此，我只养些好种易活、自己会奋斗的花草。

    不过，尽管花草自己会奋斗，我若置之不理，任其自生自灭，它们多数还是会死了的。我得天天照管它们，像好朋友似的关切它们。一来二去，我摸着一些门道：有的喜阴，就别放在太阳地里，有的喜干，就别多浇水。这是个乐趣，摸住门道，花草养活了，而且三年五载老活着、开花，多么有意思呀！不是乱吹，这就是知识呀！多得些知识，一定不是坏事。

    我不是有腿病吗，不但不利于行，也不利于久坐。我不知道花草们受我的照顾，感谢我不感谢，我可得感谢它们。在我工作的时候，我总是写了几十个字，就到院中去看看，浇浇这棵，搬搬那盆，然后回到屋中再写一点，然后再出去，如此循环，把脑力劳动与体力劳动结合到一起，有益身心，胜于吃药。要是赶上狂风暴雨或天气突变哪，就得全家动员，抢救花草，十分紧张。几百盆花，都要很快地抢到屋里去，使人腰酸腿疼，热汗直流。第二天，天气好转，又得把花儿都搬出去，就又一次腰酸腿疼，热汗直流。可是，这多么有意思呀！不劳动，连棵花儿也养不活，这难道不是真理么？

送牛奶的同志，进门就夸"好香"！这使我们全家都感到骄傲。赶到昙花开放的时候，约几位朋友来看看，更有秉烛夜游的神气——昙花总在夜里放蕊。花儿分根了，一棵分为数棵，就赠给朋友们一些；看着友人拿走自己的劳动果实，心里自然特别喜欢。

当然，也有伤心的时候，今年夏天就有这么一回。三百株菊秧还在地上（没到移入盆中的时候），下了暴雨。邻家的墙倒了下来，菊秧被砸死者约三十多种，一百多棵！全家都几天没有笑容！

有喜有忧，有笑有泪，有花有实，有香有色，既须劳动，又长见识，这就是养花的乐趣。

◎老舍家菊花盛开的小院。

赏析

　　《养花》是一篇短文，只有1200字，却相当有名，因为它进入了小学教科书，凡是念过小学的人，都学过它。它是一篇完美的白话文，口语化，现成，没有长句，适合朗诵。

　　这些都是老舍写文章刻意追求的。他只用了不到850个常用字来写这篇1200字的文章，而且变着法地不用相同的词组和句型，头一次用"朋友"，第二回便用"友人"，绝不用生辟难认的字，也不滥用形容词，拒绝用欧式语法中的复合句，力求把长句断开，便于上口朗读。

　　他追求的目标是用最简单的句子，最现成的字和词，去形容最复杂的事物，他把这个叫做"白话万能论"。

　　他为自己树立的最高标准是用凡夫走卒的话去形容日落或早霞，这相当难。

　　老舍反对"口语照搬论"。他不主张不经过提炼便将街头巷尾的口语直接记录入书本，以为这样是不负责任的。他认为这不等于文学语言。

　　他提倡多思，下笔慎重，反复推敲，连一个标点符号都要思考半天。他主张提炼，而不照搬。

　　文章写好之后，他主张自己先朗诵一遍，看看别扭不别扭，如果别扭，绕嘴，一定是有毛病，别舍不得修改，直到把它改顺溜了为止。

　　请读一下这样的句子："有喜有忧，有笑有泪，有花有实，有香有色，既须劳动，又长知识，这就是养花的乐趣。"多么简朴，又多么美啊！

（舒乙）

◎月季花前的老舍夫妇。

猫

我想，世界上总会有那么一天，一切都机械化了，不是连驴马也会有点问题吗？可是，谁能因担忧驴马没有事做而放弃了机械化呢？

　　猫的性格实在有些古怪。说它老实吧，它的确有时候很乖。它会找个暖和地方，成天睡大觉，无忧无虑，什么事也不过问。可是，赶到它决定要出去玩玩，就会走出一天一夜，任凭谁怎么呼唤，它也不肯回来。说它贪玩吧，的确是呀，要不怎么会一天一夜不回家呢？可是，及至它听到点老鼠的响动啊，它又多么尽职，闭息凝视，一连就是几个钟头，非把老鼠等出来不拉倒！

　　它要是高兴，能比谁都温柔可亲；用身子蹭你的腿，把脖儿伸出来要求给抓痒，或是在你写稿子的时候，跳上桌来，在纸上踩印几朵小梅花。它还会丰富多腔地叫唤，长短不同，粗细各异，变化多端，力避单调。在不叫的时候，它还会咕噜咕噜地给自己解闷。这可都凭它的高兴。它若是不高兴啊，无论谁说多少好话，它一声也不出，连半个小梅花也不肯印在稿纸上！它倔强得很！

　　是，猫的确是倔强。看吧，大马戏团里什么狮子、老虎、大象、狗熊、甚至于笨驴，都能表演一些玩艺儿，可是谁见过耍猫呢？（昨天才听说：苏联的某马戏团里确有耍猫的，我当然还没亲眼见过。）

　　这种小动物确是古怪。不管你多么善待它，它也不肯跟着你上街去逛逛。它什么都怕，总想藏起来。可是它又那么勇猛，不要说见着小虫和老鼠，就是遇上蛇也敢斗一斗。它的嘴往往被蜂儿或蝎子螫的肿起来。

　　赶到猫儿们一讲起恋爱来，那就闹得一条街的人们都不能安睡。它们的叫声是那么尖锐刺耳，使人觉得世界上若是没有猫啊，一定会更平静一些。

　　可是，及至女猫生下两三个棉花团似的小猫啊，你又不恨它了。它是那么尽责地看护儿女，连上房兜兜风也不肯去了。

　　郎猫可不那么负责，它丝毫不关心儿女。它或睡大觉，或上屋去乱叫，有机会就和邻居们打一架，身上的毛儿滚成了毡，满脸横七竖八都是伤痕，看起来实在不大体面。好在它没有照镜子的习惯，依然昂首阔步，大喊大叫，它匆忙地吃两口东西，就又去挑战开打。有时候，它两天两夜不回家，可是当你以为它可能已经远走高飞了，它却瘸着腿大败而归，直入厨房要东西吃。

　　过了满月的小猫们真是可爱，腿脚还不甚稳，可是已经学会淘气。妈妈的尾巴，一根鸡毛，都是它们的好玩具，耍上没结没完。一玩起来，它们不知要摔多少跟头，但是跌倒即马上起来，再跑再跌。它们的头撞在门上，桌腿上和彼此的头上。撞疼了也不哭。

　　它们的胆子越来越大，逐渐开辟新的游戏场所。它们到院子里来了。院中的花草可遭了殃。它们在花盆里摔跤，抱着花枝打秋千，所过之处，枝折花落。你不肯责打它们，它们

◎看鱼缸中鱼儿嬉戏，乐趣自在其中。

是那么生气勃勃，天真可爱呀。可是，你也爱花。这个矛盾就不易处理。

现在，还有新的问题呢：老鼠已差不多都被消灭了，猫还有什么用处呢？而且，猫既吃不着老鼠，就会想办法去偷捉鸡雏或小鸭什么的开开斋。这难道不是问题么？

在我的朋友里颇有些位爱猫的。不知他们注意到这些问题没有？记得二十年前在重庆住着的时候，那里的猫很珍贵，须花钱去买。在当时，那里的老鼠是那么猖狂，小猫反倒须放在笼子里养着，以免被老鼠吃掉。据说，目前在重庆已很不容易见到老鼠。那么，那里的猫呢？是不是已经不放在笼子里，还是根本不养猫了呢？这须打听一下，以备参考。

◎古怪精灵的猫。

也记得三十年前，在一艘法国轮船上，我吃过一次猫肉。事前，我并不知道那是什么肉，因为不识法文，看不懂菜单。猫肉并不难吃，虽不甚香美，可也没什么怪味道。是不是该把猫都送往法国轮船上去呢？我很难作出决定。

猫的地位的确降低了，而且发生了些小问题。可是，我并不为猫的命运多担什么心思。想想看吧，要不是灭鼠运动得到了很大的成功，消除了巨害，猫的威风怎会减少了呢？两相比较，灭鼠比爱猫更重要的多，不是吗？我想，世界上总会有那么一天，一切都机械化了，不是连驴马也会有点问题吗？可是，谁能因担忧驴马没有事做而放弃了机械化呢？

赏析

有一类散文，是专写某一种事物的，诸如猫、狗、牛、鱼，或者云、雨、雾、冰，或者衣、帽、鞋、袜，或者琴、棋、书、画，或者父、母、妻、子，或者情、欲、恋、爱，等等。这一类散文，不一定专写某一具体对象，而是把所写的同类事物的方方面面都剖析到，像一种专题性的定量定性解剖，入木三分，又极为周密。

此类散文的成败全在于切入的角度是否新颖，是否独特。因为出奇才能取胜，泛泛而谈，必不能抓住读者，没有读上几句，就打起呵欠。

《猫》是这类散文的一个代表。它写于1959年夏，发表在《新观察》杂志上。以后被收入中学语文教科书，也是被当做范文来念的。

老舍先生爱花草，爱小动物，尤其爱猫。这方面的文章，他写过不少。《猫》在他写猫的文章中是最晚的一篇，也是最全面的一篇，是集大成者；而且，也是最好的一篇，毕竟观察了一辈子了。

猫的优点，在文章里，他总结了六条：捕鼠尽职；高兴的时候温柔可爱；勇敢；母爱尽责；雄者好斗；小猫淘气、生气勃勃、天真可爱。

缺点呢？总结了五条：贪玩；倔强；不敢上街；恋爱起来叫得鸡犬不宁，甚是可怕；毁花。

这六条优点和这五条缺点又差不多是对着的。

于是，老舍的结论是：猫是一种古怪的动物，它的性格极为矛盾而古怪。

这便构成了一种新的观点，写起来有一种新的切入点，新的角度，全篇文章便有了新意，使读者念起来饶有兴味。

老舍不仅爱猫，而且爱写猫，常常把描写进自己的作品里，最有名的是《猫城记》和《宝船》。这大概和猫有这种复杂的性格有关系。

生活中的人总是复杂的，绝不是坏人就一坏到底一无是处，好人也绝不是一点毛病和缺点都没有。越是复杂的性格越有戏，越出好作品。猫在这一点上很典型，它复杂，它矛盾，把它人格化了，一定是好角色。所以，老舍常常写猫，其实他是在写人。

老舍养猫爱猫，大致全是因为这家伙有这点古怪的脾气，这对一个作家来说，可是个好材料呢。

这几年，养猫爱猫的越来越多了。请问在你的心目中，猫是怎么样的，在你的笔下，猫又会是什么模样的，是不是也写上篇《猫》试试，你哪!

（舒乙）

◎怀抱爱猫的老舍.

想北平

我真爱北平。这个爱几乎是要说而说不出的。

◎ 晴空下的卢沟桥。

◎ 北京牌楼。

设若让我写一本小说，以北平作背景，我不至于害怕，因为我可以捡着我知道的写，而躲开我所不知道的。让我单摆浮搁地讲一套北平，我没办法。北平的地方那么大，事情那么多，我知道的真觉太少了，虽然我生在那里，一直到廿七岁才离开。以名胜说，我没到过陶然亭，这多可笑！以此类推，我所知道的那点只是"我的北平"，而我的北平大概等于牛的一毛。

可是，我真爱北平。这个爱几乎是要说而说不出的。我爱我的母亲。怎样爱？我说不出。在我想做一件讨她老人家喜欢的事的时候，我独自微微地笑着；在我想到她的健康而不放心的事的时候，我欲落泪。言语是不够表现我的心情的，只有独自微笑或落泪才足以把内心揭露在外面一些来。我之爱北平也近乎这个。夸奖这个古城的某一点是容易的，可是那就把北平看得太小了。我所爱的北平不是枝枝节节的一些什么，而是整个儿与我的心灵相粘合的一段历史，一大块地方，多少风景名胜，从雨后什刹海的蜻蜓一直到我梦里的玉泉山的塔影，都积凑到一块，每一小的事件中有个我，我的每一思念中有个北平，这只有说不出而已。

真愿成为诗人，把一切好听好看的字都浸在自己的心血里，像杜鹃似的啼出北平的俊伟。啊！我不是诗人！我将永远道不出我的爱，一种像由音乐与图画所引起的爱。这不但是辜负了北平，也对不住我自己，因为我的最初的知识与印象都得自北平，它是在我的血里，我的性格与脾气里有许多地方是这古城所赐给的。我不能爱上海与天津，因为我心中有个北平。可是我说不出来！

伦敦、巴黎、罗马与堪司坦丁堡，曾被称为欧洲的四大"历史的都城"。我知道一些伦敦的情形；巴黎与罗马只是到过而已；堪司坦丁堡根本没有去过。就伦敦、巴黎、罗马来说，巴黎更近似北平——虽然"近似"两字要拉扯得很远——不过，假使让我"家住巴黎"，我一定会和没有家一样的感到寂苦。巴黎，据我看，还太热闹。自然，那里也有空旷静寂的地方，可是又未免太旷；不像北平那样既复杂而又有个边

◎ 玉泉山雪景。

◎ 城外雪景。

际，使我能摸着——那长着红酸枣的老城墙！面向着积水潭，背后是城墙，坐在石上看水中的小蝌蚪或苇叶上的嫩蜻蜓，我可以快乐地坐一天，心中完全安适，无所求也无可怕，像小儿安睡在摇篮里。是的，北平也有热闹的地方，但是它和太极拳相似，动中有静。巴黎有许多地方使人疲乏，所以咖啡与酒是必要的，以便刺激；在北平，有温和的香片茶就够了。

论说巴黎的布置已比伦敦、罗马匀调的多了，可是比上北平还差点事儿。北平在人为之中显出自然，几乎是什么地方既不挤得慌，又不太僻静：最小的胡同里的房子也有院子与树；最空旷的地方也离买卖街与住宅区不远。这种分配法可以算——在我的经验中——天下第一了。北平的好处不在处处设备

◎ 皇城根下（一）.

◎ 皇城根下（二）.

得完全，而在它处处有空儿，可以使人自由地喘气；不在有好些美丽的建筑，而在建筑的四围都有空闲的地方，使它们成为美景。每一个城楼，每一个牌楼，都可以从老远就看见。况且在街上还可以看见北山与西山呢！

好学的，爱古物的，人们自然喜欢北平，因为这里书多古物多。我不好学，也没钱买古物。对于物质上，我却喜爱北平的花多菜多果子多。花草是种费钱的玩艺，可是此地的"草花儿"很便宜，而且家家有院子，可以花不多的钱而种一院子花，即使算不了什么，可是到底可爱呀。墙上的牵牛，墙根的靠山竹与草茉莉，是多么省钱省事而也足以招来蝴蝶呀！至于青菜，白菜，扁豆，毛豆角，黄瓜，菠菜等等，大多数是直接由城外担来而送到家门口的。雨后，韭菜叶上还往往带着雨时溅起的泥点。青菜摊子上的红红绿绿几乎有诗似的美丽。果子有不少是由西山与北山来的，西山的沙果，海棠，北山的黑枣，柿子，进了城还带着一层白霜儿呀！哼，美国的橘子包着纸；遇到北平的带霜儿的玉李，还不愧杀！

是的，北平是个都城，而能有好多自己产生的花，菜，水果，这就使人更接近了自然。从它里面说，它没有像伦敦的那些成天冒烟的工厂；从外面说，它紧连着园林，菜圃与农村。采菊东篱下，在这里，确是可以悠然见南山的；大概把"南"字变个"西"或"北"，也没有多少了不得的吧。像我这样的一个贫寒的人，或者只有在北平能享受一点清福了。

好，不再说了吧；要落泪了，真想念北平呀！

赏析

　　《想北平》虽是抒情文，但又处处说理，都是实词，是篇外美内实的文字。

　　作者写这篇散文的时候不在北京，而远在青岛，情绪上有一股淡淡的忧伤的乡情，写着写着，自己几乎落泪。这差不多成了一个规律：离别反而比天天在那个地方更珍惜，更器重，更热爱。下面这段文字常常为人们所提及："面向着积水潭，背后是城墙，坐在石上看水中的小蝌蚪或苇叶上的嫩蜻蜓，我可以快乐地坐一天，心中完全安适，无所求也无可怕，像小儿安睡在摇篮里。"写出了故都宁静的美，也唱出了作者对于故土无限的情思。

　　老舍在这篇文章中第一次公开声明："我的最初的知识与印象都得自北平，它是在我的血里，我的性格与脾气里有许多地方是这古城所赐给的。"

　　老舍以写北京而闻名。写北京是他的特长。他的所有的代表作，像《离婚》、《骆驼祥子》、《四世同堂》、《正红旗下》、《微神》、《月牙儿》、《我这一辈子》、《龙须沟》、《茶馆》，无一不是写北京的。

　　就因为北京在他的血里。

　　《想北平》在内容上看是严格意义上的比较学。它能从比较的角度，准确地说出北京比伦敦、巴黎、罗马强在哪里、美在哪里。从这个意义上看，《想北平》不仅立论高明，观点独特，而且极富现代性和科学性，直至今日，它对城市建设依然有极大的现实意义和指导作用。这或许是老舍本人当时完全没有想到的。

　　60年过去了，人们惊奇地发现，老舍在《想北平》中表达的思想不仅没有过时，而且简直就是科学的预言，带有很大的超前意识。世界各大名城的发展轨迹几乎都在《想北平》中得到了印证。他说："北平在人为之中显出自然，几乎是什么地方既不挤得慌，又不太僻静：最小的胡同里的房子也有院子与树；最空旷的地方也离买卖街与住宅区不远。这种分配法可以算——在我的经验中——天下第一了。北平的好处不在处处设备得完全，而在它处处有空儿……"

"处处有空儿"是个了不起的发现。这几乎成了现代大都市必须遵循的定律了。凡是违背了这个定律的，到头来，都必须返转头重来，直至真正实现"处处有空儿"。

古城北京的城市现代化建设将来能否成功，也完全在于能否保住这个优良的"处处有空儿"的传统。

有了"处处有空儿"，才能实现"使人更接近自然"。而"使人更接近自然"已成为建设现代城市首要的指导思想了。

有一个好思想，是写出一篇好文章的前提；相反，文字再美，言之无物，也只能是文字游戏和文字堆砌。《想北平》是一篇成功的散文，首先它有一种独特的想法，而情绪又很饱满，文字也漂亮，这些是它成功的秘诀。

（舒乙）

◎谈笑于轻烟袅袅中，摄于1963年元旦。

我热爱新北京

我爱北京，我更爱今天的北京——她
是多么清洁、明亮、美丽！

　　北京是美丽的，我知道，因为我不但是北京人，而且到过欧美，看见过
许多西方的名城，假若我只用北京人的资格来赞美北京，那也许就是成见了。

　　我知道北京美丽，我爱她像爱我的母亲。因为我这样爱她，所以才为她
的缺点着急，苦闷。我关切她的缺欠正像关切一个亲人的疾病。是的，北京
确实是有缺欠。那些缺欠是过去的皇帝、军阀和国民党政府带给北京的。他
们占据着北京，也糟塌北京。

　　在过去，举例说吧，当皇帝或蒋介石出来的时候，街道上便打扫干净，
洒上清水；可是，他们的大轿或汽车不经过的地方便永远没见过扫帚与水桶。
达官贵人住着宫殿式的房子，而且有美丽的花园；穷人们却住着顶脏的杂院
儿。达官贵人的门外有柏油路，好让他们跑汽车；穷人的门前却是垃圾堆。

　　一九四九年年尾，我回到故乡北京。我已经十四年没回来过了。虽然别
离了这么久，我可是没有一天不想念着她。不管我在哪里，我还是拿北京作
我的小说的背景，因为我闭上眼想起的北京是要比睁着眼看见的地方更亲切，
更真实，更有感情的。这是真话。

　　到今天，我已经在北京住了一年。在这一年里，我所看到听到的都证明
了，新的政府千真万确是一切仰仗人民，一切为了人民的。只就北京的建设
来说，证据已经十分充足了。让我们提出几项来说吧。

　　一，下水道。北京的下水道年久失修，每逢一下大雨，就应了那句不体

面的话："北京，刮风是香炉，下雨是墨盒子。"北京市人民政府自从一成立就要洗刷这个由反动政府留下的污点，一方面修路，一方面挖沟。我知道，在十几年抗日与解放战争之后，百废待举，政府的财力是不怎么从容的。可是，政府为人民的福利，并不因经济的困难而延迟这重大的任务。各城的暗沟都挖了，雨水污水都有了排泄的路子。北京再不怕下雨，下雨不再使道路成为"墨盒子"。

最使我感动的是：这个为人民服务的政府并不只为通衢路修沟，而且特别顾到一向被反动政府忽视的偏僻地方。在以前，反动政府是吸去人民的血，而把污水和垃圾倒在穷人的门外，叫他们"享受"猪狗的生活。现在，政府是看哪里最脏，疾病最多，便先从哪里动手修整。新政府的眼是看着穷苦人民的。

在北京的南城，有一条明沟，叫龙须沟。多么美的名字啊！龙须沟！可是，实际上，那是一条最臭的水沟。沟的两岸密匝匝地住满了劳苦的人民，终年呼吸着使人恶心的臭气，多少年了，这条沟没有人修理过，因为这里是贫民窟。人民屡次自动地捐款修沟，款子都被反动的官吏们吞吃了。去年夏初，人民政府在明沟的旁边给人民修了暗沟，秋天完工，填平了明沟。人民怎样地感戴是可以想象得到的。我亲自去看过这条奇臭的"龙须"和那新的暗沟，并且搜集了那一带人民的生活情形和他们对政府给他们修沟的反映，

◎于非闇绘老舍家"丹柿图"。

◎ 老舍在池塘边休息。

写成一出三幕话剧，表示我对政府的感激与钦佩。

二，清洁。北京向来是美丽的，可是在反动政府下并不处处都清洁。是的，那时候人民确是按期交卫生费的，但是因为官吏的贪污与不负责，卫生费并不见得用在公众卫生事业上。现在，北京像一个古老美丽的雕花漆盒，落在一个勤勉人手里，盒子上的每一凹处都收拾得干干净净，再没有一点积垢。真的，北京的每一条小巷都已经清清爽爽，连人家的院子里也没有积累的垃圾，因为倾倒秽土的人员是那么勤谨，那么准时必来，人们谁都愿意逐日把院子里外收拾清洁。美丽是和清洁分不开的。这人民的古城多么清爽可喜呀！我可以想象到，在十年八年以后，北京的全城会成为一座大的公园，处处美丽，处处清洁，处处有古迹，处处也有最新的卫生设备。

三，灯和水。北京，在解放前，夜里常是黑暗的。她有电灯，但灯光是那么微弱，似有若无，而且时时长时间地停电。政治的黑暗使电灯也无光。水也是这样。夏天水源枯竭，便没有水用。就在平日，也是有势力的拼命用水，穷人住的地带根本没有自来水管。他们必得喝井水。这七百年的古城，在反动政府的统治下，灯水的供应似乎还停留在七百年前的光景。

北京解放了，人的心和人的眼一齐见到光明。由于电厂有了新的管理法，由于工人的进步与努力，北京的电灯真像电灯了。工人们保证不缺电，不停电。这古老的都城，在黑夜间，依然露出她的美丽。那金的绿的琉璃瓦，红的墙，白玉石的桥，都在明亮的灯光下显现出最悦目的颜色。而且，电力还够供给各工厂。同样的，水也够用了。而且，就是在龙须沟的人们也有自来水吃啦。

我爱北京，我更爱今天的北京——她是多么清洁、明亮、美丽！我怎么不感谢毛主席呢？是他，给北京带来了光明和说不尽的好处哇！我只提到下水道和灯水什么的，可是我的感激是无尽的，因为提到的这些不过是新北京建设工作的一部分哪。

赏析

这篇散文不长，但有两点值得注意。

头一点是它的写作日期。相当的早，是1951年初，离写完话剧《龙须沟》还不到半年。1951年对老舍来说可以称为《龙须沟》年。2月2日，即《我热爱新北京》发表后一周，《龙须沟》举行首演。年底，因为创作《龙须沟》，荣获"人民艺术家"称号。《我热爱新北京》中所说的一切，完全可以当做《龙须沟》的注脚，而且是非常合适、精辟的注脚。

《龙须沟》不光是老舍先生的代表作之一，在我国话剧史上它也被誉为社会主义文学的代表作，具有里程碑的地位。何至于如此？《我热爱新北京》中有详细的解释。

《龙须沟》的最大成功处是它用形象的舞台演出明白无误地解开了世人的一个大谜：何以中国共产党人能在3年内打败蒋介石800万大军取得了政权，受到了人民的拥护。

《龙须沟》受到周恩来总理的重视，也正在于他敏锐地看到了《龙须沟》这出戏的重大现实意义：它能帮助新生的人民政权站稳脚跟。一个新政权要想立足，需要舆论上的大力扶持。《龙须沟》恰在此时诞生，它的重要性和及时性是不言自明的；戏剧的直观性长处，更能起到立竿见影的效果。《龙须沟》一点都不说教，它凭借故事、人物和语言去感人。

老舍在《我热爱新北京》里有这么一段话："最使我感动的是：这个为人民服务

的政府并不只为通衢路修沟，而且特别顾到一向被反动政府忽视的偏僻地方。在以前，反动政府是吸去人民的血，而把污水和垃圾倒在穷人的门外，叫他们'享受'猪狗的生活。现在，政府是看哪里最脏，疾病最多，便先从哪里动手修整。新政府的眼是看着穷苦人民的。"

这可以理解为《龙须沟》的主题。它是作者的自白。作者高度的政治热情激发了自己的创作冲动，结出了创作上的硕果。

《我热爱新北京》的第二个值得注意的地方是，它有这么一段话：

"我已经十四年没回来过了。虽然别离了这么久，我可是没有一天不想念着她。不管我在哪里，我还是拿北京作我的小说的背景，因为我闭上眼想起的北京是要比睁着眼看见的地方更亲切，更真实，更有感情的。这是真话。"

这便可以解释为什么不论老舍是在济南、青岛，还是在武汉、重庆，以至于伦敦、纽约，他写的小说的背景始终大多是北京。

（舒乙）

◎叶浅予绘老舍漫画。

北京的春节

以前，人们过年是托神鬼的庇佑，现在是大家
劳动终岁，大家也应当快乐地过年。

　　按照北京的老规矩，过农历的新年（春节），差不多在腊月的初旬就开头了。"腊七腊八，冻死寒鸦，"这是一年里最冷的时候。可是，到了严冬，不久便是春天，所以人们并不因为寒冷而减少过年与迎春的热情。在腊八那天，人家里，寺观里，都熬腊八粥。这种特制的粥是祭祖祭神的，可是细一想，它倒是农业社会的一种自傲的表现——这种粥是用所有的各种的米，各种的豆，与各种的干果（杏仁、核桃仁、瓜子、荔枝肉、莲子、花生米、葡萄干、菱角米……）熬成的。这不是粥，而是小型的农业展览会。

　　腊八这天还要泡腊八蒜。把蒜瓣在这天放到高醋里，封起来，为过年吃饺子用的。到年底，蒜泡得色如翡翠，而醋也有了些辣味，色味双美，使人要多吃几个饺子。在北京，过年时，家家吃饺子。

　　从腊八起，铺户中就加紧地上年货，街上加多了货摊子——卖春联的、卖年画的、卖蜜供的、卖水仙花的等等都是只在这一季节才会出现的。这些赶年的摊子都教儿童们的心跳得特别快一些。在胡同里，吆喝的声音也比平时更多更复杂起来，其中也有仅在腊月才出现的，像卖宪书的、松枝的、薏仁米的、年糕的等等。

　　在有皇帝的时候，学童们到腊月十九日就不上学了，放年假一月。儿童们准备过年，差不多第一件事是买杂拌儿。这是用各种干果（花生、胶枣、榛子、栗子等）与蜜饯搀合成的，普通的带皮，高级的没有皮——例如：普

通的用带皮的榛子，高级的用榛瓤儿。儿童们喜吃这些零七八碎儿，即使没有饺子吃，也必须买杂拌儿。他们的第二件大事是买爆竹，特别是男孩子们。恐怕第三件事才是买玩艺儿——风筝、空竹、口琴等——和年画儿。

儿童们忙乱，大人们也紧张。他们须预备过年吃的使的喝的一切。他们也必须给儿童赶快做新鞋新衣，好在新年时显出万象更新的气象。

二十三日过小年，差不多就是过新年的"彩排"。在旧社会里，这天晚上家家祭灶王，从一擦黑儿鞭炮就响起来，随着炮声把灶王的纸象焚化，美其名叫送灶王上天。在前几天，街上就有多少多少卖麦芽糖与江米糖的，糖形或为长方块或为大小瓜形。按旧日的说法：用糖粘住灶王的嘴，他到了天上就不会向玉皇报告家庭中的坏事了。现在，还有卖糖的，但是只由大家享用，并不再粘灶王的嘴了。

过了二十三，大家就更忙起来，新年眨眼就到了啊。在除夕以前，家家必须把春联贴好，必须大扫除一次，名曰扫房。必须把肉、鸡、鱼、青菜、年糕什么的都预备充足，至少足够吃用一个星期的——按老习惯，铺户多数关五天门，到正月初六才开张。假若不预备下几天的吃食，临时不容易补充。还有，旧社会里的老妈妈论，讲究在除夕把一切该切出来的东西都切出来，

◎老北京的年货摊子。

◎北京糖葫芦。

省得在正月初一到初五再动刀，动刀剪是不吉利的。这含有迷信的意思，不过它也表现了我们确是爱和平的人，在一岁之首连切菜刀都不愿动一动。

除夕真热闹。家家赶做年菜，到处是酒肉的香味。老少男女都穿起新衣，门外贴好红红的对联，屋里贴好各色的年画，哪一家都灯火通宵，不许间断，炮声日夜不绝。在外边做事的人，除非万不得已，必定赶回家来，吃团圆饭，祭祖。这一夜，除了很小的孩子，没有什么人睡觉，而都要守岁。

元旦的光景与除夕截然不同：除夕，街上挤满了人；元旦，铺户都上着板子，门前堆着昨夜燃放的爆竹纸皮，全城都在休息。

男人们在午前就出动，到亲戚家，朋友家去拜年。女人们在家中接待客人。同时，城内城外有许多寺院开放，任人游览，小贩们在庙外摆摊、卖茶、食品和各种玩具。北城外的大钟寺、西城外的白云观、南城的火神庙（厂甸）是最有名的。可是，开庙最初的两三天，并不十分热闹，因为人们还正忙着彼此贺年，无暇及此。到了初五六，庙会开始风光起来，小孩们特别热心去逛，为的是到城外看看野景，可以骑毛驴，还能买到那些新年特有的玩具。白云观外的广场上有赛轿车赛马的；在老年间，据说还有赛骆驼的。这些比赛并不争取谁第一谁第二，而是在观众面前表演骡马与骑者的美好姿态与技能。

多数的铺户在初六开张，又放鞭炮，从天亮到清早，全城的炮声不绝。虽然开了张，可是除了卖吃食与其他重要日用品的铺子，大家并不很忙，铺中的伙计们还可以轮流着去逛庙、逛天桥和听戏。

元宵（汤圆）上市，新年的高潮到了——元宵节（从正月十三到十七）。除夕是热闹的，可是没有月光；元宵节呢，恰好是明月当空。元旦是体面的，家家门前贴着鲜红的春联，人们穿着新衣裳，可是它还不够美。元宵节，处处悬灯结彩，整条的大街像是办喜事，火炽而美丽。有名的老铺都要挂出几百盏灯来，有的一律是玻璃的，有的清一色是牛角的，有的都是纱灯；有的各形各色，有的通通彩绘全部《红楼梦》或《水浒传》故事。这，在当年，也就是一种广告；灯一悬起，任何人都可以进到铺中参观；晚间灯中都点上烛，观者就更多。这广告可不庸俗。干果店在灯节还要做一批杂拌儿生意，所以每每独出心裁的，制成各样的冰灯，或用麦苗做成一两条碧绿的长龙，把顾客招来。

除了悬灯，广场上还放花合。在城隍庙里并且燃起火判，火舌由判官的泥像的口、耳、鼻、眼中伸吐出来。公园里放起天灯，像巨星似的飞到天空。

◎老北京旧景观。

男男女女都出来踏月、看灯、看焰火；街上的人拥挤不动。在旧社会里，女人们轻易不出门，她们可以在灯节里得到些自由。

小孩子们买各种花炮燃放，即使不跑到街上去淘气，在家中照样能有声有光地玩耍。家中也有灯：走马灯——原始的电影——宫灯、各形各色的纸灯，还有纱灯，里面有小铃，到时候就叮叮地响。大家还必须吃汤圆呀。这的确是美好快乐的日子。

一眨眼，到了残灯末庙，学生该去上学，大人又去照常做事，新年在正

◎老北京旧景观。

月十九结束了。腊月和正月，在农村社会里正是大家最闲在的时候，而猪牛羊等也正长成，所以大家要杀猪宰羊，酬劳一年的辛苦。过了灯节，天气转暖，大家就又去忙着干活了。北京虽是城市，可是它也跟着农村社会一齐过年，而且过得分外热闹。

在旧社会里，过年是与迷信分不开的。腊八粥，关东糖，除夕的饺子，都须先去供佛，而后人们再享用。除夕要接神；大年初一要祭财神，吃元宝汤（馄饨），而且有的人要到财神庙去借纸元宝，抢烧头股香。正月初八要给老人们顺星、祈寿。因此那时候最大的一笔浪费是买香蜡纸马的钱。现在，大家都不迷信了，也就省下这笔开销，用到有用的地方去。特别值得提到的是现在的儿童只快活地过年，而不受那迷信的熏染，他们只有快乐，而没有恐惧——怕神怕鬼。也许，现在过年没有以前那么热闹了，可是多么清醒健康呢。以前，人们过年是托神鬼的庇佑，现在是大家劳动终岁，大家也应当快乐地过年。

赏析

《北京的春节》写于 1951 年 1 月，春节前夕，发表在《新观察》杂志上。

文章用优美的文笔描绘了北京春节的民俗，包括前后不同的日程，节目，玩艺，吃食，礼仪，景观等等。可以说，是关于北京春节的小百科全书。

值得注意的是，在文章的最后，老舍写了这样的话："也许，现在过年没有以前那么热闹了，可是多么清醒健康呢。以前，人们过年是托神鬼的庇佑，现在是大家劳动终岁，大家也应当快乐地过年。"

这是一种赞叹之余的委婉的惋惜。

这是一种肯定发展进步的同时对于付出的代价所表示的无奈。

这是一种对优秀的民间文化传统所表达的趋同、向往、保留和发扬的善良愿望。

总之，文章传递了一种深刻的矛盾。这个矛盾，很值得玩味。

在老舍作品中时常出现这个矛盾，必须把它指出来。不如此，不足以理解老舍作品的深厚。

在他的小说中，反映这类矛盾的作品比比皆是，短篇小说《老字号》、《断魂枪》便是其中最有代表性的。可以说，有此种矛盾思绪是老舍的一大特点。实际上，这是老舍的一种文化观。

仅仅从进化论的角度，一定会把"新的"理解为"好的"和"先进的"，以为不如此社会便不会有进步，所以，主张否定"旧的"和"老的"，实行新老交替。但是，如果换一个角度，从文化角度上去考虑问题，便不会如此简单和机械了。

文化是需要积累的，不是一茬一茬更替的，而是由小到大，由少到多，由简单到复杂，由粗糙到精致，靠一个连续不断的长长的过程来完善。一座老而破的房子，其价值也许会比一栋新式洋楼要大得多，后者过不了多少年会被更新的大厦所取代；而前者，因为它有某些人文价值，比如，在这所房子里发生过重大的历史事件，或者，生活过著名的文学家、艺术家，而无法被别的建筑所代替，它会因此而不朽。这所老而破的房子，一旦成了特定的历史文化的载体，它便会成为永恒的财富。

　　每当社会变革，取得某种进步，但又以无情地摧毁一些文化为代价时，老舍便会发出这个矛盾的叹息。这个叹息，便导致他在《北京的春节》结尾中说"也许，现在过年没有以前那么热闹了"。

　　于是，他忍不住要发出"现在大家也应当快乐地过年"。这在当时那个明确地宣布要同传统的观念实行最彻底的决裂的时代，该是怎样石破天惊的呼吁呵！

（舒乙）

◎1950年夏于院中荷花旁。

一些印象（节录）

上帝把夏天的艺术赐给瑞士，把春天的赐给
西湖，秋和冬的全赐给了济南。

　　济南的秋天是诗境的。设若你的幻想中有个中古的老城，有睡着了的大
城楼，有狭窄的古石路，有宽厚的石城墙，环城流着一道清溪，倒映着山影，
岸上蹲着红袍绿裤的小妞儿。你的幻想中要是这么个境界，那便是个济南。
设若你幻想不出——许多人是不会幻想的——请到济南来看看吧。

　　请你在秋天来。那城，那河，那古路，那山影，是终年给你预备着的。
可是，加上济南的秋色，济南由古朴的画境转入静美的诗境中了。这个诗意
秋光秋色是济南独有的。上帝把夏天的艺术赐给瑞士，把春天的赐给西湖，
秋和冬的全赐给了济南。秋和冬是不好分开的，秋睡熟了一点便是冬，上帝
不愿意把它忽然唤醒，所以作个整人情，连秋带冬全给了济南。

　　诗的境界中必须有山有水。那么，请看济南吧。那颜色不同，方向不同，
高矮不同的山，在秋色中便越发的不同了。以颜色说吧，山腰中的松树是青
黑的，加上秋阳的斜射，那片青黑便多出些比灰色深，比黑色浅的颜色，把
旁边的黄草盖成一层灰中透黄的阴影。山脚是镶着各色条子的，一层层的，
有的黄，有的灰，有的绿，有的似乎是藕荷色儿。山顶上的色儿也随着太阳
的转移而不同。山顶的颜色不同还不重要，山腰中的颜色不同才真叫人想作
几句诗。山腰中的颜色是永远在那儿变动，特别是在秋天，那阳光能够忽然
清凉一会儿，忽然又温暖一会儿，这个变动并不激烈，可是山上的颜色觉得
出这个变化，而立刻随着变换。忽然黄色更真了一些，忽然又暗了一些，忽

然像有层看不见的薄雾在那儿流动，忽然像有股细风替"自然"调和着彩色，轻轻地抹上一层各色俱全而全是淡美的色道儿。有这样的山，再配上那蓝的天，晴暖的阳光；蓝得像要由蓝变绿了，可又没完全绿了；晴暖得要发燥了，可是有点凉风，正像诗一样的温柔，这便是济南的秋。况且因为颜色的不同，那山的高低也更显然了。高的更高了些，低的更低了些，山的棱角曲线在晴空中更真了，更分明了，更瘦硬了。看山顶上那个塔！

再看水。以量说，以质说，以形式说，哪儿的水能比济南？有泉——到处是泉——有河，有湖，这是由形式上分。不管是泉是河是湖，全是那么清，全是那么甜，哎呀，济南是"自然"的Sweetheart吧？大明湖夏日的莲花，城河的绿柳，自然是美好的了。可是看水，是要看秋水的。济南有秋山，又有秋水，这个秋才算个秋，因为秋神是在济南住家的。先不用说别的，只说水中的绿藻吧。那份儿绿色，除了上帝心中的绿色，恐怕没有别的东西能比拟的。这种鲜绿全借着水的清澄显露出来，好像美人借着镜子鉴赏自己的美。是的，这些绿藻是自己享受那水的甜美呢，不是为谁看的。它们知道它们那点绿的心事，它们终年在那儿吻着水皮，做着绿色的香梦。淘气的鸭子，用黄金的脚掌碰它们一两下。浣女的影儿，吻它们的绿叶一两下。只有这个，是它们的香甜的烦恼。羡慕死诗人呀！

在秋天，水和蓝天一样的清凉。天上微微有些白云，水上微微有些波皱。天水之间，全是清明，温暖的空气，带着一点桂花的香味。山影儿也更真了。秋山秋水虚幻地吻着。山儿不动，水儿微响。那中古的老城，带着这片秋色秋声，是济南，是诗。要知济南的冬日如何，且听下回分解。

上次说了济南的秋天，这回该说冬天。

对于一个在北平住惯的人，像我，冬天要是不刮大风，便是奇迹；济南的冬天是没有风声的。对于一个刚由伦敦回来的，像我，冬天要能看得见日光，便是怪事；济南的冬天是响晴的。自然，在热带的地方，日光是永远那么毒，响亮的天气反有点叫人害怕。可是，在北中国的冬天，而能有温晴的天气，济南真得算个宝地。

设若单单是有阳光，那也算不了出奇。请闭上眼想：一个老城，有山有水，全在蓝天下很暖和安适地睡着；只等春风来把他们唤醒，这是不是个理想的境界？

○秋意浓浓的济南一景。

小山整把济南围了个圈儿，只有北边缺着点口儿，这一圈小山在冬天特别可爱，好像是把济南放在一个小摇篮里，它们全安静不动地低声地说：你们放心吧，这儿准保暖和。真的，济南的人们在冬天是面上含笑的。他们一看那些小山，心中便觉得有了着落，有了依靠。他们由天上看到山上，便不觉地想起：明天也许就是春天了吧？这样的温暖，今天夜里山草也许就绿起来吧？就是这点幻想不能一时实现，他们也并不着急，因为有这样慈善的冬天，干啥还希望别的呢。

最妙的是下点小雪呀。看吧，山上的矮松越发的青黑，树尖上顶着一髻儿白花，像些小日本看护妇。山尖全白了，给蓝天镶上一道银边。山坡上有的地方雪厚点，有的地方草色还露着，这样，一道儿白，一道儿暗黄，给山们穿上一件带水纹的花衣；看着看着，这件花衣好像被风儿吹动，叫你希望看见一点更美的山的肌肤。等到快日落的时候，微黄的阳光斜射在山腰上，那点薄雪好像忽然害了羞，微微露出点粉色。就是下小雪吧，济南是受不住大雪的，那些小山太秀气。

古老的济南，城内那么狭窄，城外又那么宽敞，山坡上卧着些小村庄，小村庄的房顶上卧着点雪，对，这是张小水墨画，或者是唐代的名手画的吧。

那水呢，不但不结冰，反倒在绿藻上冒着点热气。水藻真绿，把终年贮蓄的绿色全拿出来了。天儿越晴，水藻越绿，就凭这些绿的精神，水也不忍得冻上，况且那长枝的垂柳还要在水里照个影儿呢。看吧，由澄清的河水慢慢往上看吧，空中，半空中，天上，自上而下全是那么清亮，那么蓝汪汪的，整个的是块空灵的蓝水晶。这块水晶里，包着红屋顶，黄草山，像地毯上的小团花的小灰色树影，这就是冬天的济南。

树虽然没有叶儿，鸟儿可并不偷懒，看在日光下张着翅叫的百灵们。山东人是百灵鸟的崇拜者，济南是百灵的国。家家处处听得到它们的歌唱，自然，小黄鸟儿也不少，而且在百灵国内也很努力地唱。还有山喜鹊呢，成群的在树上啼，扯着浅蓝的尾巴飞。树上虽没有叶，有这些羽翎装饰着，也倒有点像西洋美女。坐在河岸上，看着它们在空中飞，听着溪水活活地流，要睡了，这是有催眠力的，不信你就试试。睡吧，决冻不着你。

要知后事如何，我自己也不知道。

到了齐大，暑假还未曾完。除了太阳要落的时候，校园里不见一个人影。那几条白石凳，上面有枫树给张着伞，便成了我的临时书房。手里拿着本书，并不见得念；念地上的树影，比读书还有趣。我看着：细碎的绿影，夹着些小黄圈，不定都是圆的，叶儿稀的地方，光也有时候透出七棱八角的一小块。小黑驴似的蚂蚁，单喜欢在这些光圈上慌手忙脚地来往过。那边的白石凳上，也印着细碎的绿影，还落着个小蓝蝴蝶，抿着翅儿，好像要睡。一点风儿，把绿影儿吹醉，散乱起来；小蓝蝶醒了懒懒地飞，似乎是做着梦飞呢；飞了不远，落下了，抱住黄蜀菊的蕊儿。看着，老大半天，小蝶儿又飞了，来了个愣头磕脑的马蜂。

真静。往南看，千佛山懒懒地倚着一些白云，一声不出。往北看，围子墙根有时过一两个小驴，微微有点铃声。往东西看，只看见楼墙上的爬山虎。叶儿微动，像竖起的两面绿浪。往下看，四下都是绿草。往上看，看见几个红的楼尖，全不动。绿的，红的，上上下下的，像一张画，颜色固定，可是越看越好看。只有办公处的大钟的针儿，偷偷地移动，好似唯恐怕叫光阴知道似的，那么偷偷地动，从树隙里偶尔看见一个小女孩，花衣裳特别花哨，突然把这一片静的景物全刺激了一下；花儿也更红，叶儿也更绿了似的；好像她的花衣裳要带这一群颜色跳舞起来。小女孩看不见了，又安静起来。槐树上轻轻落下个豆瓣绿的小虫，在空中悬着，其余的全不动了。

园中就是缺少一点水呀！连小麻雀也似乎很关心这个，时常用小眼睛往四下找；假如园中，就是有一道小溪吧，那要多么出色。溪里再有些各色的鱼，有些荷花！哪怕是有个喷水池呢，水声和着枫叶的轻响，在石台上睡一刻钟，要做出什么有声有色有香味的梦！花木够了，只缺一点水。

短松墙觉得有点死板，好在发着一些松香；若是上面绕着些密罗松，开着些血红的小花，也许能减少一些死板气儿。园外的几行洋槐很体面，似乎缺少一些小白石凳。可是继而一想，没有石凳也好，校园的全景，就妙在只有花木，没有多少人工作的点缀，砖砌的花池咧，绿竹篱咧，全没有；这样，没有人的时候，才真像没有人，连一点人工经营的痕迹也看不出；换句话说，这才不俗气。

　　啊，又快到夏天了！把去年的光景又想起来，也许是盼望快放暑假吧。快放暑假吧！把这个整个的校园，还交给蜂蝶与我吧！太自私了，谁说不是！可是我能念着树影，给诸位作首不十分好，也还说得过去的诗呢。

　　学校南边那块瓜地，想起来叫人口中出甜水，但是懒得动；在石凳上等着吧，等太阳落了，再去买几个瓜吧。自然，这还是去年的话；今年那块地还种瓜吗？管他种瓜还是种豆呢，反正白石凳还在那里，爬山虎也又绿起来；只等玫瑰开呀！玫瑰开，吃粽子，下雨，晴天，枫树底下，白石凳上，小蓝蝴蝶，绿槐树虫，哈，梦！再温习温习那个梦吧。

◎原山东大学图书馆。

　　有诗为证，对，印象是要有诗为证的，不然，那印象必是多少带点土气的。我想写"春夜"，多么美的题目！想起这个题目，我自然地想作诗了。可是，不是个诗人，怎办呢？这似乎要"抓瞎"——用个毫无诗味的词儿。新诗吧？太难，脑中虽有几堆"呀，噢，唉，喽"和那俊美的"；"，和那珠泪滚滚的"！"。但是，没有别的玩艺，怎能把这些宝贝缀上去呢？此路不通！

旧诗？又太死板，而且至少有十几年没动那些七庚八葱的东西了，不免出丑。

到底硬联成一首七律，一首不及六十分的七律；心中已高兴非常，有胜于无，好歹不论，正合我的基本哲学。好，再作七首，共合八首；即便没一首"通"的吧，"量"也足惊人不是？中国地大物博，一人能写八首春夜，呀！

唉！湿膝病又犯了，两膝僵肿，精神不振，终日茫然，饭且不思，何暇作诗，只有大喊拉倒，予无能为矣！只凑了三首，再也凑不出。

想另作一篇散文吧，又到了交稿子的时候；况且精神不好，其影响于诗与散文一也；散了吧，好歹的那三首送进去，爱要不要；我就是这个主意！反正无论怎说，我是有诗为证：

（一）

多少春光轻易去？无言花鸟夜如秋。

东风似梦微添醉，小月知心只照愁！

柳样诗思情入影，火般桃色艳成羞。

谁家玉笛三更后？山倚疏星人倚楼。

（二）

一片闲情诗境里，柳风淡淡桥声凉。

山腰月少青松黑，篱畔光多玉李黄。

心静渐知春似海，花深每觉影生香。

何时买得田千顷，遍种梧桐与海棠！

（三）

且莫贪眠减却狂，春宵月色不平常！

碧桃几树开蝴蝶，紫燕联肩梦海棠。

花比诗多怜夜短，柳如人瘦为情长。

年来潦倒漂萍似，惯与东风道暖凉。

得看这三大首！五十年之后，准保

有许多人给作注解——好诗是不需注解的。我的评注者，一定说我是资本家，或是穷而倾向资本主义者，因为在第二首里，有"何时买得田千顷"之语。好，我先自己作点注吧：我的意思是买山地呀，不是买一千顷良田，全种上花木，而叫农民饿死，不是。比如千佛山两旁的秃山，要全种上海棠，那要多么美，这才是我的梦想。这不怨我说话不清，是律诗自身的别扭；一句非七个字不可，我怎能忽然来句八个九个字的呢？

得了，从此再不受这个罪，《一些印象》也不再续。暑假中好好休息，把腿养好，能加入将来远东运动会的五百里竞走，得个第一，那才算英雄好汉；诌几句不准多于七个字一句的诗，算得什么！

画赏析

◎1933年5、6月间老舍患背痛、泻肚。病后求教于济南拳师马子元，学习拳术以强身健体。在济南、青岛家中都备有刀、枪、剑、棒等武术器械，此为1987年丁聪作练拳漫画。

　　散文《一些印象》是断续写成的济南印象，这里节选的部分所写的是济南的秋和冬。

　　"济南的秋天是诗境的"，作者由此引领读者进入诗一样的氛围。诗境是由画境而来，而作者眼中的济南秋色不是一幅死气沉沉的风景画，而是随光影不断变幻、不断运动的色彩。这里有"青黑的"松树，在秋阳的斜射下"青黑"又能显现出"比灰色深，比黑色浅的颜色"，同时使旁边的"黄"草获得了"灰中透黄"的阴影。山腰的颜色是随阳光变换的，"忽然黄色更真了一些，忽然又暗了一些，忽然像有层看不见的薄雾在那儿流动，忽然像有股细风替'自然'调和着彩色，轻轻地抹上一层各色俱全而全是淡美的色道儿。"那蓝天呢，在作者眼里"蓝得像要由蓝变绿了，可又没完全绿了"。作者对颜色的描绘是如此精细、微妙。人类用双眼观察世界，自然界给人印象最深的便是颜色。作者赋予颜色以生命，如写绿藻有"绿的心事"，"做着绿色的香梦"，仿佛不是作者体味出色彩的情感，而是色彩本身就含蕴着情感。

在写济南的冬天时，作者又提到了绿藻的绿色："那水呢，不但不结冰，反倒在绿藻上冒着点热气。水藻真绿，把终年贮蓄的绿色全拿出来了。天儿越晴，水藻越绿，就凭这绿的精神，水也不忍得冻上；况且那长枝的垂柳还要在水里照个影儿呢。"作者真把绿色以及与绿相关的景物都写活了。这里所用的是拟人的修辞法，老舍善用拟人胜过比喻，这是因为呈现在老舍面前的自然景物在他看来都是活物。你看，他笔下静止的群山也那么富有人情味："这一圈小山在冬天特别可爱，好像是把济南放在一个小摇篮里，它们全安静不动地低声地说：你们放心吧，这儿准保暖和。"这段描写很容易使人联想起摆弄洋娃娃的小孩，但作者并未直接作此比喻，而是把具象化、感性化的情境直接展现在读者面前，能够给读者留下更深刻的印象。"就是下小雪吧，济南是受不住大雪的，那些小山太秀气。"如果由庸常作者来描写，很可能是"小山像秀气的XX"，比喻几乎是写景散文不可缺少的，但从另一角度说，过多的比喻又常常暴露出作者描绘能力的薄弱。这里老舍没有告诉我们小山像什么，而我们想象中的小山是那么可爱可怜，使人油然生出同情心，生怕大雪真的会伤了它们。

《一些印象》使我们又一次领略了老舍语言的魅力。老舍不使用冷僻的词汇，他的句法与修辞不显雕饰的痕迹，他以鲜活自然的北京口语造就出生动而富有表现力的文学语言，显示出独特的语言风格。

（刘纳）

五月的青岛

看一眼路旁的绿叶，再看一眼海，真的，这才
明白了什么叫做"春深似海"。

　　因为青岛的节气晚，所以樱花照例是在四月下旬才能盛开。樱花一开，青岛的风雾也挡不住草木的生长了。海棠，丁香，桃，梨，苹果，藤萝，杜鹃，都争着开放，墙角路边也都有了嫩绿的叶儿。五月的岛上，到处花香，一清早便听见卖花声。公园里自然无须说了，小蝴蝶花与桂竹香们都在绿草地上用它们的娇艳的颜色结成十字，或绣成几团；那短短的绿树篱上也开着一层白花，似绿枝上挂了一层春雪。就是路上两旁的人家也少不得有些花草：围墙既矮，藤萝往往顺着墙把花穗儿悬在院外，散出一街的香气；那双樱，丁香，都能在墙外看到，双樱的明艳与丁香的素丽，真是足以使人眼明神爽。

　　山上有了绿色，嫩绿，所以把松柏们比得发黑了一些。谷中不但真满了绿色，而且颇有些野花，有一种似紫荆而色儿略略发蓝的，折来很好插瓶。

　　青岛的人怎能忘下海呢。不过，说也奇怪，五月的海就仿佛特别的绿，特别的可爱，也许是因为人们心里痛快吧？看一眼路旁的绿叶，再看一眼海，真的，这才明白了什么叫做"春深似海"。绿，鲜绿，浅绿，深绿，黄绿，灰绿，各种的绿色，联接着，交错着，变化着，波动着，一直绿到天边，绿到山脚，绿到渔帆的外边去。风不凉，浪不高，船缓缓地走，燕低低地飞，街上的花香与海上的咸味混到一处，荡漾在空中，水在面前，而绿意无限，可不是，春深似海！欢喜，要狂歌，要跳入水中去，可是只能默默无言，心好像飞到天边上那将将能看到的小岛上去，一闭眼仿佛还看见一些桃花。人面

桃花相映红，必定是在那小岛上。

　　这时候，遇上风与雾便还须穿上棉衣，可是有一天忽然响晴，夹衣就正合适。但无论怎说吧，人们反正都放了心——不会大冷了，不会。妇女们最先知道这个，早早地就穿出利落的新装，而且决定不再脱下去。海岸上，微风吹动少女们的发与衣，何必再去到电影园中找那有画意的景儿呢！这里是初春浅夏的合响，风里带着春寒，而花草山水又似初夏，意在春而景如夏，姑娘们总先走一步，迎上前去，跟花们竞争一下，女性的伟大几乎不是颓废诗人所能明白的。

　　人似乎随着花草都复活了，学生们特别的忙：换制服，开运动会，到崂山丹山旅行，服劳役。本地的学生忙，别处的学生也来参观，几个，几十，几百，打着旗子来了，又成着队走开，男的，女的，先生，学生，都累得满头是汗，而仍不住地向那大海丢眼。学生以外，该数小孩最快活，笨重的衣服脱去，可以到公园跑跑了；一冬天不见猴子了，现在又带着花生去喂猴子，看鹿。拾花瓣，在草地上打滚；妈妈说了，过几天还有大红樱桃吃呢！

　　马车都新油饰过，马虽依然清瘦，而车辆体面了许多，好作一夏天的买卖呀。新油过的马车穿过街心，那专作夏天的生意的咖啡馆，酒馆，旅社，饮冰室，也找来油漆匠，扫去灰尘，油饰一新。油漆匠在交手上忙，路旁也增多了由各处来的舞女。预备呀，忙碌呀，都红着眼等着那避暑的外国战舰与各处的阔人。多喒浴场上有了人影与小艇，生意便比花草还茂盛呀。到那时候，青岛几乎不属于青岛的人了，谁的钱多谁更威风，汽车的眼是不会看山水的。

　　那么，且让我们自己尽量地欣赏五月的青岛吧！

◎老舍在青岛的寓所。

赏析

　　《五月的青岛》尽写了青岛春天的美丽。作者从花写起——虽然他没有描绘花的色彩，但种种花名自会唤起读者五彩缤纷的印象，而作者最为瞩目的是绿色。那是草木的颜色，又是海的颜色。绿色在作者看来是"特别的可爱"的，他把绿叶与海交相辉映出的无限生动描绘得美丽诱人："绿，鲜绿，浅绿，深绿，黄绿，灰绿，各种的绿色，联接着，交错着，变化着，波动着，一直绿到天边，绿到山脚，绿到渔帆的外边去。"作者说"这才明白了什么叫做'春深似海'"，他通过具体的描绘，也使读者领略了"春深似海"的意味。

　　作者从花、草木、海又依次写到了妇女、学生、小孩和马车，青岛五月的生动与热闹尽收于作者笔底。而当作者注意到迎接夏季的种种迹象，他又引领读者进入了对不久之后喧闹场面的想象，那时的青岛将属于"避暑的外国战舰与各处的阔人"，而不再属于青岛人，于是作者发出了"谁的钱多谁更威风，汽车的眼是不会看山水的"慨叹。

　　老舍是本世纪中国文坛上屈指可数的语言大师，他善于运用并且提升了民众的口语、俗语，他笔下的文字好像一个个鲜活的细胞，组成了一篇篇充满生命力的作品。像这样的句子。"风不凉，浪不高，船缓缓地走，燕低低地飞，街上的花香与海上的咸味混到一处，荡漾在空中，水在面前，而绿意无限，可不是，春深似海！"工整而活泼，生动而隽永，诗意盈然而情趣盎然。倘若你真到了青岛，并且真的赶上了青岛的五月，却不见得能领略到这份生动与美丽。自古至今，有许多写作者表示过对语言传达功能的不信任，对于表达困难的体认使得"难以言状"这个成语泛滥于自古至今的文学作品中，然而，语言描绘虽有局限，却也有可能显示出奇异的独特的魅力。语言所独具的传达功能有时能把读者带入比真实景色更美丽的境界，这当然是优秀作家才能做到的事，老舍做到了。

（刘纳）

◎创作《骆驼祥子》时摄于青岛。

英国人

他的礼貌与体面是一种武器，使人不敢离他
太近了。

　　据我看，一个人即使承认英国人民有许多好处，大概也不会因为这个而乐意和他们交朋友。自然，一个有金钱与地位的人，走到哪里也会受欢迎；不过，在英国也比在别国多些限制。比如以地位说吧，假如一个做讲师或助教的，要是到了德国或法国，一定会有些人称呼他"教授"。不管是出于诚心吧，还是捧场，反正这是承认教师有相当的地位，是很显然的。在英国，除非他真正是位教授，绝不会有人来招呼他。而且，这位教授假若不是牛津或剑桥的，也就还差点劲儿。贵族也是如此，似乎只有英国国产贵族才能算数儿。

　　至于一个平常人，尽管在伦敦或其他的地方住上十年八载，也未必能交上一个朋友。是的，我们必须先交代明白，在资本主义的社会里，大家一天到晚为生活而奔忙，实在找不出闲工夫去交朋友；欧西各国都是如此，英国并非例外。不过，即使我们承认这个，可是英国人还有些特别的地方，使他们更难接近。一个法国人见着个生人，能够非常的亲热，越是因为这个生人的法国话讲得不好，他才越愿指导他。英国人呢，他以为天下没有会讲英语的，除了他们自己，他干脆不愿答理一个生人。一个英国人想不到一个生人可以不明白英国的规矩，而是一见到生人说话行动有不对的地方，马上认为这个人是野蛮，不屑于再招呼他。英国的规矩又偏偏是那么多！他不能想象到别人可以没有这些规矩，而另有一套；不，英国的是一切；设若别处没有那么多的雾，那根本不能算作真正的天气！

除了规矩而外，英国人还有好多不许说的事：家中的事，个人的职业与收入，通通不许说，除非彼此是极亲近的人。一个住在英国的客人，第一要学会那套规矩，第二要别乱打听事儿，第三别谈政治，那么，大家只好谈天气了，而天气又是那么不得人心。自然，英国人很有的说，假若他愿意：他可以谈论赛马、足球、养狗、高尔夫球等等，可是咱又许不大晓得这些事儿。结果呢，只好对愣着。对了，还有宗教呢，这也最好不谈。每个英国人有他自己开阔的到天堂之路，趁早儿不用惹麻烦。连书籍最好也不谈，一般说，英国人的读书能力与兴趣远不及法国人。能念几本书的差不多就得属于中等阶级，自然我们所愿与谈论书籍的至少是这路人。这路人比谁的成见都大，那么与他们闲话书籍也是自找无趣的事。多数的中等人拿读书——自然是指小说了——当做一种自己生活理想的佐证。一个普通的少女，长得有个模样，嫁了个开汽车的；在结婚之夕才证实了，他原来是个贵族，而且承袭了楼上有鬼的旧宫，专是壁上的挂图就值多少百万！读惯这种书的，当然很难想到别的事儿，与他们谈论书籍和捣乱大概没有什么分别。中上的人自然有些识见了，可是很难遇到啊。况且有些识见的英国人，根本在英国就不大被人看得起；他们连拜伦、雪莱和王尔德还都逐出国外去，我们想跟这样人交朋友——即使有机会——无疑的也会被看做成怪物的。

我真想不出，彼此不能交谈，怎能成为朋友。自然，也许有人说：不常交谈，那么遇到有事需要彼此的帮忙，便丁对丁，卯对卯地去办好了；彼此有了这样干脆了当的交涉与接触，也能成为朋友，不是吗？是的，求人帮助是必不可免的事，就是在英国也是如是；不过英国人的脾气还是以能不求人为最好。他们的脾气即是这样，他们不求你，你也就不好意思求他了。多数的英国人愿当鲁滨孙，万事不求人。于是他们对别人也就不愿多伸手管事。况且，他们即使愿意帮忙你，他们是那样的沉默简单，事情是给你办了，可是交情仍然谈不到。当一个英国人答应了你办一件事，他必定给你办到。可是，跟他上火车一样，非到车已要开了，他不露面。你别去催他，他有他的

◎ 老舍在英国常去的图书馆。

稳当劲儿。等办完了事，他还是不理你，直等到你去谢谢他，他才微笑一笑。到底还是交不上朋友，无论你怎样上前巴结。假若你一个劲儿奉承他或讨他的好，他也许告诉你："请少来吧，我忙！"这自然不是说，英国就没有一个和气的人。不，绝不是。一个和气的英国人可以说是最有礼貌，最有心路，最体面的人。不过，他的好处只能使你钦佩他，他有好些地方使人不便和他套交情。他的礼貌与体面是一种武器，使人不敢离他太近了。就是顶和气的英国人，也比别人端庄的多；他不喜欢法国式的亲热——你可以看见两个法国男人互吻，可是很少见一个英国人把手放在另一个英国人的肩上，或搂着脖儿。两个很要好的女友在一块儿吃饭，设若有一个因为点儿原故而想把自己的菜让给友人一点，你必会听到那个女友说："这不是羞辱我吗？"男人就根本不办这样的傻事。是呀，男人对于让酒让烟是极普遍的事，可是只限于烟酒，他们不会肥马轻裘与友共之。

这样讲，好像英国人太别扭了。别扭，不错：可是他们也有好处。你可以永远不与他们交朋友，但你不能不佩服他们。事情都是两面的，英国人不愿轻易替别人出力，他可也不来讨厌你呀。他的确非常高傲，可是你要是也沉住了气，他便要佩服你。一般地说，英国人很正直。他们并不因为自傲而蛮不讲理。对于一个英国人，你要先估量估量他的身份，再看看你自己的价值，他要是像块石头，你顶好像块大理石；硬碰硬，而你比他更硬。他会承认他的弱点。他能够很体谅人，很大方，但是他不愿露出来；你对他也顶好这样。设若你准知道他要向灯，你就顶好也先向灯，他自然会向火；他喜欢表示自己有独立的意见。他的意见可老是意见，假若你说得有理，到办事的时候他会牺牲自己的意见，而应怎么办就怎么办。你必须知道，他的态度虽是那么沉默孤高，像有心事的老驴似的，可是他心中很能幽默一气。他不轻易向人表示亲热，可也不轻易生气，到他说不过你的时候，他会以一笑了之。这点幽默劲儿使英国人几乎成为可爱的了。他没火气，他不吹牛，虽然他很自傲自尊。

所以，假若英国人成不了你的朋友，他们可是很好相处。他们该办什么就办什么，不必你去套交情；他们不因私交而改变做事该有的态度。他们的自傲使他们对人冷淡，可是也使他们自重。他们的正直使他们对人不客气，可也使他们对事认真。你不能拿他当做吃喝不分的朋友，可是一定能拿他当个很好的公民或办事人。就是他的幽默也不低级讨厌，幽默助成他做个贞脱儿曼，不是弄鬼脸逗笑。他并不老实，可是他大方。

他们不爱着急，所以也不好讲理想。胖子不是一口吃起来的，乌托邦也不是一步就走到的。往坏了说，他们只顾眼前；往好里说，他们不乌烟瘴气。他们不爱听世界大同，四海兄弟，或那顶大顶大的计划。他们愿一步一步慢慢地走，走到哪里算哪里。成功呢，好；失败呢，再干。英国兵不怕打败仗。英国的一切都好像是在那儿敷衍呢，可是他们在各种事业上并不是不求进步。这种骑马找马的办法常常使人以为他们是狡猾，或守旧；狡猾容或有之，守旧也是真的，可是英国人不在乎，他有他的主意。他深信常识是最可宝贵的，慢慢走着瞧吧。萧伯纳可以把他们骂得狗血喷头，可是他们会说："他是爱尔兰的呀！"他们会随着萧伯纳笑他们自己，但他们到底是他们——萧伯纳连一点办法也没有！

这些，可只是个简单的，大概的，一点由观察得来的印象。一般地说，也许大致不错；应用到某一种或某一个英国人身上，必定有许多欠妥当的地方。概括的论断总是免不了危险的。

赏析

　　如今英语流行，已经成了实际上的世界语。因此，对英国人作一翻研究，岂不是很有兴味，很有必要的吗？老舍先生的这篇文章可以帮助我们把英国人的民族性格作一番剖析。当然，这里所说的英国人，应是属于绅士阶层，亦即所谓 gentleman（老舍称之为贞脱而曼）的那类人。他们自认是君临不列颠帝国的英王陛下的子民，有强烈的优越感与"主子"意识。

　　老舍先生从1924至1929年经燕京大学英籍教授艾温斯推荐，到伦敦大学东方学院任汉语讲师。在这5年里，老舍对中国人在海外的屈辱地位有深切的体会。他于1929年在英国写的长篇小说《二马》中说得再明白不过："20世纪的'人'是与'国家'相对等的，强国的人是'人'，弱国的呢？狗！""伊牧师真爱中国人：半夜睡不着的时候，总是祷告上帝快快地叫中国变成英国的属国，他含着热泪告诉上帝，中国人要不叫英国人管起来，这群黄脸黑头发的东西，怎么也升不了天堂！"

　　1936年，老舍为《西风》第一期写下这篇《英国人》，对英国人的性格做了极为精辟的描绘。

　　他们非常高傲，他们冷漠，"多数的英国人愿当鲁滨孙，万事不求人。于是他们对别人也就不愿多伸手管事。"所以，与他们打交道时，"你要先估量估量他的身份，再看看你自己的价值，他要是像块石头，你顶好像块大理石；硬碰硬，而你比他更硬。他会承认他的弱点。"……

　　无论是老舍旅居英国的20年代，还是写作此文的30年代，大英帝国都还是称霸世界的强国，中国却是处处都得仰人鼻息的半殖民地。当他写到英国与英国人时，既没有"月亮也是外国的亮"的奴颜媚骨，也没有阿Q式的精神胜利法；而是对之作出独到的判断与客观的描绘。有赞扬与肯定，也有批评与否定。调侃中露出善意，温和处坚持原则。一向以推崇幽默自许的英国绅士，读了这样的文字，大约也只能哭笑不得，默默咀嚼其中冷峻的含义。这才是真正的幽默，充分发挥了幽默的力量！

◎1926年于伦敦寓所。

如今日不落的不列颠帝国已经衰落，现代美语占了皇家英语的上风，大英帝国恐怕也意识到了绅士架子的不得人心，采取了一些措施来改善自身在世界公众中的形象。例如英国外交部和联邦部、英国文化委员会和慈善组织联合成立了一个叫做"东道主"(Host)的机构，组织许多家庭志愿接待外国学子到他们家中度假。今天的英国人给中国人的印象大约会与当年留在老舍记忆中的有所不同了。此时此际，重读老舍先生的这篇《英国人》，不是挺有味儿的么？

(马小弥)

敬悼许地山先生

啊，昔日的趣事都变成今日的泪源。你
怎可以死呢？

◎ 20 世纪 30 年代的许地山。

地山是我的最好的朋友。以他的对
种种学问好知喜问的态度，以他的对生
活各方面感到的趣味，以他的对朋友的
提携辅导的热诚，以他的对金钱利益的
淡薄，他绝不像个短寿的人。每逢当我
看见他的笑脸，握住他的柔软而戴着一
个翡翠戒指的手，或听到他滔滔不断地
讲说学问或故事的时候，我总会感到他
必能活到八九十岁，而且相信若活到八
九十岁，他必定还能像年轻的时候那样
有说有笑，还能那样说干什么就干什
么，永不驳回朋友的要求，或给朋友一
点难堪。

地山竟自会死了——才将快到五十的边儿上吧。

他是我的好友。可是，我对于他的身世知道的并不十分详
细。不错，他确是告诉过我许多关于他自己的事情；可是，大
部分都被我忘掉了。一来是我的记性不好；二来是当我初次看
见他的时候，我就觉得"这是个朋友"，不必细问他什么；即

使他原来是个强盗，我也只看他可爱；我只知道面前是个可爱的人，就是一点也不晓得他的历史，也没有任何关系！况且，我还深信他会活到八九十岁呢。让他讲那些有趣的故事吧，让他说些对种种学术的心得与研究方法吧；至于他自己的历史，忙什么呢？等他老年的时候再说给我听，也还不迟啊！

可是，他已经死了！

我知道他是福建人。他的父亲做过台湾的知府——说不定他就生在台湾。他有一位舅父，是个很有才而后来做了不十分规矩的和尚的。由这位舅父，他大概自幼就接近了佛说，读过不少的佛经。还许因为这位舅父的关系，他曾在仰光一带住过，给了他不少后来写小说的资料。他的妻早已死去，留下一个小女孩。他手上的翡翠戒指就是为纪念他的亡妻的。从英国回到北平，他续了弦。这位太太姓周，我曾在北平和青岛见到过。

以上这一点：事实恐怕还有说得不十分正确的地方，我的记性实在太坏了！记得我到牛津去访他的时候，他告诉了我为什么老戴着那个翡翠戒指；同时，他说了许许多多关于他的舅父的事。是的，清清楚楚地我记得他由述说这位舅父而谈到禅宗的长短，因为他老人家便是禅宗的和尚。可是，除了这一点，我把好些极有趣的事全忘得一干二净；后悔没把它们都笔记下来！

我认识地山，是在二十年前了。那时候，我的工作不多，所以常到一个教会去帮忙，做些"社会服务"的事情。地山不但常到那里去，而且有时候住在那里，因此我认识了他。我呢，只是个中学毕业生，什么学识也没有。可是地山在那时候已经在燕大毕业而留校教书，大家都说他是个很有学问的青年。初一认识他，我几乎不敢希望能与他为友，他是有学问的人哪！可是，他有学问而没有架子，他爱说笑话，村的雅的都有；他同我去吃八个铜板十只的水饺，一边吃一边说，不一定说什么，但总说得有趣。我不再怕他了。虽然不晓得他有多大的学问，可是的确知道他是个极天真可爱的人了。一来二去，我试着步去问他一些书本上的事；我生怕他不肯告诉我，因为我知道有些学者是有这样脾气的：他可以和你交往，不管你是怎样的人；但是一提到学问，他就不肯开口了；不是他不肯把学问白白送给人，便是不屑于与一个没学问的人谈学问——他的神态表示出来，跟你来往已是降格相从，至于学问之事，哈哈……但是，地山绝对不是这样的人。他愿意把他所知道的告诉人，正如同他愿给人讲故事。他不因为我向他请教而轻视我，而且也并不板起面孔表示他有学问。和谈笑话似的，他知道什么便告诉我什么，没有矜持，没有厌倦，教我佩服他的学识，而仍认他为好友。学问并没有毁坏了他的为人，像那些气焰千丈的"学者"那样，他对我如此，对别人也如此；在认识他的人中，我没有听到过背地里指摘他，说他不够个朋友的。

不错，朋友们也有时候背地里讲究他；谁能没有些毛病呢。可是，地山的毛病只使朋友们又气又笑的那一种，绝无损于他的人格。他不爱写信。你给他十封信，他也未见得答复一次；偶尔回答你一封，也只是几个奇形怪状的字，写在一张随手拾来的破纸上。我管他的字叫做鸡爪体，真是难看。这也许是他不愿写信的原因之一吧？另一毛病是不守时刻。口头的或书面的通知，何时开会或何时集齐，对他绝不发生作用。只要他在图书馆中坐下，或和友人谈起来，就不用再希望他还能看看钟表。所以，你设若不亲自拉他去赶会就约，那就是你的过错，他是永远不记着时刻的。

一九二四年初秋，我到了伦敦，地山已先我数日来到。他是在美国得了硕士学位，再到牛津继续研究他的比较宗教学的；还未开学，所以先在伦敦住几天，我和他住在了一处。他正用一本中国小商店里用的粗纸账本写小说，那时节，我对文艺还没有发生什么兴趣，所以就没大注意他写的是哪一篇。几天的工夫，他带着我到城里城外玩耍，把伦敦看了一个大概。地山喜欢历史，对宗教有多年的研究，对古生物学有浓厚的兴趣。由他领着逛伦敦，是多么有趣、有益的事呢！同时，他绝对不是"月亮也是外国的好"的那种留学生。说真的，他有时候过火地厌恶外国人。因为要批判英国人，他甚至于连英国人有礼貌，守秩序，和什么喝汤不准出响声，都看成愚蠢可笑的事。因此，我一到伦敦，就借着他的眼睛看到那古城的许多宝物，也看到它那阴暗的一方面，而不至糊糊涂涂地断定伦敦的月亮比北平的好了。

　　不久，他到牛津去入学。暑假寒假中，他必到伦敦来玩几天。"玩"这个字，在这里，用得很妥当，又不很妥当。当他遇到朋友的时候，他就忘了自己：朋友们说怎样，他总不驳回。去到东伦敦买黄花木耳，大家做些中国饭吃？好！去逛动物园？好，玩扑克牌？好！他似乎永远没有忧郁，永远不会说"不"。不过，最好还是请他闲扯。据我所知道的，除各种宗教的研究而外，他还研究人学、民俗学、文学、考古学；他认识古代钱币，能鉴别古画，学过梵文与巴利文。请他闲扯，他就能——举个例说——由男女恋爱扯到中古的禁欲主义，再扯到原始时代的男女关系。他的故事多，书本上的佐证也丰富。他的话一会儿降低到贩夫走卒的俗野，一会儿高飞到学者的深刻高明。他谈一整天并不倦容，大家听一天也不感疲倦。

　　不过，你不要让他独自溜出去。他独自出去，不是到博物院，必是入图书馆。一进去，他就忘了出来。有一次，在上午八九点钟，我在东方学院的图书馆楼上发现了他。到吃午饭的时候，我去唤他，他不动。一直到下午五点，他才出来，还是因为图书馆已到关门的时间的原故。找到了我，他不住地喊"饿"，是啊，他已饿了十点钟。在这种时节，"玩"字是用不得的。

　　牛津不承认他的美国的硕士学位，所以他须花二年的时光再考硕士。他的论文是法华经的介绍，在预备这本论文的时候，他还写了一篇相当长的文章，在世界基督教大会上去宣读。这篇文章的内容是介绍道教。在一般的浮浅传教师心里，中国的佛教与道教不过是与非洲黑人或美洲红人所信的原始宗教差不多。地山这篇文章使他们闻所未闻，而且得到不少宗教学学者的称赞。

　　他得到牛津的硕士。假若他能继续住二年，他必能得到文学博士——最荣誉的学位。论文是不成问题的，他能于很短的期间预备好。但是，他必须再住二年；校规如此，不能变更。他没有住下去的钱，朋友们也不能帮助他。他只好以硕士为满意，而离开英国。

在他离英以前，我已试写小说。我没有一点自信心，而他又没工夫替我看看。我只能抓着机会给他朗读一两段。听过了几段，他说"可以，往下写吧！"这，增多了我的勇气。他的文艺意见，在那时候，仿佛是偏重于风格与情调；他自己的作品都多少有些传奇的气息，他所喜爱的作品也差不多都是浪漫派的。他的家世，他的在南洋的经验，他的旧文学的修养，他的喜研究学问而又不忍放弃文艺的态度，和他自己的生活方式，我想，大概都使他倾向着浪漫主义。

单说：他的生活方式吧。我不相信他有什么宗教的信仰，虽然他对宗教有深刻的研究，可是，我也不敢说宗教对他完全没有影响。他的言谈举止都像个诗人。假若把"诗人"按照世俗的解释从他的生活中发展起来，他就应当有很古怪奇特的行动与行为。但是，他并没做过什么怪事。他明明知道某某人对他不起，或是知道某某人的毛病，他仍然是一团和气，以朋友相待。他不会发脾气。在他的嘴里，有时候是乱扯一阵，可是他的私生活是很严肃的，他既是诗人，又是"俗"人。为了读书，他可以忘了吃饭。但一讲到吃饭，他却又不惜花钱。他并不孤高自赏。对于衣食住行他都有自己的主张，可是假若别人喜欢，他也不便固执己见。他能过很苦的日子。在我初认识他的几年中，他的饭食与衣服都是极简单朴俭。他结婚后，我到北平去看他，他的住屋衣服都相当讲究了。也许是为了家庭间的和美，他不便于坚持己见吧。虽然由破夏布褂子换为整齐的绫罗大衫，他的脱口而出的笑话与戏谑还完全是他，一点也没改。穿什么，吃什么，他仿佛都能随遇而安，无所不可。在这里和在其他的好多地方，他似乎受佛教的影响较基督教的为多，虽然他是在神学系毕业，而且也常去做礼拜。他像个禅宗的居士，而绝不能成为一个清教徒。

不但亲戚朋友能影响他，就是不相识而偶然接触的人也能临时地左右他。有一次，我在"家"里，他到伦敦城里去干些什么。日落时，他回来了，进门便笑，而且不住地摸他的刚刚刮过的脸。我莫名其妙。他又笑了一阵。"教理发匠挣去两镑多！"我吃了一惊。那时候，在伦敦理发普通是八个便士，理发带刮脸也不过是一个先令，"怎能花两镑多呢？"原来是理发匠问他什么，他便答应什么，于是用香油香水洗了头，电气刮了脸，还不得用两镑多么？他绝想不起那样打扮自己，但是理发匠的钱罐是不能驳回的！

自从他到香港大学任事，我们没有会过面，也没有通过信；我知道他不喜欢写信，所以也就不写给他。抗战后，为了香港文协分会的事，我不能不写信给他了，仍然没有回信。可是，我准知道，信虽没来，事情可是必定办了。果然，从分会的报告和友人的函件中，我晓得了他是极热心会务的一员。我不能希望他按时回答我的信，可是我深信他必对分会卖力气，他是个极随便而又极不随便的人，我知道。

我自己没有学问，不能妥切地道出地山在学术上的成就如何。我只知道，他极用功，读书很多，这就值得钦佩，值得效法。对文艺，我没有什么高明的见解，所以不敢批评地山的作品。但是我晓得，他向来没有争过稿费，或恶意地批评过谁。这一点，不但使他能在香港文协分会以老大哥的身份德望去推动会务，而且在全国文艺界的团结上也有重大的作用。

是的，地山的死是学术界文艺界的极重大的损失！至于谈到他与我私人的关系，我只有落泪了；他既是我的"师"，又是我的好友！

啊，地山！你记得给我开的那张"佛学入门必读书"的单子吗？你用功，也希望我用功；可是那张单子上的六十几部书，到如今我一部也没有读啊！

你记得给我打电报，叫我到济南车站去接周校长①吗？多么有趣的电报啊！知道我不认识她，所以你教她穿了黑色旗袍，而电文是："×日×时到站接黑衫女！"当我和妻接到黑衫女的时候，我们都笑得闭不上口啊。朋友，你托友好做一件事，都是那样有风趣啊！啊，昔日的趣事都变成今日的泪源。你怎可以死呢！

不能再往下写了……

---

① 周校长，即许地山的夫人的妹妹。

赏析

许地山这个名字对当今的许多读者来说，或许是陌生的。但一提起他的笔名"落华生"，又会有很多人说"知道，知道"。在笔者这一辈人中，谁没有读过他的名篇《落花生》？

许地山是五四新文化运动的一位重要作家，风格独具。他写小说起步早于老舍，在小说创作方面还给过老舍某些启迪。老舍纪念许地山的这篇文章写于1941年，当时他正投身于轰轰烈烈的抗战文艺运动，主持着全国文协的工作。他没有谈许地山的文学创作，而着重回忆许的学问与人品。这篇文章写得很有感情，如泣如诉，动人心弦。反复运用愿望与现实之间的强烈反差发出悲叹——他本应长寿，竟这么早就会死；他是我最好的朋友，本应长相厮守，而他已经死了。说完自己的悲哀，再叙他与许地山的亲密过从。

这篇纪念文章，老舍写出了许地山谦和忠厚、坦荡的个性。他极愿把自己的学识告诉人，从不以学者自居，"学问并没有毁坏了他的为人，像那些气焰千丈的'学者'那样，他对我如此，对别人也如此。"

这篇文章还写出了许地山风趣多才的个人风格与严肃的私生活，能安贫，也能活得讲究。最要紧的是作为文人，"他向来没有争过稿费，或恶意地批评过谁。这一点，不但使他能在香港文协分会以老大哥的身份德望去推动会务，而且在全国文艺界的团结上也有重大的作用。"

老舍的这篇文章绘出了一个可师、可兄、可友的亲爱的形象。老舍让我们看见

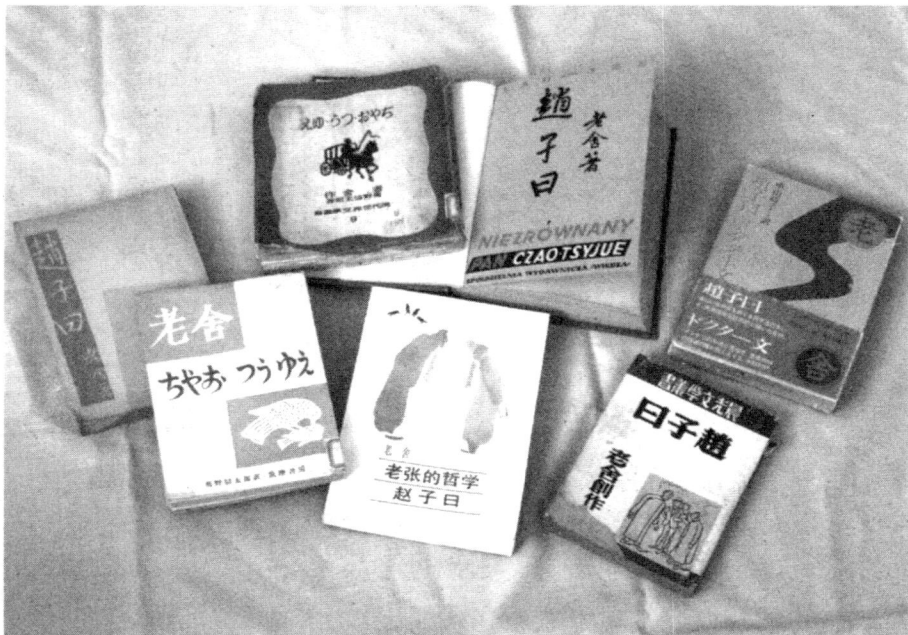

◎ 老舍 20 世纪 20 年代出版《赵子曰》的各种版本。

了一颗朴实无华的落花生,有用、实在、平凡得伟大。做一颗落花生——这其实也是老舍的人生努力目标。难怪他会引许地山这样一位高尚的人为挚友,又为失去这样一位挚友而痛心。

特别要指出的是,在"我"和"他"这两种人称而外,老舍在这篇文章中还运用了"你"这个第三人称。这是一种非常强烈的表达方法,直接诉诸读者的感情。读着这篇文章,我仿佛看见老舍呜咽着在诉说他失去许地山这个最好的朋友的不幸。我甚至看见他两眼含泪,面前放着一只小瓦杯,里面是半杯大曲酒。"啊,地山!你记得给我开的那张'佛学入门必读书'的单子吗?你用功,也希望我用功,可是那张单子上的六十几部书,到如今我一部也没有读啊!""啊,昔日的趣事都变成今日的泪源。你怎可以死呢!"

"不能再往下写了……"砰的一声,拳头重重地砸在桌子上。

(马小弥)

大地的女儿

她热爱世界上所有的劳苦大众，
她自己就是劳苦出身。

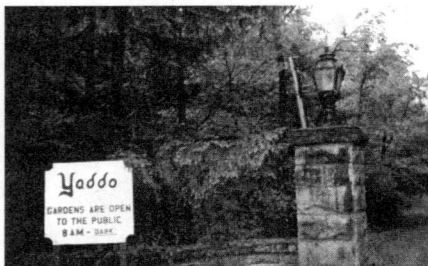

　　我与史沫特莱初次会面是在一九四六年九月里，以前，闻名而不曾见过面。

　　见面的地点是雅门（XADDO）。雅门是美国纽约州的一所大花园，有一万多亩地。园内有松林、小湖、玫瑰圃、楼馆，与散在松荫下的单间书房。此园原为私产。园主是财主，而喜艺术。他死后，继承人们组织了委员会，把园子作为招待艺术家来创作的地方。这是由一九二六年开始的，到现在已招待过五百多位艺术家。招待期间，客人食宿由园中供给。

　　园林极美，地方幽静。这的确是安心创作的好地点。当我被约去住一个月的时候，史沫特莱正在那里撰写《朱德总司令传》。

　　客人们吃过早饭，即到林荫中的小书房去工作。游园的人们不得到书房附近来，客人们也不得凑到一处聊天。下午四点，工作停止，客人们才到一处，或打球、或散步、或划船。晚饭后，大家在一处或闲谈、或下棋、或跳舞、或喝一点酒。这样，一个月里，我差不多都能见到史沫特莱。

　　她最初给我的印象是：这是个烈性的女人。及至稍熟识了一点，才知道她是路见不平，拔刀相助，如烈性男儿，可又善于体贴，肯服侍人，像个婆婆妈妈的中年妇人。赶到读了她的自传——《大地的女儿》，我更明白了她是既敢冲破一切网罗束缚的战士，又是个多情的女子。因此，她非常的可爱，她在工作之暇，总是挑头儿去跳舞、下棋或喝两杯酒。这些小娱乐与交际，使大家都愿意接近她；她既不摆架子，又不装腔作势。她真纯。她有许多印度亲戚与朋友。赶到他们来到，她就按着东方的习俗招待他们，拿出所有的钱给他们花，把自己的床让给他们睡，还给他们洗衣服、做饭。她并不因为自己思想前进，而忽略了按照着老办法招呼亲友。

虽然如此，她却无时无地不给当时的中国的解放区与苏联做宣传。在作这种宣传的时候，她还是针对着对象，适当地发言，不犯急性病。比如，有两次她到新从战场上退役的士兵里去活动，教他们不要追随着老退伍军人做反动的事情，她就约我同去，先请我陈诉蒋介石政权是多么腐烂横暴，而后她自己顺着我的话再加以说明。她并不一下子就说中国的解放区怎么好——那会教文化不高的士兵害怕，容易误认为她要劝他们加入共产党。同样的，她与一位住在雅门的英国作家讨论世界大势的时候，她也留着神，不一下子就赶尽杀绝。那位英国作家参加过西班牙内战，痛恨法西斯主义。可是，正和许多别的英国文化人一样，他一方面反法西斯，却一方面又为英国工党政府的反动政策作辩护，反对苏联。史沫特莱有心眼，知道自己要是一个劲的说苏联好，必会劳而无功，或者弄得双方面红耳赤，下不来台。她总先提：苏联的建设是全世界的一个新理想，新试验，他就是人类的光明。因此，我们不能只就某一件事去批评苏联，而需高瞻远瞩的为苏联着想，为全人类的光明远景着想。我们若是依据着别人的话语去指摘苏联，便会减低了我们的理想，遮住了人类的光明。这种苦口婆心的，识大体的规劝，对于可左可右的知识分子是大有说服力量的。

可是，她并不老婆婆妈妈。当她看到不平的事情，她会马上冒火，准备开打。有一次，我们到市里去吃饭（雅门园距市里有二英里，可以慢慢走去），看见邻桌坐着一男一女两位黑人。坐了二十多分钟，没有人招呼他们。女的极感不安，想要走出去，男的不肯。史沫特莱过去把他们让到我们桌上来，同时叫过跑堂的质问为什么不伺候黑人。那天，有某进步的工会正在市里开年会，她准备好，假若跑堂的出口不逊，她会马上去找开会的工人代表们来兴师问罪。幸而，跑堂的见她声色俱厉，在她面前低了头，否则，那天会出些事故的。

后来，她来过纽约，为控诉麦克阿瑟。可惜，我没有见着她。据说：麦克阿瑟说她是红侦探，所以她一怒来到纽约起诉。她一点也没看起占据日本的加料天皇。

也因为她，雅门后来遭受检查与检举，说那里窝藏危险人物，传播危险思想。雅门招待过不少前进的艺术家，不过史沫特莱是最招眼毒的。

在雅门的时候，我跟她谈到那时候国内文艺作家的贫困。她马上教我起草一封信，由她打出多少份，由她寄给美国的前进作家们。结果，我收到了大家的献金一千四百多元，存入银行。我没法子汇寄美金，又由她写信给一位住在上海的友人，教她把美金交给那时候的文协负责人。她的热心、肯受累、肯负责，令人感动、感激。

从她的精力来看，她不像个早死的人。她的死是与美国在第二次大战后，日甚一日的走向法西斯化，大有关系。单是这个恶劣倾向，已足使许多开明的知识分子感到痛苦，而史沫特莱又是身受其害的人，就不能不悲愤抑郁，以至伤害了她的健康。我不大知道她临死时的情况，但是我的确知道这几年中，美国人被压迫病了的、疯了的、自杀了的，也不在少数。

在她去世以前，我知道，她曾有机会到印度去。可是她告诉我：要走，我就再到中国去！

美国政府不允许她再到中国来，她只能留下遗嘱把尸身埋葬在她所热爱的中国去。她临死还向那要侵略中国的美国战争贩子，与诬蔑新中国的政客财阀们抗议——她的骨头要埋在中国的地土里。她是中国人民的真朋友。

在她的心里，没有国籍的种族的宗教的成见。她热爱世界上所有的劳苦大众，她自己就是劳苦出身。她受过劳苦人民所受的压迫、饥寒、折磨，所以哪里有劳苦人民的革命，她就往哪里去。她认识中国人，同情中国人，热爱中国人，死了还把尸骨托付给中国人，因为她认识了中国的革命是人民的革命。安眠吧，大地的女儿，你现在是睡在人民革命胜利了的地土中！

赏析

老舍先生纪念史沫特莱的这篇文章写于 1951 年。笔者读过不少记述史沫特莱的文章，以老舍这篇最为有血有肉。开宗明义，他给史沫特莱一层深似一层地勾勒这样一幅速写："她最初给我的印象是：这是个烈性的女人。及至稍熟识了一点，才知道她是路见不平，拔刀相助，如烈性男儿。可又善于体贴，肯服侍人，像个婆婆妈妈的中年妇人。赶到读了她的自传——《大地的女儿》，我更明白了她是既敢冲破一切网罗束缚的战士，又是个多情的女子。"因此，老舍下了结论："她非常的可爱。"

这样一个生龙活虎，热爱生活的人，本不应早死。老舍说："她的死是与美国在第二次大战后，日甚一日的走向法西斯化大有关系。"他在英国生活5年，美国3年，深受种族歧视之苦，因此对史沫特莱这样热爱中国人民、与中国革命共命运的美国朋友不该早死而早死，感到格外悲痛。这篇文章的最后段落写得感人肺腑："美国政府不允许她再到中国来，她只能留下遗嘱把尸身埋葬在她所热爱的中国去。""在她的心里，没有国籍的种族的宗教的成见……她认识中国人，同情中国人，热爱中国人，死了还把尸骨托付给中国人……"最后，老舍把文章归结到主题上来："安眠吧，大地的女儿，你现在是睡在人民革命胜利了的地土中！"全文采用白描手法，没有什么夸张或者华丽的辞藻，却在朴实中传达出无限的情愫。读完此文，我们都会和作者一样，默默地祝愿：安眠吧，大地的女儿！

（马小弥）

新年辞话

醉话比诗话词话官话的价值都大，特别是在新年。

　　大新年的，要不喝醉一回，还算得了英雄好汉么？喝醉而去闷睡半日，简直是白糟蹋了那点酒。喝醉必须说醉话，其重要至少等于新年必须喝醉。

　　醉话比诗话词话官话的价值都大，特别是在新年。比如你恨某人，久想骂他猴崽子一顿。可是平日的生活，以清醒温和为贵，怎好大睁白眼的骂阵一番？到了新年，有必须喝醉的机会，不乘此时节把一年的"储蓄骂"都倾泻净尽，等待何时？于是乎骂矣。一骂，心中自然痛快，且觉得颇有英雄气概。因此，来年的事业也许更顺当，更风光；在元旦或大年初二已自许为英雄，一岁之计在于春也。反之，酒只两盅，菜过五味，欲哭无泪，欲笑无由。只好哼哼唧唧噜哩噜苏，如老母鸡然，则癞狗见了也多咬你两声，岂能成为民族的英雄？

　　再说，处此文明世界，女扮男装。许多许多男子大汉在家中乾纲不振。欲恢复男权，以求平等，此其时矣。你得喝醉哟，不然哪里敢！既醉，则挑鼻子弄眼，不必提名道姓，而以散文诗冷嘲，继以热骂：头发烫得像鸡窝，能孵小鸡么？曲线美，直线美又几个钱一斤？老子的钱是容易挣得？哼！诸如此类，无须管层次清楚与否，但求气势畅利。每当少为停顿，则加一哼，哼出两道白气，这么一来，家中女性，必都惶恐。如不惶恐，则拉过一个——以老婆为最合适——打上几拳。即使因此而罚跪床前，但床前终少见证，而醉骂则广播四邻，其声势极不相同，威风到底是男子汉的。闹过之后，如有必要，得请她看电影；虽发是鸡窝如故，且未孵出小鸡，究竟得显出不平凡的亲密。即使完全失败，跪在床前也不见原谅，到底酒力热及四肢，不至着凉害病，多脆一会儿正自无损。这自然是附带的利益，不在话下。无论怎说，你总得给女性们一手儿瞧瞧，纵不能一战成

◎漫画《新年》。

功，也给了她们个有力的暗示———你并不是泥人哟。久而久之，只要你努力，至少也使她们明白过来：你有时候也曾闹脾气，而跪在床前殊非完全投降的意思。

至若年底搪债，醉话尤为必需。讨债的来了，见面你先喷他一口酒气，他的威风马上得低降好多，然后，他说东，你说西，他说欠债还钱，你唱《四郎探母》。虽曰无赖，但过了酒劲，日后见面，大有话说。此"尖头曼"之所以为"尖头曼"也。

醉话之功，不止于此，要在善于运用。秘诀在这里：酒喝到八成，心中还记得"莫谈国事"，把不该说的留下；可以说的，如骂友人与恫吓女性，则以酒力充分活动想象力，务使自己成为浪漫的英雄。骂到伤心之处，宜紧紧摇头，使眼泪横流，自增杀气。

当是时也，切莫题词寄信，以免留叛逆的痕迹。必欲艺术的发泄酒性，可以在窗纸上或院壁上作画。画完题"醉墨"二字，豪放之情乃万古不朽。

原注：《矛盾月刊》新年特大号向我要文章。写小说吧，没工夫；作诗，又不大会。就寄了这么几句，虽然没有半点艺术价值，可是在实际上不无用处。如有仁人君子照方儿吃一剂，而且有效，那我要变成多么有光荣的我哟！

—— 一九三四年春节——作者。

赏析

　　人类的生活可以分为"日常"与"节日"两部分，对于中国人来说更是这样。人们在日常生活中辛苦积蓄，在节日里尽情享受，而"过年"则是一年中最重要的节日。老舍曾在《北京的春节》里记述了过年的种种习俗和年年如此的热闹，他的不少作品里也都曾写到猥琐生活中的人们怎样兴高采烈地过年。

　　《新年醉话》一开头的"大新年的"四字已经点出了"年"在中国人心目中的重要位置，接着便把"酒"与"年"联系起来："大新年的，要不喝醉一回，还算得了英雄好汉么？""节日"与"日常"最大的不同便是它带有合理的"违常"性质，老舍可谓洞悉了节日的本质，因此，当他借"年"与"酒"来"幽他一默"的时候，他的心理刻画是入木三分的。

　　有一句古诗："何以解忧？唯有杜康。"有一句古话："杯酒傲王侯。"在中国人看来，酒是解脱物，酒是逃避薮。惜着酒劲，可以说平日不敢说的话，可以做平日不敢做的事。老舍写道："比如你恨某人，久想骂他猴崽子一顿。可是平日的生活，以清醒温和为贵，怎好大睁白眼的骂阵一番？到了新年，有必须喝醉的机会，不乘此时节把一年的'储蓄骂'都倾泻净尽，等待何时？"借酒撒疯是何等快乐又何等便宜的事，快乐在于平日积聚的郁闷窝囊之气能够得以释放，便宜在于日后可以不对自己此时的"骂"负责任。当此之时，平日的窝囊废可以暂时充民族英雄、充大丈夫，还可以对登门讨债者无所畏惧。而老舍在痛快淋漓地描述了一番"醉话"的妙用之后，又告诫说："当是时也，切莫题词寄信，以免留叛逆的痕迹。"醉话是人

◎1952 年秋，老舍夫妇
在院内菊花丛中。

们用来对抗日常猥琐生活的虚伪而无奈的手段，过完年，人们还得从"节日"回到日常生活，潦倒的依然潦倒，窝囊的依旧窝囊，如果我们把借酒撒疯看做一种反抗形式的话，这种反抗该是多么无力和可怜。不少人有这样的病态心理，也经常见到诸如此类的人生现象，人们多不以此为怪了。但读了本文，笑过了以后，或许会品味出生活的苦涩来！

老舍深谙幽默讽刺艺术，即使在这样一篇千余字的短文里，也显示出他独特的批判光芒。

（刘纳）

婆婆话

人生本来是非马即牛，不管是贵是贱，谁也逃不出衣食住行，与那油盐酱醋。

一位友人从远道而来看我，已七八年没见面，谈起来所以非常高兴。一来二去，我问他有了几个小孩？他连连摇头，答以尚未有妻。他已三十五六，还做光棍儿，倒也有些意思。引起我的话来，大致如下：

我结婚也不算早，做新郎时已三十四岁了。为什么不肯早些办这桩事呢？最大的原因是自己挣钱不多，而负担很大，所以不愿再套上一份麻烦，做双重的马牛。人生本来是非马即牛，不管是贵是贱，谁也逃不出衣食住行，与那油盐酱醋。不过，牛马之中也有些性子刚硬的，挨了一鞭，也敢回敬一个别扭。合则留，不合则去，我不能在以劳力换金钱之处，还赔上狗事巴结人，由马牛调做走狗。这么一来，随时有卷起铺盖滚蛋的可能，也就得有些准备：积极的是储蓄俩钱，以备长期抵抗；消极的是即使挨饿，独身一个总不致灾情扩大。所以我不肯结婚。卖国贼很可以是慈父良夫，错处是只尽了家庭中的责任，而忘了社会国家。我的不婚，越想越有理。

及至过了三十而立，虽有桌椅板凳亦不敢坐，时觉四顾茫然。第一个是老母亲的劝告，虽然不明说："为了养活我，你牺牲了自己，我是怎样的难过！"可是再说硬话实在使老人难堪；

◎漫画《挑灯夜战》。

只好告诉母亲：不久即有好消息。君子一言，驷马难追；一透口话，就满城风雨。朋友们不论老少男女，立刻都觉得有做媒的资格，而且说得也确是近情近理；平日真没想到他们能如此高明。还普遍而且最动听的——不晓得他们都是从哪儿学来的这一套？——是：老光棍儿正如老姑娘。独居惯了就慢慢养成绝户脾气——万要不得的脾气！一个人，他们说，总得活泼泼的，各尽所长，快活的忙一辈子。因不婚而弄得脾气古怪，自己苦恼，大家不痛快，这是何苦？这个，的确足以打动一个卅多岁，对世事有些经验的人！即使我不希望升官发财，我也不甘成为一个老别扭鬼。

那么经济问题呢？我问他们。我以为这必能问住他们，因为他们必不会因为怕我成了老绝户而愿每月津贴我多少钱。哼，他们的话更多了。第一，两个人的花销不必比一个人多到哪里去；第二，即使多花一些，可是苦乐相抵，也不算吃亏；第三，找位能挣些钱的女子，共同合作，也许从此就富裕起来；第四，就说她不能挣钱，而且多花一些，人生本来是经验与努力，不能永远消极的防备，而当努力前进。

说到这里，他们不管我相信这些与否，马上就给我介绍女友了。仿佛是我决不会去自己找到似的。可是，他们又有文章。恋爱本无须找人帮忙，他们晓得；不过，在恋爱期间，理智往往弱于感情；一旦造成了将错就错的局面，必会将恩作怨，糟糕到底。反之，经友人介绍，旁观者清，即使未必准是半斤八两，到底是过了磅的有个准数。多一番理智的考核，便少一些感情的瞎碰。双方既都到了男大当娶，女大当聘之年，而且都愿结婚，一经介绍，必定郑重其事的为结婚而结婚，不是过过恋爱的瘾，况且结婚就是结婚；所谓同居，所谓试婚，所谓解决性欲问题，原来都是这一套。同居而不婚，也得两个吃饭，也得生儿养女；并不因为思想高明，而可以专接吻，不用吃饭！

我没了办法。你一言，我一语，说得我心中闹得慌。似乎只有结婚才能心静，别无办法。于是我就结了婚。

到如今，结婚已有五年，有了一儿一女。把五年的经验和婚前所听到的理论相证，倒也怪有个味儿。

第一该说脾气。不错，朋友们说对了：有了家，脾气确是柔和了一些。我必定得说，这是结婚的好处。打算平安的过活必须采纳对方的意见，阳纲或阴纲独振全得出毛病；男女同居，根本需要民治精神，独裁必引起革命；努力于此种革命并不足以升官发财，而打得头破血出倒颇悲壮而泄气。彼此非纳着点气儿不可，久而久之都感到精神的胜利，凡事可以和平解决，夫妇而可成圣矣。

这个，可并不能完全打倒我在婚前的主张：独身气壮，天不怕地不怕，结婚气馁，该瞅着的就得低头。我的顾虑一点不算多此一举。结了婚，脾气确是柔和了，心气可也跟着软下来。为两个人打算，绝不会像一人吃饱天下太平那么干脆。于是该将就者便须将就，不便挺起胸来大吹浩然之气，恋爱可以自由，结婚无自由。

朋友们说对了。我也并没说错。这个，请老兄自己去判断，假如你想结婚的话。

第二该说经济。现在，如果再有人对我说，俩人花钱不见得比一人多，我一定毫不迟疑的敬他一个嘴巴子。俩人是俩人，多数加S，钱也得随着加S。是的，太太可以去挣钱，俩人比一人挣得多；可是花得也多呀。公园，电影场，绝不会有"太太免票"的办法，别的就不用说了。及至有了小孩，简直地就不能再有什么预算决算，小孩比皇上还会花钱。太太的事不能再做，顾了挣钱就顾不了小孩，因挣钱而把小孩养坏，照样的不上算；好，太太专看小孩，老爷专去挣钱，小孩专管花钱，不破产者鲜矣。

自然小孩会带来许多快乐，做了父母的夫妻特别的能彼此原谅，而小胖孩子又是那么天真可爱。单单的伸出一个胖手指已足使人笑上半天。可是，小胖子可别生病；一生病，爸的表，娘的戒指，全得暂入当铺，而且昼夜吃不好，睡不安，不亚于国难当前。割割扁桃腺，得一百块！幸亏正是扁桃腺，这要是整个的圆桃，说不定就得上万！以我自己说，我对儿女总算不肯溺爱，可是只就医药费一项来说，已经使我的肩背又弯了许多。有病难道不给治么？小孩真是金子堆成的。这还没提到将来的教育费——谁敢去想，闭着眼瞎混吧！

有人会说喽，结婚之后顶好不要小孩呀。不用听那一套。我看见不少了，夫妻因为没有小孩而感情越来越坏，甚至去抱来个娃娃，暂时敷衍一下。有小孩才像家庭，不然，家庭便和旅馆一样。要有小孩，还是早些有的为是。一来，妇女岁数稍大，生产就更多危险；二来，早些有子女，虽然花费很多，可是多少能早些有个打算，即便计划不能实现，究竟想有个准备；一想到将来，便想到子女，多少心中要思索一番，对于做事花钱我就不能不小心。这样，夫妇自自然然的会老成一些了，要按着老法子说呢，父母养活子女，赶到子女长大便倒过头来养活父母。假如此法还能适用，那么早有小孩，更为上算。假如父亲在四十岁上才有了儿子，儿子到二十的时候，父亲已经六十了；说不定，也许活不到六十的；即使儿子应用古法，想养活父亲，而父亲已入了棺材，哪能喝酒吃饭？

◎漫画《理想家庭》。

这个，朋友，假若你想结婚的话，又该去思索一番。娶妻需花钱，生儿养女需花钱，负担日大，肩背日弯，好不伤心；同时，结婚有益，有子也有乐趣，即使乐不抵苦，可是生命至少不显着空虚。如何之处，统希鉴裁！

至于娶什么样的太太，问题太大，一言难尽。不过，我看出这么点来：美不是一切。太太不是图画与雕刻，可以用审美的态度去鉴赏。人的美还有品德体格的成分在内。健壮比美更重要。一位爱生病的太太不大容易使家庭快乐可爱。学问也不是顶要紧的，因为有钱可以自己立个图书馆，何必一定等太太来丰富你的或任何人的学问？据我看，结婚是关系于人生的根

本问题的；即使高调很受听，可是我不能不本着良心说话，吃，喝，性欲，繁殖，在结婚问题中比什么理想与学问也更要紧。我并不是说妇人应当只管洗衣做饭抱孩子，不应该读书做事。我是说，既来到婚姻问题上，既来到家庭快乐上，就趁早不必唱高调，说那些闲盘儿。这是个实际问题，是解决生命的根源上的几项问题，那么，说真实的吧，不必弄一套之乎者也。一个美好的摆设，正如一个有学问的摆设，都是很好的摆设，可是未见得是位好的太太。假若你是富家翁呢，那就随便地弄什么摆设也好。不幸，你只是个普通的人，那么，一个会操持家务的太太实在是必要的。假如说吧，你娶了一位哲学博士，长得也顶美，可是一进厨房便觉恶心，夜里和你讨论康德的哲学，力主生育节制，即使有了小孩也不会抱着，你怎办？听我的话，要娶，就娶个能做贤妻良母的。尽管大家高喊打倒贤妻良母主义，你的快乐你知道。这并不完全是自私，因为一位不希望做贤妻良母的满可以不嫁而专为社会服务呀。假如一位反抗贤妻良母的而又偏偏去嫁人，嫁了人又连自己的袜子都不会或不肯洗，那才是自私呢。不想结婚，好，什么主义也可以喊；既要结婚，须承认这是个实际问题，不必弄玄虚。夫妻怎不可以谈学问呢；可是有了五个小孩，欠着五百元债，明天的房钱还没指望，要能谈学问才怪！两个帮手，彼此帮忙，是上等婚姻。

　　有人根本不承认家庭为合理的组织，于是结婚也就成为可笑之举。这，另有说法，不是咱们所要谈的。咱们谈的是结婚与组织家庭，那么，这套婆婆话也许有一点点用，多少的备你参考吧。

赏析

《婆婆话》曾被人收入《老舍幽默文集》，但在这里，你几乎感受不到老舍作品中常见的"笑骂"（《我怎样写〈老张的哲学〉》）式的幽默，却仿佛一个老大哥一秉至诚地现身说法，娓娓道出实实在在的人生经验。

老舍的文字一向清晰明白，这篇散文的开头他即交代出此番"婆婆话"是向一个三十五六岁尚未婚配的友人谈论婚姻，由于占了老大哥的身份，通篇是很诚恳的"劝"。

老舍的至交吴组缃说过："老舍看人是高度现实主义的。他认为世界上没有尽美尽善的东西。现实生活也不能十全十美。"（《老舍幽默文集·序》）这里的"现实主义"不仅指创作方法，也包括了人生态度和性格。老舍自己也说过，他所持守的是"永远不和目前的事实相距很远"的"理想"（《我怎样写〈赵子曰〉》），"婆婆话"体现了老舍"高度现实主义"的人生态度。

"婚姻"这话题能引起人们不衰的兴趣，文人们形诸文字的"谈婚姻"、"论婚姻"中常常显示着有别于常情常理的高见和高调，而老舍这篇题为"婆婆话"的短文对婚姻理想悬格不高，所望不奢，他所取的大多是一些低调的"说法"。

"婆婆话"先从自己当初"不婚"之"有理"说起，而后写到自己怎样在朋友的劝导下终于认了另一面的"理"。对于两面的"理"，作者都摆得很充分。在结婚还是不结婚，自由恋爱还是经友人介绍相识，要小孩还是不要小孩，以及找个什么样的太太这些有待认真选择的问题上，老舍的"说法"都很实际，他悦："即使高调很受听，可是我不能不本着良心说话，吃，喝，性欲，繁殖，在结婚问题中比什么理想与学问也更要紧。""既来到婚姻问题上，既来到家庭快乐上，就趁早不必唱高调，说那些闲盘儿。"老舍写来很有兴味。都说时下的人们变得越来越"实际"了。这番劝说，当也能引起当今读者的兴味。

读这篇散文，真好像一位老大哥坐在你身边娓娓而谈，这是咀嚼过人生的苦味与甜味，洞彻世情后的经验之谈。此文既题名为"婆婆话"，文字间确有股婆婆妈妈的唠叨味，作者醇厚温良、随和包容的品性也就显现于其中了。

（刘纳）

◎ 老舍于 1955 年。背景为散文《要热爱你的胡同》手稿。

中篇 小说卷

月牙儿 （节录）

周围没有别的人，寂寞的感觉突然侵袭到我的身上来。

二

◎李全武、徐勇民编绘《月牙儿》连环画（图一）。

那第一次，带着寒气的月牙儿确是带着寒气。它第一次在我的云中是酸苦，它那一点点微弱的浅金光儿照着我的泪。那时候我也不过是七岁吧，一个穿着短红棉袄的小姑娘。戴着妈妈给我缝的一顶小帽儿，蓝布的，上面印着小小的花，我记得。我倚着那间小屋的门垛，看着月牙儿。屋里是药味，烟味，妈妈的眼泪，爸爸的病；我独自在台阶上看着月牙，没人招呼我，没人顾得给我做晚饭。我晓得屋里的惨凄，因为大家说爸爸的病……可是我更感觉自己的悲惨，我冷，饿，没人理我。一直的我立到月牙儿落下去。什么也没有了，我不能不哭。可是我的哭声被妈妈的压下去；爸，不出声了，面上蒙了块白布。我要掀开白布，再看看爸，可是我不敢。屋里只是那么点点地方，都被爸占了去。妈妈穿上白衣，我的红袄上也罩了个没缝襟边的白袍，我记得，因为不断地撕扯襟边上的白丝儿。大家都很忙，嚷嚷的声儿很高，哭得很恸，可是事情并不多，也似乎值不得嚷：爸爸就装入那么一个四块薄板的棺材里，到处都是缝子。然后，五六个人把他抬了走。妈和我在后边哭。我记得爸，记得爸的木匣。那个木匣结束了爸的一切：每逢我想起爸来，我就想到非打开那个木匣不能见着他。但是，那木匣是深深地埋在地里，我明知在城外哪个地方埋着它，可又像落在地上的一个雨点，似乎永难找到。

五

妈妈整天地给人家洗衣裳。我老想帮助妈妈，可是插不上手。我只好等着妈妈，非到她完了事，我不去睡。有时月牙儿已经上来，她还哼哧哼哧地洗。那些臭袜子，硬牛皮似的，都是铺子里的伙计们送来的。妈妈洗完这些"牛皮"就吃不下饭去。我坐在她旁边，看着月牙，蝙蝠专会在那条光儿底下穿过来穿过去，像银线上穿着个大菱角，极快的又掉到暗处去。我越可怜妈妈，便越爱这个月牙，因为看着它，使我心中痛快一点。它在夏天更可爱，它老有那么点凉气，像一条冰似的。我爱它给地上的那点小影子，一会儿就没了；迷迷糊糊的不甚清楚，及至影子没了，地上就特别的黑，星也特别的亮，花也特别的香——我们的邻居有许多花木，那棵高高的洋槐总把花儿落到我们这边来，像一层雪似的。

◎李全武、徐勇民编绘《月牙儿》连环画（图二）。

六

　　妈妈的手起了层鳞，叫她给搓搓背顶解痒痒了。可是我不敢常劳动她，她的手是洗粗了的。她瘦，被臭袜子熏得常不吃饭。我知道妈妈要想主意了，我知道。她常把衣裳推到一边，愣着。她和自己说话。她想什么主意呢？我可是猜不着。

七

　　妈妈嘱咐我不叫我别扭，要乖乖地叫"爸"：她又给我找到一个爸。这是另一个爸，我知道，因为坟里已经埋好一个爸了。妈嘱咐我的时候，眼睛看着别处。她含着泪说："不能叫你饿死！"呕，是因为不饿死我，妈才另给我找了个爸！我不明白多少事，我有点怕，又有点希望——果然不再挨饿的话。多么凑巧呢，离开我们那间小屋的时候，天上又挂着月牙。这次的月牙比哪一回都清楚，都可怕，我是要离开这住惯了的小屋了。妈坐了一乘红轿，前面还有几个鼓手，吹打得一点也不好听。轿在前边走，我和一个男人在后边跟着，他拉着我的手。那可怕的月牙放着一点光，仿佛在凉风里颤动。街上没有什么人，

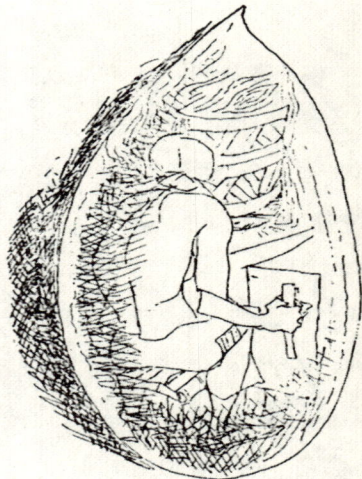

◎1983年袁运生为《月牙儿》作插图。

只有些野狗追着鼓手们咬。轿子走得很快，上哪去呢？是不是把妈抬到城外去，抬到坟地去？那个男人扯着我走，我喘不过气来，要哭都哭不出来。那男人的手心出了汗，凉得像个鱼似的，我要喊"妈"，可是不敢。一会儿，月牙像个要闭上的一道大眼缝，轿子进了个小巷。

八

我在三四年里似乎没再看见月牙。新爸对我们很好，他有两间屋子，他和妈住在里间，我在外间睡铺板。我起初还想跟妈睡，可是几天之后，我反倒爱"我的"小屋了。屋里有白白的墙，还有条长桌，一把椅子。这似乎都是我的。我的被子也比从前的厚实暖和了。妈妈也渐渐胖了点，脸上有了红色，手上的那层鳞也慢慢掉净。我好久没去当当了。新爸叫我去上学。有时候他还跟我玩一会儿。我不知道为什么不爱叫他"爸"，虽然我知道他很可爱。他似乎也知道这个，他常常对我那么一笑，笑的时候他有很好看的眼睛。可是妈妈偷告诉我叫爸，我也不愿十分的别扭。我心中明白，妈和我现在是有吃有喝的，都因为有这个爸，我明白。是的，在这三四年里我想不起曾经看见过月牙儿，也许是看见过而不大记得了。爸死时那个月牙，妈轿子前面那个月牙，我永远忘不了。那一点点光，那一点寒气，老在我心中，比什么都亮，都清凉，像块玉似的，有时候想起来仿佛能用手摸到似的。

十

当我要在小学毕业那年，妈又叫我去当当了。我不知道为什么新爸忽然走了。他上了哪儿，妈似乎也不晓得。妈妈还叫我上学，她想爸不久就会回来的。他许多日子没回来，连封信也没有。我想妈又该洗臭袜子了，这使我极难受。可是妈妈并没这么打算。她还打扮着，还爱戴花。奇怪！她不落泪，反倒好笑。为什么呢？我不明白！好几次，我下学来，看她在门口儿立着。又隔了不久，我在路上走，有人"嗨"我了："嗨！给你妈捎个信儿去！""嗨！你卖不卖呀？小嫩的！"我的脸红得冒出火来，把头低得无可再低。我明白，只是没办法。我不能问妈妈，不能。她对我很好，而且有时候极郑重地说我："念书！念书！"妈是不识字的，为什么这样催我念书呢？我疑心，又常由疑心而想到妈是为我才做那样的事。妈是没有更好的办法。疑心的时候，我恨不能骂妈妈一顿。再一想，我要抱住她，央告她不要再做那个事。我恨自己不能帮助妈妈。所以我也想到：我在小学毕业后又有什么用呢？我和同学们打听过了，有的告诉我，去年毕业的有好几个做姨太太的。有的告诉我，谁当了暗门子。我不大懂这些事，可是由她们的说法，我猜到这不是好事。她们似乎什么都知道，也爱偷偷地谈论她们明知是不正当的事——这些事叫她们的脸红红的而显出得意。我更疑心妈妈了，是不是等我毕业好去做……这么一想，有时候我不敢回家，我怕见妈妈。妈妈有时候给我点心钱，我不肯花，饿着肚子去上体操，常常要晕过去。看着别人吃点心，多么香甜呢！可是我得省着钱，万一妈妈叫我去……我可以跑，假如我手中有钱。我最阔的时候，手中有一毛多钱！在这些时候，即使在白天，我也有时望一望天上，找我的月牙儿呢。我心中的苦处假若可以用个形状比喻起来，必是个月牙儿形的。它无倚无靠的在灰蓝的天上挂着，光儿微弱，不大会儿便被黑暗包住。

二十六

　　我成了小饭馆的第二号女招待。摆菜、端菜、算账、报菜名，我都不在行。我有点害怕。可是"第一号"告诉我不用着急，她也都不会。她说，小顺管一切的事；我们当招待的只要给客人倒茶，递手巾把和拿账条；别的不用管。奇怪！"第一号"的袖口卷起来很高，袖口的白里子上连一个污点也没有。腕上放着一块白丝手绢，绣着"妹妹我爱你"。她一天到晚往脸上拍粉，嘴唇抹得血瓢似的。给客人点烟的时候，她的膝往人家腿上倚；还给客人斟酒，有时候她自己也喝了一口。对于客人，有的她伺候得非常的周到；有的她连理也不理，她会把眼皮一搭拉，假装没看见。她不招待的，我只好去。我怕男人。我那点经验叫我明白了些，什么爱不爱的，反正男人可怕。特别是在饭馆吃饭的男人们，他们假装义气，打架似的让座让账；他们拼命的猜拳，喝酒；他们野兽似的吞吃，他们不必要而故意的挑剔毛病，骂人。我低头递茶递手巾，我的脸发烧。客人们故意的和我说东说西，招我笑，我

◎电影《月牙儿》海报.

没心思说笑。晚上九点多钟完了事，我非常的疲乏了。到了我的小屋，连衣裳没脱，我一直地睡到天亮。醒来，我心中高兴了一些，我现在是自食其力，用我的劳力自己挣饭吃。我很早的就去上工。

二十七

"第一号"九点多才来，我已经去了两点多钟。她看不起我，可也并非完全恶意地教训我："不用那么早来，谁八点来吃饭？告诉你，丧气鬼，把脸别搭拉得那么长。你是女跑堂的，没让你在这儿送殡玩。低着头，没人多给酒钱，你干什么来了？不为挣子儿吗？你的领子太矮，咱这行全得弄高领子，绸子手绢，人家认这个！"我知道她是好意，我也知道设若我不肯笑，她也得吃亏，少分酒钱，小账是大家平分的。我也并非看不起她，从一方面看，我实在佩服她，她是为挣钱。妇女挣钱就得这么着，没第二条路。但是，我不肯学她。我仿佛看得很清楚：有朝一日，我得比她还开通，才能挣上饭吃。可是那得到了山穷水尽的时候，"万不得已"老在那儿等我们女人，我只能叫它多等几天。这叫我咬牙切齿，叫我心中冒火，可是妇女的命运不在自己手里。又干了三天，那个大掌柜的下了警告：再试我两天，我要是愿意往长了干呢，得照"第一号"那么办。"第一号"一半嘲弄，一半劝告的说："已经有人打听你，干吗藏着乖的卖傻的呢？咱们谁不知道谁是怎着？女招待嫁银行经理的，有的是，你当是咱们低贱呢？闯开脸儿干呀，咱们也他妈的坐几天汽车！"这个，逼上我的气来，我问她："你什么时候坐汽车？"她把红嘴唇撇得要掉下去："不用你耍嘴皮子，干什么说什么；天生下来的香屁股，还不会干这个呢！"我干不了，拿了一块零五分钱，我回了家。

◎李全武、徐勇民编绘《月牙儿》连环画（图三）。

二十八

最后的黑影又向我迈了一步。为躲它，就更走近了它。我不后悔丢了那个事，可我也真怕那个黑影。把自己卖给一个人，我会。自从那回事儿，我很明白了些男女之间的关系。女人把自己放松一些，男人闻着味儿就来了。他所要的是肉，他发散了兽力，你便暂时有吃有穿；然后他也许打你骂你，或者停止了你的供给。女人就这么卖了自己，有时候还很得意。我曾经觉到得意，在得意的时候说的净是一些天上的话；过了会儿，你觉得身上的疼痛与丧气。不过，卖给一个男人，还可以说些天上的话；卖给大家，连这些也没法说了，妈妈就没说过这样的话。怕的程度不同，我没法接受"第一号"的劝告，"一个"男人到底使我少怕一点。可是，我并不想卖我自己。我并不需要男人，我还不到二十岁。我当初以为跟男人在一块儿必定有趣，谁知道到了一块他就要求那个我所害怕的事。是的，那时候我像把自己交给了春风，任凭人家摆布；过后一想，他是利用我的无知，畅快他自己。他的甜言蜜语使我走入梦里，醒过来，不过是一个梦，一些空虚，我得到的是两顿饭，几件衣服。我不想再这样挣饭吃，饭是实在的，实在地去挣好了。可是，若真挣不上饭吃，女人得承认自己是女人，得卖肉！一个多月，我找不到事做。

三十四

我发现了我身上有了病。这叫我非常的苦痛，我觉得已经不必活下去了。我休息了，我到街上去走；无目的，乱走。我想去看看妈，她必能给我一些安慰，我想象着自己已是快死的人了。我绕到那个小巷，希望见着妈妈；我想起她在门外拉风箱的样子。馒头铺已经关了门。打听，没人知道搬到哪里去。这使我更坚决了，我非找到妈妈不可。在街上丧胆游魂地走了几天，没有一点用。我疑心她是死了，或是和馒头铺的掌柜的搬到别处去，也许在千里以外。这么一想，我哭起来。我穿好了衣裳，擦上了脂粉，在床上躺着，等死。我相信我会不久就死去的。可是我没死。门外又敲门了，找我的。好吧，我伺候他，我把病尽力地传给他。我不觉得这对不起人，这根本不是我的过错。我又痛快了些，我吸烟，我喝酒，我好像已是三四十岁的人了。我的眼圈发青，手心发热，我不再管；有钱才能活着，先吃饱再说别的吧。我吃得并不错，谁肯吃坏的呢！我必须给自己一点好吃食，一些好衣裳，这样才稍微对得起自己一点。

三十九

妈妈是说对了：我们是拿十年当一年活着。干了二三年，我觉出自己是变了。我的皮肤粗糙了，我的嘴唇老是焦的，我的眼睛里老灰绿绿的带着血丝。我起来的很晚，还觉得精神不够。我觉出这个来，客人们更不是瞎子，熟客渐渐少起来。对于生客，我更努力的伺候，可是也更厌恶他们，有时候我管不住自己的脾气。我暴躁，我胡说，我已经不是我自己了。我的嘴不由的老胡说，似乎是惯了。这样，那些文明人已不多照顾我，因为我丢了那点"小鸟依人"——他们唯一的诗句——的身段与气味。我得和野鸡学了。我打扮得简直不像个人，这才招得动那不文明的人。我的嘴擦得像个红血瓢，我用力咬他们，他们觉得痛快。有时候我似乎已看见我的死，接进一块钱，我仿佛死了一点。钱是延长生命的，我的挣法适得其反。我看着自己死，等着自己死。这么一想，便把别的思想全止住了。不必想了，一天一天地活下去就是了，我的妈妈是我的影子，我至好不过将来变成她那样，卖了一辈子肉，剩下的只是一些白头发与抽皱的黑皮。这就是生命。

四十二

正在这个期间，巡警把我抓了去。我们城里的新官儿非常地讲道德，要扫清了暗门子。正式的妓女倒还照旧做生意，因为她们纳捐；纳捐的便是名正言顺的，道德的。抓了去，他们把我放在了感化院，有人教给我做工。洗、做、烹调、编织，我都会；要是这些本事能挣饭吃，我早就不干那个苦事了。我跟他们这样讲，他们不信，他们说我没出息，没道德。他们教给我工作，还告诉我必须爱我的工作。假如我爱工作，将来必定能自食其力，或是嫁个人。他们很乐观。我可没这个信心。他们最好的成绩，是已经有十几多个女的，经过他们感化而嫁了人。到这儿来领女人的，只需花两块钱的手续费和找一个妥实的铺保就够了。这是个便宜。从男人方面看，据我想，这是个笑话。我干脆就不受这个感化。当一个大官儿来检阅我们的时候，我唾了他一脸唾沫。他们还不肯放了我，我是带危险性的东西。可是他们也不肯再感化我。我换了地方，到了狱中。

◎李全武、徐勇民编绘《月牙儿》连环画（图四）。

赏析

　　《月牙儿》是老舍中短篇小说的代表作。

　　《月牙儿》是一首被凌辱的妇女的悲歌。它写了一个本来是美丽、纯洁、自尊、要强的女孩子，在贫困生活的逼迫下，虽然竭尽全力挣扎终于避免不了沦为暗娼的悲剧。

　　这个时期的老舍心中关注和研究的问题就是城市贫民的命运，表现他们悲剧命运的不可避免性不但是《月牙儿》的主题也是《骆驼祥子》、《我这一辈子》等重要作品的共同主题。围绕着这个主题，《月牙儿》在构思上有几点很深刻，发人思索——

　　首先，它极写主人公不甘堕落，顽强挣扎，就突出了悲剧命运的无法逃避，而且分明了罪责。老舍特意让主人公的母亲做她的"影子"走在前头。这是非常耐人寻味的设计。母亲曾经顽强地和命运搏斗过，可是全失败了。女儿一一看在眼里，她十分清楚是什么在等着自己——"那个挣钱方法叫我哆嗦"。她要保护自己的纯洁，她念书，她一分一分攒钱准备随时逃跑，她不惜和母亲分手，她去给校长当帮工，她苦苦地到处求职，直到她被诱骗失身之后还不愿自暴自弃，她的自尊不让自己当个打情卖俏的女招待。但是，"肚子饿是最大的真理"，一切努力都失败之后，她服了："若真挣不上饭吃，女人得承认自己是女人，得卖肉！"谁之罪？——她多么的要强可斗不过四面八方都逼着她走上绝路的这个社会啊！

　　其次，母女两代遭遇的重复，不仅表现了这种悲剧的普遍性，而且还告诉读者它将不断"世袭"下去。在《月牙儿》里娼妓不是个别的、孤立的现象，这一家的两口，那更多的"暗门子"、"浪漫地净饭吃"的、纳捐的、没纳捐的……普遍意味着本质。而代代相传就更可悲，可怕。它还启示人们，尽管形式可以不同，但不幸命运的"世袭"在穷人是共同的。面对这"重复"和"世袭"，我们仿佛听到老舍痛彻心肺的呼叫，这声音让人们联想起鲁迅"救救孩子"的呐喊。

《月牙儿》浓郁的诗意对读者更是强有力的征服。老舍说："《月牙儿》是有以散文诗写小说的企图的。"我们可称它作散文诗型的小说。老舍不是一个冷静的作家，他的作品里始终涌动着诗人的激情，只不过有时形之为耐人寻味的幽默，有时发之为入木三分的讽刺，有时则以浓醇隽永的抒情出之而已。当老舍面对《月牙儿》的悲剧，胸中那深冗的同情和强烈的激愤难以遏止的时候，选择这种适于直接而充分表达他感情的文体是十分自然的。

透过这种抒情风格，我们又一次看见那本色的老舍，他的心态和性格。《月牙儿》从这个意义上也直接通向老舍。

接下来，我们来探讨一下"月牙儿"这个不可忽略的角色。

那斜挂在夜空中时隐时现的月牙儿与情节并没有关联，丝毫不能左右情节的发展，但它是这篇散文诗型小说的有机构成部分。

它是重要的抒情手段。它可以无所不在，无所不是，无所不能。

月牙儿不是情节的线索，却是抒情的线索。它贯穿于全文的始终，文章的哀思被它连缀起来，使全篇完整、连贯、谐调，好似乐曲的主题旋律。

月牙儿还是一个象征的形象。主人公说："我心中的苦处假若可以用个形状比喻起来，必是个月牙儿形的。它无倚无靠的在灰蓝的天上挂着，光儿微弱，不大会儿便被黑暗包住。"这头一句比喻是苦处，后一句就把月牙儿当成自己了。月牙儿的总是残损的形象宛如她的命运，月牙儿的光是微弱的，好像主人公无力的挣扎；月牙儿是孤单的，像她那样可怜而无助，月牙儿的周遭永是暗夜，时时会被吞没，像她的处境，月牙儿是伤感的，像她的心情；然而月牙儿又永远是洁白的，那是象征她的心灵。以"月牙儿"作篇名无疑是个双关，尽管主人公无名无姓，但我们读的时候，在心里不是也常常把她称作"月牙儿"吗？说到这里我们不由要感叹老舍象征手法的高妙，同时深深地感觉到他那诗人的气质。

（范亦毫）

我这一辈子 (节录)

巡警到底是干吗的？是只管在街上小便的，而不管抢铺子的吗？

七

应当有月亮，可是教黑云给遮住了，处处都很黑。我正在个僻静的地方巡夜。我的鞋上钉着铁掌，那时候每个巡警又须带着一把东洋刀，四下里鸦雀无声，听着我自己的铁掌与佩刀的声响，我感到寂寞无聊，而且几乎有点害怕。眼前忽然跑过一只猫，或忽然听见一声鸟叫，都教我觉得不是味儿，勉强着挺起胸来，可是心中总空空虚虚的，仿佛将有些什么不幸的事情在前面等着我。不完全是害怕，又不完全气粗胆壮，就那么怪不得劲的，手心上出了点凉汗。平日，我很有点胆量，什么看守死尸，什么独自看管一所脏房，都算不了一回事。不知为什么这一晚上我这样胆虚，心里越要耻笑自己，便越觉得不定哪里藏着点危险。我不便放快了脚步，可是心中急切的希望快回去，回到那有灯光与朋友的地方去。

忽然，我听见一排枪！我立定了，胆子反倒壮起来一点；真正的危险似乎倒可以治好了胆虚，惊疑不定才是恐惧的根源。我听着，像夜行的马竖起耳朵那样。又一排枪，又一排枪！没声了，我等着，听着，静寂得难堪。像看见闪电而等着雷声那样，我的心跳得很快。啪，啪，啪，啪，四面八方都响起来了！

我的胆气又渐渐地往下低落了。一排枪，我壮起气来；枪声太多了，真遇到危险了；我是个人，人怕死；我忽然的跑起来，跑了几步，猛地又立住，听一听，枪声越来越密，看不见什么，四下漆黑，只有枪声，不知为什么，不知在哪里，黑暗里只有我一个人，听着远处的枪响。往哪里跑？到底是什么事？应当想一想，又顾不得想；胆大也没用，没有主意就不会有胆量。还是跑吧，糊涂的乱动，总比呆立哆嗦着强。我跑，狂跑，手紧紧地握住佩刀。像受了惊的猫狗，不必想也知道往家里跑。我已忘了我是巡警，我得先回家看看我那没娘的孩子去，要是死就死在一处！

要跑到家，我得穿过好几条大街。刚到了头一条大街，我就晓得不容易再跑了。街上黑黑忽忽的人影，跑得很快，随跑随着放枪。兵！我知道那是些辫子兵。而我才刚剪了发不多日子。我很后悔我没像别人那样把头发盘起来，而是连根儿烂真正剪去了辫子。假若我能马上放下辫子来，虽然这些兵们平素很讨厌巡警，可是因为我有辫子或者不至于把枪口冲着我来。在他们眼中，没有辫子便是二毛子，该杀。我没有了这么条宝贝！

◎ 高荣生为《我这一辈子》作木刻插图。

我不敢再动，只能藏在黑影里，看事行事。兵们在路上跑，一队跟着一队，枪声不停。我不晓得他们是干什么呢？待了一会儿，他们好像是都过去了，我往外探了探头，见外面没有什么动静，我就像一只夜鸟儿似的飞过了马路，到了街的另一边。在这极快的穿过马路的一会儿里，我的眼梢撩着一点红光。十字街头起了火。我还藏在黑影里，不久，火光远远的照亮了一片；再探头往外看，我已可以影影绰绰的看到十字街口，所有四面把角的铺户已全烧起来，火影中那些兵们来回的奔跑，放着枪。我明

◎《我这一辈子》剧照。

白了，这是兵变。不久，火光更多了，一处接着一处，由光亮的距离我可以断定：凡是附近的十字口与丁字街全烧了起来。

　　说句该挨嘴巴的话，火是真好看！远处，漆黑的天上，忽然一白，紧跟着又黑了。忽然又一白，猛的冒起一个红团，有一块天像烧红的铁板，红得可怕。在红光里看见了多少股黑烟，和火舌们高低不齐的往上冒，一会儿烟遮住了火苗；一会儿火苗冲破了黑烟。黑烟滚着，转着，千变万化的往上升，凝成一片，罩住下面的火光，像浓雾掩住了夕阳。待一会儿，火光明亮了一些，烟也改成灰白色儿，纯净，旺炽，火苗不多，而光亮结成一片，照明了半个天。那近处的，烟与火中带着种种的响声，烟往高处起，火往四下里奔；烟像些丑恶的黑龙，火像些乱长乱钻的红铁笋。烟裹着火，火裹着烟，卷起多高，忽然离散，黑烟里落下无数的火花，或者三五个极大的火团。火花火团落下，烟像痛快轻松了一些，翻滚着向上冒。火团下降，在半空中遇到下面的火柱，又狂喜地往上跳跃，炸出无数火花。火团远落，遇到可以燃烧的东西，整个的再点起一把新火，新烟掩住旧火，一时变为黑暗；新火冲出了黑烟，与旧火联成一气，处处是火舌，火柱，飞舞，吐动，摇摆，颠狂。忽然哗啦一声，一架房倒下去，火星，焦炭，尘土，白烟，一齐飞扬，火苗压在下面，一齐在底下往横里吐射，像千百条探头吐舌的火蛇。静寂，静寂，火蛇慢慢的，忍耐的，往上翻。绕到上边来，与高处的火接到一处，通明，纯亮，忽忽地响着，要把人的心全照亮了似的。

我看着，不，不但看着，我还闻着呢！在种种不同的味道里，我哑摸着：这是那个金匾黑字的绸缎庄，那是那个山西人开的油酒店。由这些味道，我认识了那些不同的火团，轻而高飞的一定是茶叶铺的，迟笨黑暗的一定是布店的。这些买卖都不是我的，可是我都认得，闻着它们火葬的气味，看着它们火团的起落，我说不上来心中怎样难过。

我看着，闻着，难过，我忘了自己的危险，我仿佛是个不懂事的小孩，只顾了看热闹，而忘了别的一切。我的牙打得很响，不是为自己害怕，而是对这奇惨的美丽动了心。

回家是没希望了。我不知道街上一共有多少兵，可是由各处的火光猜度起来，大概是热闹的街口都有他们。他们的目的是抢劫，可是顺着手儿已经烧了这么多铺户，焉知不就棍打腿的杀些人玩玩呢？我这剪了发的巡警在他们眼中还不和个臭虫一样，只需一搂枪机就完了，并不费多少事。

想到这个，我打算回到"区"里去，"区"离我不算远，只需再过一条街就行了。可是，连这个也太晚了。当枪声初起的时候，连贫带富，家家关了门；街上除了那些横行的兵们，简直成了个死城。及至火一起来，铺户里的人们开始在火影里奔走，胆大一些的立在街旁，看着自己的或别人的店铺燃烧，没人敢去救火，可也舍不得走开，只么一声不出的看着火苗乱窜。胆小一些的呢，争着往胡同里藏躲，三五成群的藏在巷内，不时向街上探探头，没人出声，大家都哆嗦着。火越烧越旺了，枪声慢慢的稀少下来，胡同里的住户仿佛已猜到是怎么一回事，最先是有人开门向外望望，然后有人试着步往街上走。街上，只有火光人影，没有巡警，被兵们抢过的当铺与首饰店全大敞着门……这样的街市教人们害怕，同时也教人们胆大起来；一条没有巡警的街正像是没有老师的学房，多么老实的孩子也要闹哄哄。一家开门，家家开门，街上人多起来；铺户已有被抢过的了，跟着抢吧！平日，谁能想到那些良善守法的人民会去抢劫呢？哼！机会一到，人们立刻显露了原形。说声抢，壮实的小伙子们首先进了当铺，金店，钟表行。男人们回去一趟，第二趟出来已搀来上女人和孩子们。被兵们抢过的铺子自然不必费事，进去随便拿就是了；可是紧跟着那些尚未被抢过的铺户的门也拦不住谁了。粮食店，茶叶铺，百货店，什么东西也是好的，门板一律砸开。

我一辈子只看见了这么一回大热闹：男女老幼喊着叫着，狂跑着，拥挤着，争吵着，砸门的砸门，喊叫的喊叫，嗑喳！门板倒下去，一窝蜂似的跑进去，乱挤乱抓，压倒在地的狂号，身体利落的往柜台上蹿，全红着眼，全拼着命，全奋勇前进，挤成一团，倒成一片，散走全街。背着，抱着，扛着，曳着，像一片战胜的蚂蚁，昂首疾走，去而复归，呼妻唤子，前呼后应。

苦人当然出来了，哼！那中等人家也不甘落后呀！

贵重的东西先搬完了，煤米柴炭是第二拨。有的整坛的搬着香油，有的独自扛着两口袋面，瓶子罐子碎了一街，米面洒满了便道，抢啊！抢啊！抢啊！谁都恨自己只长了一双手，谁都嫌自己的腿脚太慢；有的人会推着一坛子白糖，连人带坛在地上滚，像屎壳郎推着个大粪球。

强中自有强中手，人是到处会用脑子的！有人拿出切菜刀来了，立在巷口等着："放下！"刀晃了晃。口袋或衣服，放下了；安然的，不费力的，拿回家去。"放下！"不灵验，刀下去了，把面口袋砍破，下了一阵小雪，二人滚在一团。过路的急走，稍带着说了句："打什么，有的是东西！"两位明白过来，立起来向街头跑去。抢啊，抢啊！有的是东西！

◎汪子美为《我这一辈子》作插图。

我挤在了一群买卖人的中间，藏在黑影里。我并没说什么，他们似乎很明白我的困难，大家一声不出，而紧紧的把我包围住。不要说我还是个巡警，连他们买卖人也不敢抬起头来。他们无法去保护他们的财产与货物，谁敢出头抵抗谁就是不要命，兵们有枪，人民也有切菜刀呀！是的，他们低着头，好像倒怪羞惭似的。他们唯恐和抢劫的人们——也就是他们平日的照顾主儿——对了脸，羞恼成怒，在这没有王法的时候，杀几个买卖人总不算一回事呢！所以，他们也保护着我。想想看吧，这一带的居民大概不会不认识我吧！我三天两头的到这里来巡逻。平日，他们在墙根撒尿，我都要讨他们的厌，上前干涉；他们怎能不恨恶我呢！现在大家正在兴高采烈的白拿东西，要是遇见我，他们一人给我一砖头，我也就活不成了。即使他们不认识我，反正我是穿着制服，佩着东洋刀呀！在这个局面下，冒而咕咚的出来个巡警，够多么不合适呢！我满可以上前去道歉，说我不该这么冒失，他们能白白的饶了我吗？

街上忽然清静了一些，便道上的人纷纷往胡同里跑，马路当中走着七零八散的兵，都走得很慢；我摘下帽子，从一个学徒的肩上往外看了一眼，看见一位兵士，手里提着一串东西，像一串儿螃蟹似的。我能想到那是一串金银的镯子。他身上还有多少东西，不晓得，不过一定有许多硬货，因为他走得很慢。多么自然，多么可羡慕呢！自自然然的，提着一串镯子，在马路中心缓缓的走，有烧亮的铺户作着巨大的火把，给他们照亮了全城！

◎ 丁聪为《我这一辈子》作插图。

兵过去了，人们又由胡同里钻出来。东西已抢得差不多了，大家开始搬铺户的门板，有的去摘门上的匾额。我在报纸上常看见"彻底"这两个字，咱们的良民们打抢的时候才真正彻底呢！

这时候，铺户的人们才有出头喊叫的："救火呀！救火呀！别等着烧净了呀！"喊得教人一听见就要落泪！我身旁的人们开始活动。我怎么办呢？他们要是都去救火，剩下我这一个巡警，往哪儿跑呢？我拉住了一个屠户！他脱给了我那件满是猪油的大衫。把帽子夹在夹肢窝底下。一手握着佩刀，一手揪着大襟，我擦着墙根，逃回"区"里去。

九

简直我不愿再提这回事了，不过为圆上场面，我总得把问题提出来；提出来放在这里，比我聪明的人有的是，让他们自己去细咂摸吧！

怎么会"政治作用"里有兵变？

若是有意教兵来抢，当初干吗要巡警？

巡警到底是干吗的？是只管在街上小便的，而不管抢铺子的吗？

安善良民要是会打抢，巡警干吗去专拿小偷？

人们到底愿意要巡警不愿意？不愿意吧！为什么刚要打架就喊巡警，而且月月往外拿"警捐"？愿意吧！为什么又喜欢巡警不管事：要抢的好去抢，被抢的也一声不言语？

好吧，我只提出这么几个"样子"来吧！问题还多得很呢！我既不能去解决，也就不便再瞎叨叨了。这几个"样子"就真够教我糊涂的了，怎想怎不对，怎摸不清哪里是哪里，一会儿它有头有尾，一会儿又没头没尾，我这点聪明不够想这么大的事的。

我只能说这么一句老话，这个人民，连官儿，兵丁，巡警，带安善的良民，都"不够本"！所以，我心中的空儿就更大了呀！在这群"不够本"的人们里活着，就是个对付劲儿，别讲究什么"真"事儿，我算是看明白了。

还有个好字眼儿，别忘下："汤儿事"。谁要是跟我一样，想不出什么好办法来，顶好用这个话，又现成，又恰当，而且可以不至把自己绕糊涂了。"汤儿事"，完了；如若还嫌稍微秃一点呢，再补上"真他妈的"，就挺合适。

赏析

　　小说采用了第一人称自述形式，这一选择对叙述角度有所限制，却能给读者以无可替代的亲切感。

　　这是一个小人物的人生，作者对于下层人民生活的体验与观察使他能把这个从裱糊匠到巡警的小人物生活写得栩栩如生，他的希望、他的悲欢、他的挣扎、他的失败，汇聚出一条命运的河流。读者能够感受到，从小说的叙述开始，从我们知道"我"15岁去当学徒的时候，这位主人公面前的漫漫人生几乎就已经注定了，就像作者在《骆驼祥子》结尾所写的："体面的、要强的、好梦想的、利己的、个人的、健壮的、伟大的祥子，不知陪着人家送了多少回殡，不知道何时何地会埋起他自己来……"是的，《我这一辈子》的主人公会使我们想起祥子，因为他也曾像祥子那样体面而好强，因为他也像祥子那样在社会压榨下一步步地向惨败的结局走去。"我"对自己的人生也有这样的总结："在我这一辈子里，我仿佛是走着下坡路，收不住脚。心里越盼着天下太平，身子越往下出溜。"

　　人生在时代的浪潮里颠簸，这位没读过多少书的主人公也能用俗话总结出人与时代关系中所包含的哲理："年头儿的改变不是个人所能抵抗的，胳膊扭不过大腿去，跟年头儿叫死劲简直是自己找别扭。"当这位主人公庆幸自己及时地由裱糊匠改做巡警，读者很容易就认同了他"精明"的自我评价，但是，作者笔锋一转，叙述了这位精明的小人物的"背运"。

　　使"我"铭心刻骨的"背运"是个"第三者插足"的故事，"我"颇为满意地结了婚而后老婆却跟人跑了——"我"的并不怎样出色的师哥成功地充当了"第三者"。通过这样一个并不神奇的人生故事,作者质朴而又微妙地展示了主人公明晰的与潜在的心理过程。读者能够窥见他的不平、他的惶惑,以及缠绕着他的命运之谜,我们简直像认识了这个人。作者的心里感觉十分细腻,却落笔平实,他把言而未尽的叹息留给了读者。

《我这一辈子》的前半部分主要叙述了两件事。"丢老婆是一件永远忘不了的事",兵变成为另一件永远忘不了的事,前者只与个人有关,后者则关系着国家民族。兵变过程的描写是一幅生动的历史插图,正是通过亲历了兵变过程,"我"悟出一条人生哲学:"汤儿事"。作者这样写道:"在这群'不够本'的人们里活着,就是对付劲儿,别讲究什么'真'事儿"。显然,作者的批判锋芒指向了"国民性"。

老舍说过:"有人批评我,说我的文字缺乏书生气,太俗,太贫,近于车夫走卒的俗鄙,我一点不以此为耻!"(《我怎样写〈小坡的生日〉》)《我这一辈子》是一个巡警的自白,文字自然更为"俗",描述也更为质朴,读着那生动、活泼、平易的北京口语,读者甚至会相信这篇人生回顾当真是出自一个巡警。

《我这一辈子》是老舍作品中较为质朴的一篇。这不是那种艺术心灵尚未开化,艺术才能尚未充分发展的质朴状态,而是大作家的质朴。虽出之以简洁,却有豪宕的才智做底垫。虽出之以平实,却潜伏着艺术激情。作者不但写得质朴,而且写得舒展:不急、不躁、不涩。为生活本身的逻辑力量控制着,作者思路畅达而有顿挫,作品情节起伏、波澜陡起。

描述风格不但显示着作者的文字能力,而且体现着作者内在的气度。通过《我这一辈子》,我们感到了作者的从容与沉着,以及通达和诚朴。只有艺术才智平衡的作者,才能如此圆熟地驾驭文字,只有能自持 有自信的作者,才能使自己笔下有如此自若的行文。

(刘纳)

短篇 小说卷

大悲寺外

他看着你的时候，这一点点黑珠就像是钉在你的心灵上。

　　黄先生已死去二十多年了。这些年中，只要我在北平，我总忘不了去祭他的墓。自然我不能永远在北平；别处的秋风使我倍加悲苦：祭黄先生的时节是重阳的前后，他是那时候死的。去祭他是我自己加在身上的责任；他是我最钦佩敬爱的一位老师，虽然他待我未必与待别的同学有什么分别；他爱我们全体的学生。可是，我年年愿看看他的矮墓，在一株红叶的枫树下，离大悲寺不远。

　　已经三年没去了，生命不由自主地东奔西走，三年中的北平只在我的梦中！

　　去年，也不记得为了什么事，我跑回去一次，只住了三天。虽然才过了中秋，可是我不能不上西山去；谁知道什么时候才再有机会回去呢。自然上西山是专为看黄先生的墓。为这件事，旁的事都可以搁在一边；说真的，谁在北平三天能不想办一万样事呢。

　　这种祭墓是极简单的：只是我自己到了那里而已，没有纸钱，也没有香与酒。黄先生不是个迷信的人，我也没见他饮过酒。

　　从城里到山上的途中，黄先生的一切显现在我的心上。在我有口气的时候，他是永生的。真的，停在我心中，他是在死里活着。每逢遇上个穿灰布大褂，胖胖的人，我总要细细看一眼。是的，胖胖的而穿灰布大衫，因黄先生而成了对我个人的一种什么象征。甚至于有的时候与同学们聚餐，"黄先生呢？"常在我的舌尖上，我总以为他是还活着。还不是这么说，我应当说：我总以为他不会死，不应该死，即使我知道他确是死了。

他为什么做学监呢？胖胖的，老穿着灰布大衫！他做什么不比当学监强呢？可是，他竟自做了我们的学监；似乎是天命，不做学监他怎能在四十多岁便死了呢！

胖胖的，脑后折着三道肉印；我常想，理发师一定要费不少的事，才能把那三道弯上的短发推净。脸像个大肉葫芦，就是我这样敬爱他，也没法否认他的脸不是招笑的。可是，那双眼！上眼皮受着"胖"的影响，松松地下垂，把原是一对大眼睛变成了俩螳螂卵包似的，留个极小的缝儿射出无限度的黑亮。好像这两道黑光，假如你单单地看着它们，把"胖"的一切注脚全勾销了。那是一个胖人射给一个活动，灵敏，快乐的世界的两道神光。他看着你的时候，这一点点黑珠就像是钉在你的心灵上，而后把你像条上了钩的

◎老舍帮宗月大师（刘寿绵）办贫儿学校所在地。

小白鱼，钓起在他自己发射出的慈祥宽厚光朗的空气中。然后他笑了，极天真的一笑，你落在他的怀中，失去了你自己。那件松松裹着胖黄先生的灰布大衫，在这时节，变成了一件仙衣。在你没看见这双眼之前，假如你看他从远处来了，他不过是团蠕蠕而动的灰色什么东西。

无论是哪个同学想出去玩玩，而造个不十二分有伤于诚实的谎，去到黄先生那里请假，黄先生先那么一笑，不等你说完你的谎——好像唯恐你自己说漏了似的——便极用心地用苏字给填好"准假证"。但是，你必须去请假。私自离校是绝对不行的。凡关乎人情的，以人情的办法办；凡关乎校规的，校规是校规；这个胖胖的学监！

他没有什么学问，虽然他每晚必和学生们一同在自修室读书。他读的都是大本的书，他的笔记本也是庞大的，大概他的胖手指是不肯甘心伤损小巧精致的书页。他读起书来，无论冬夏，头上永远冒着热汗，他决不是聪明人。有时我偷眼看看他，他的眉、眼、嘴，好像都被书的神秘给迷住。看得出，他的牙是咬得很紧，因为他的腮上与太阳穴全微微地动弹，微微地，可是紧张。忽然，他那么天真地一笑，叹一口气，用块像小床单似的白手绢抹抹头上的汗。

先不用说别的，就是这人情的不苟且与傻用功已足使我敬爱他——多数的同学也因此爱他。稍有些心与脑的人，即使是个十五六岁的学生，像那时候的我与我的学友们，还能看不出：他的温和诚恳是出于天性的纯厚，而同时又能丝毫不苟地负责是足以表示他是温厚，不是懦弱？还觉不出他是"我们"中的一个，不是"先生"们中的一个；因为他那种努力读书，为读书而着急，而出汗，而叹气，还不是正和我们一样？

到了我们有了什么学生们的小困难——在我们看是大而不易解决的——黄先生是第一个来安慰我们，假如他不帮助我们；自然，他能帮忙的地方便在来安慰之前已经自动地做了。二十多年前的中学学监也不过是挣六十块钱，他每月是拿出三分之一来，预备着帮助同学，即使我们都没有经济上的困难，他这三分之一的薪水也不会剩下。假如我们生了病，黄先生不但是殷勤地看顾，而且必拿来些水果，点心，或是小说，几乎是偷偷地放在病学生的床上。

但是，这位困苦中的天使也是平安中的君王——他管束我们。宿舍不清洁，课后不去运动……都要挨他的雷，虽然他的雷是伴着以泪做的雨点。

世界上，不，就说一个学校吧，哪能都是明白人呢。我们的同学里很有些个厌恶黄先生的。这并不因为他的爱心不普遍，也不是被谁看出他是不真诚，而是伟大与藐小的相触，结果总是伟大的失败，好似不如此不足以成其伟大。这些同学们一样的受过他的好处，知道他的伟大，但是他们不能爱他。他们受了他十样的好处后而被他申斥了一阵，黄先生便变成顶可恶的。我一点也没有因此而轻视他们的意思，我不过是说世上确有许多这样的人。他们并不是不晓得好歹，而是他们的爱只限于爱自己；爱自己是溺爱，他们不肯受任何的责备。设若你救了他的命，而同时责劝了他几句，他从此便永远记着你的责备——为是恨你——而忘了救命的恩惠。黄先生的大错处是根本不应来做学监，不负责的学监是有的，可是黄先生与不负责永远不能联结在一处。不论他怎样真诚，怎样厚道，管束。

他初来到学校，差不多没有一个人不喜爱他，因为他与别位先生是那样的不同。别位先生们至多不过是比书本多着张嘴的，我们佩服他们和佩服书籍差不多。即使他们是活泼有趣的，在我们眼中也是另一种世界的活泼有趣，与我们并没有多么大的关系。黄先生是个"人"，他与别位先生几乎完全不相同。他与我们在一处吃，一处睡，一处读书。

半年之后，已经有些同学对他不满意了，其中有的，受了他的规诫，有的是出于立异——人家说好，自己就偏说坏，表示自己有头脑，别人是顺竿儿爬的笨货。

经过一次小风潮，爱他的与厌恶他的已各一半了。风潮的起始，与他完全无关。学生要在上课的时间开会了，他才出来劝止，而落了个无理的干涉。他是个天真的人——自信心居然使他要求投票表决，是否该在上课时间开会！幸而投与他意见相同的票的多着三张！风潮虽然不久便平静无事了，可是他的威信已减了一半。

因此，要顶他的人看出时机已到：再有一次风潮，他管保得滚。谋着以教师兼学监的人至少有三位。其中最活动的是我们的手工教师，一个用嘴与舌活着的人，除了也是胖子，他和黄先生是人中的南北极。在教室上他曾说过，有人给他每月八百元，就是提夜壶也是美差。有许多学生喜欢他，因为上他的课时就是睡觉也能得八十几分。他要是做学监，大家岂不是入了天国！每天晚上，自从那次小风潮后，他的屋中有小的会议。不久，在这小会议中种的子粒便开了花。校长处有人控告黄先生，黑板上常见"胖牛"，"老山药蛋"……

同时，有的学生也向黄先生报告这些消息。忽然黄先生请了一天的假。可是那天晚上自修的时候，校长来了，对大家训话，说黄先生向他辞职，但是没有准他。末后，校长说："有不喜欢这位好学监的，请退学；大家都不喜欢他呢，我与他一同辞职。"大家谁也没说什么。可是校长前脚出去，后脚一群同学便到手工教员室中去开紧急会议。

第三天上黄先生又照常办事了，脸上可是好像瘦减了一圈。在下午课后他召集全体学生训话，到会的也就是半数。他好像是要说许多许多的话似的，及至到了台上，他第一个微笑就没笑出来，愣了半天，他极低细地说了一句："咱们彼此原谅吧！"没说第二句。

暑假后，废除月考的运动一天扩大一天。在重阳前，炸弹爆发了。英文教员要考，学生们不考；教员下了班，后面追随着极不好听的话。及至事情闹到校长那里去，问题便由罢考改为撤换英文教员，因为校长无论如何也要维持月考的制度。虽然有几位主张连校长一齐推倒的，可是多数人愿意先由撤换教员做起。既不向校长作战，自然罢考须暂放在一边。这个时节，已经有人警告了黄先生："别往自己身上拢！"

可是谁叫黄先生是学监呢？他必得维持学校的秩序。

况且，有人设法使风潮往他身上转来呢。

校长不答应撤换教员。有人传出来，在职教员会议时，黄先生主张严办学生，黄先生劝告教员合作以便抵抗学生，黄学监……

风潮又转了方向，黄学监，已经不是英文教员，是炮火的目标。

黄先生还终日与学生们来往，劝告，解说，笑与泪交替地揭露着天真与诚意。有什么用呢？

学生中不反对月考的不敢发言。依违两可的是与其说和平的话不如说激烈的，以便得同学的欢心与赞扬。这样，就是敬爱黄先生的连暗中警告他也不敢了：风潮像个魔咒捆住了全校。

我在街上遇见了他。

"黄先生，请你小心点。"我说。

"当然的。"他那么一笑。

"你知道风潮已转了方向？"

他点了点头，又那么一笑，"我是学监！"

"今天晚上大概又开全体大会，先生最好不用去。"

"可是，我是学监！"

"他们也许动武呢！"

"打'我'？"他的颜色变了。

我看得出，他没想到学生要打他，他的自信力太大。可是同时他并不是不怕危险。他是个"人"，不是铁石做的英雄——因此我爱他。

"为什么呢？"他好似是诘问着他自己的良心呢。

"有人在后面指挥。"

"呕！"可是他并没有明白我的意思，据我看；他紧跟着问："假如我去劝告他们，也打我？"

我的泪几乎落下来。他问得那么天真，几乎是儿气的，始终以为善意待人是不会错的。他想不到世界上会有手工教员那样的人。

"顶好是不到会场去，无论怎样！"

"可是，我是学监！我去劝告他们就是了，劝告是惹不出事来的。谢谢你！"

我愣在那儿了。眼看着一个人因责任而牺牲，可是一点也没觉到他是去牺牲——一听见"打"字便变了颜色，而仍然不退缩！我看得出，此刻他决不想辞职了，因为他不能在学校正极紊乱时候抽身一走。"我是学监！"我至今忘不了这一句话和那四个字的声调。

果然晚间开了大会。我与四五个最敬爱黄先生的同学，故意坐在离讲台最近的地方，我们计议好：真要是打起来，我们可以设法保护他。

开会五分钟后，黄先生推门进来了。屋中连个大气也听不见了。主席正在报告由手工教员传来的消息——就是宣布学监的罪案——学监进来了！我知道我的呼吸是停止了一会儿。

黄先生的眼好似被灯光照得一时不能睁开了，他低着头，像盲人似的轻轻关好了门。他的眼睁开了，用那对慈善与宽厚做成的黑眼珠看着大众。他的面色是，也许因为灯光太强，有些灰白。他向讲台那边挪了两步，一脚登着台沿，微笑了一下。

"诸位同学，我是以一个朋友，不是学监的地位，来和大家说几句话！"

"假冒为善！"

"汉奸！"

后边有人喊。

黄先生的头低下去，他万也想不到被人这样骂他。他决不是恨这样骂他的人，而是怀疑了自己，自己到底是不真诚，不然……

这一低头要了他的命。

他一进来的时候，大家居然能那样静寂，我心里说，到底大家还是敬畏他，他没危险了。这一低头，完了，大家以为他是被骂对了，羞愧了。

"打他！"这是一个与手工教员最亲近的学友喊的，我记得。跟着，"打！""打！"后面的全立起来。我们四五个人彼此按了按膝，"不要动"的暗号；我们一动，可就全乱了。我喊了一句。

"出去！"故意地喊得很难听，其实是个善意的暗示。

他要是出去——他离门只有两三步远——管保没有事了，因为我们四五个人至少可以把后面的人堵住一会儿。

可是黄先生没动！好像蓄足了力量，他猛然抬起头来。他的眼神极可怕了。可是不到半分钟，他又低下头去，似乎用极大的忏悔，矫正他的要发脾气。他是个"人"，可是要拿人力把自己提到超人的地步。我明白他那心中的变动：冷不防地被人骂了，自己怀疑自己是否正道；他的心告诉他——无愧；在这个时节，后面喊"打！"：他怒了；不应发怒，他们是些青年的学生——又低下头去。

随着说第二次低头，"打！"成了一片暴雨。

假如他真怒起来，谁也不敢先下手；可是他又低下头去——就是这么着，也还只听见喊打，而并没有人向前。这倒不是大家不勇敢，实在是因为多数——大多数——人心中有一句："凭什么打这个老实人呢？"自然，主席的报告是足以使些人相信的，可是究竟大家不能忘了黄先生以前的一切；况且还有些人知道报告是由一派人造出来的。

我又喊了声，"出去！"我知道"滚"是更合适的，在这种场面上，但怎忍得出口呢！

黄先生还是没动。他的头又抬起来：脸上有点笑意，眼中微湿，就像个忠厚的小儿看着一个老虎，又爱又有点怕忧。

忽然由窗外飞进一块砖，带着碎玻璃碴儿，像颗横飞的彗星，打在他的太阳穴上。登时见了血。他一手扶住了讲桌。后面的人全往外跑。我们几个攒住了他。

"不要紧，不要紧。"他还勉强地笑着，血已几乎盖满他的脸。

找校长，不在；找校医，不在；找教务长，不在；我们决定送他到医院去。

"到我屋里去！"他的嘴已经似乎不得力了。

我们都是没经验的，听他说到屋中去，我们就攒扶着他走。到了屋中，他摆了两摆，似乎要到洗脸盆处去，可是一头倒在床上，血还一劲地流。

老校役张福进来看了一眼，跟我们说："扶起先生来，我接校医去。"

校医来了，给他洗干净，绑好了布，叫他上医院。他喝了口白兰地，心中似乎有了点力量，闭着眼叹了口气。校医说，他如不上医院，便有极大的危险。他笑了。低声地说：

"死，死在这里；我是学监！我怎能走呢——校长们都没在这里！"

老张福自荐伴着"先生"过夜。我们虽然极愿守着他，可是我们知道门外有许多人用轻鄙的眼神看着我们；少年是最怕被人说"苟事"的——同情与见义勇为往往被人解释作"苟事"，或是"狗事"；有许多青年的血是能极热，同时又极冷的。我们只好离开他。连这样，当我们出来的时候还听见了："美呀！黄牛的干儿子！"

第二天早晨，老张福告诉我们，"先生"已经说胡话了。

校长来了，不管黄先生依不依，决定把他送到医院去。

可是这时候，他清醒过来。我们都在门外听着呢。那位手工教员也在那里，看着学监室的白牌子微笑，可是对我们皱着眉，好像他是最关心黄先生的苦痛的。我们听见了黄先生说：

"好吧，上医院，可是，容我见学生一面。"

"在哪儿？"校长问。

"礼堂，只说两句话。不然，我不走！"

钟响了。几乎全体学生都到了。

老张福与校长搀着黄先生。血已透过绷布，像一条毒花蛇在头上盘着。他的脸完全不像他的了。刚一进礼堂门，他便不走了，从绷布下设法睁开他的眼，好像是寻找自己的儿女，把我们全看到了。他低下头去，似乎已支持不住，就是那么低着头，他低声——可是很清楚地——说：

"无论是谁打我来着，我决不，决不计较！"

他出去了，学生没有一个动弹的。大概有两分钟吧。忽然大家全往外跑，追上他，看他上了车。

过了三天，他死在医院。

◎高荣生为《老张的哲学》作插图。

谁打死他的呢？

丁庚。

可是在那时节，谁也不知道丁庚扔砖头来着。在平日他是"小姐"，没人想到"小姐"敢飞砖头。

那时的丁庚，也不过是十七岁。老穿着小蓝布衫，脸上长着小红疙瘩，眼睛永远有点水锈，像敷着些眼药。老实，不好说话，有时候跟他好，有时候又跟你好，有时候自动地收拾宿室，有时候一天不洗脸。所以是小姐——有点忽东忽西的小性。

风潮过去了，手工教员兼任了学监。校长因为黄先生已死，也就没深究谁扔的那块砖。说真的，确是没人知道。

可是，不到半年的工夫，大家猜出谁了——丁庚变成另一个人，完全不是"小姐"了。他也爱说话了，而且永远是不好听的话。他永远与那些不用功的同学在一起了，吸上了香烟——自然也因为学监不干涉——每晚上必出去，有时候嘴里喷着酒味。他还做了学生会的主席。

由"那"一晚上，黄先生死去，丁庚变了样。没人能想到"小姐"会打人。可是现在他已不是"小姐"了。自然大家能想到他是会打人的。变动的快出乎意料，那么，什么事都是可能的了，所以是"他"！

过了半年，他自己承认了——多半是出于自夸，因为他已经变成个"刺儿头"。最怕这位"刺儿头"的是手工兼学监那位先生。学监既变成他的部下，他承认了什么也当然是没危险的。自从黄先生离开了学监室，我们的学校已经不是学校。

为什么扔那块砖？据丁庚自己说，差不多有五六十个理由，他自己也不知道哪一个最好，自然也没人能断定哪个最可靠。

据我看，真正的原因是"小姐"忽然犯了"小姐性"。他最初是在大家开会的时候，连进去也不敢，而在外面看风势。忽然他的那个劲儿来了，也许是黄先生责备过他，也许是他看黄先生的胖脸好玩而试试打得破与否，也许……不论怎么着吧，一个十七岁的孩子，天性本来是变鬼变神的，加以脸上正发红泡儿的那股忽人忽兽的郁闷，他满可以做出些无意做而做了的事。从多方面看，他确是那样的人。在黄先生活着的时候，他便是千变万化的，有时候很喜欢人叫他"黛玉"。黄先生死后，他便不知道他是怎回事了。有时候，他听了几句好话，能老实一天，趴在桌上写小楷，写得非常秀润。第二天，一天不上课！

这种观察还不只限于学生时代，我与他毕业后恰巧在一块做了半年的事，拿这半年中的情形看，他确是我刚说过的那样的人。拿一件事说吧：我与他全做了小学教师，在一个学校里，我教初四。已教过两个月，他忽然想换班，唯一的原因是我比他少着三个学生。可是他和校长并没这样说——为少看三本卷子似乎不大好出口。他说，四年级级任比三年级的地位高，他不甘居人下。这虽然不很像一句话，可究竟是更精神一些的争执。他也告诉校长：他在读书时是做学生会主席的，主席当然是大众的领袖，所以他教书时也得教第一班。

校长与我谈论这件事，我是无可无不可，全凭校长调动。校长反倒以为已经教了快半个学期，不便于变动。这件事便这么过去了。到了快放年假的时候，校长有要事须请两个礼拜的假，他打算求我代理几天。丁庚又答应了。可是这次他直接地向我发作了，因为他亲自请求校长叫他代理是不好意思的。我不记得我的话了，可是大意是我应着去代他向校长说说：我根本不愿意代理。

及至我已经和校长说了，他又不愿意，而且忽然地辞职，连维持到年假都不干。校长还没走，他卷铺盖走了。谁劝也无用，非走不可。

从此我们俩没再会过面。

看见了黄先生的坟，也想起自己在过去二十年中的苦痛。坟头更矮了些，那么些土上还长着点野花，"美"使悲酸的味儿更强烈了些。太阳已斜挂在大悲寺的竹林上，我只想不起动身。深愿黄先生，胖胖的，穿着灰布大衫，来与我谈一谈。

远处来了个人。没戴着帽，头发很长，穿着青短衣，还看不出他的模样来，过路的，我想，也没大注意。可是他没顺着小路走去，而是舍了小道朝我来了。又一个上坟的？

他好像走到坟前才看见我，猛然地站住了。或者从远处是不容易看见我的，我是倚着那株枫树坐着呢。

"你。"他叫着我的名字。

我愣住了，想不起他是谁。

"不记得我了？丁——"

没等他说完我想起来了，丁庚。除了他还保存着点"小姐"气——说不清是在他身上哪处——他绝对不是二十年前的丁庚了。头发很长，而且很乱。脸上乌黑，眼睛上的水锈很厚，眼窝深陷进去，眼珠上许多血丝。牙已半黑，我不由得看了看他的手，左右手的食指与中指全黄了一半。他一边看着我，一边从袋里摸出一盒"大长城"来。

不知道为什么我觉得一阵悲惨。我与他是没有什么感情的，可是幼时的同学……我过去握住他的手，他的手颤得很厉害。我们彼此看了一眼，眼中全湿了，然后不约而同地看着那个矮矮的墓。

"你也来上坟？"这话已到我的唇边，被我压回去了。他点一支烟，向蓝天吹了一口，看看我，看看坟，笑了。

"我也来看他，可笑，是不是？"他随说随坐在地上。

我不晓得说什么好，只好顺口搭音地笑了声，也坐下了。

他半天没言语，低着头吸他的烟，似乎是思想什么呢。烟已烧去半截，他抬起头来，极有姿式地弹着烟灰。先笑了笑，然后说：

"二十多年了！他还没饶了我呢！"

"谁？"

他用烟卷指了指坟头："他！"

"怎么？"我觉得不大得劲，深怕他是有点疯魔。

"你记得他最后的那句？决——不——计——较，是不是？"

我点点头。

"你也记得咱们在小学教书的时候，我忽然不干了？我找你去叫你不要代理校长？好，记得你说的是什么？"

"我不记得。"

"决不计较！你说的。那回我要和你换班次，你也是给了我这么一句。你或者出于无意，可是对于我，这句话是种报复，惩罚。它的颜色是红的一条布，像条毒蛇，它确是有颜色的。它使我把生命变成一阵颤抖：志愿，事业，全随颤抖化为——秋风中的落叶。像这颗枫树的叶子。你大概也知道，我那次要代理校长的原因？我已运动好久，叫他不能回任。可是你说了那么一句——"

"无心中说的。"我表示歉意。

"我知道。离开小学，我在河务局谋了个差事。很清闲，钱也不少。半年之后，出了个较好的缺。我和一个姓李的争这个地位。我运动，他也运动，力量差不多是相等，所以命令多日没能下来。在这个期间，我们俩有一次在局长家里遇上了，一块打了几圈牌。局长在打牌的时候，露出点我们俩竞争很使他为难的口话。我没说什么，可是姓李的一边打出一个红中，一边说：'红的！我让了，决不计较！'红

◎卧佛寺西院小亭。

的！不计较！黄学监又立在我眼前，头上围着那条用血浸透的红布！我用尽力量打完了那圈牌，我的汗湿透了全身。我不能再见那个姓李的，他是黄学监第二，他用杀人不见血的咒诅在我魂灵上作祟：假如世上真有妖术邪法，这个便是其中的一种。我不干了，不干了！"他的头上出了汗。

"或者是你身体不大好，精神有点过敏。"我的话一半是为安慰他，一半是不信这种见神见鬼的故事。

"我起誓，我一点病没有。黄学监确是跟着我呢。他是假冒为善的人，所以他会说假冒为善的恶咒。还是用事实说明吧。我从河务局出来不久便成婚，"这一句还没说全，他的眼神变得像失了雏儿的恶鹰似的，瞪着地上一颗半黄的鸡爪草，半天，他好像神不附体了。我轻嗽了声，他一哆嗦，抹了抹

头上的汗，说："很美，她很美。可是——不贞。在第一夜，洞房便变成地狱，可是没有血，你明白我的意思？没有血的洞房是地狱，自然这是老思想，可是我的婚事是老式的，当然感情也是老式的。她都说了，只求我，央告我，叫我饶恕她。按说，美是可以博得一切赦免的。可是我那时铁了心，我下了不戴绿帽的决心。她越哭，我越狠，说真的，折磨她给我一些愉快。末后，她的泪已干，她的话已尽，她说出最后的一句：'请用我心中的血代替吧'，她打开了胸，'给这儿一刀吧，你有一切的理由，我死，决不计较你！'我完了，黄学监在洞房门口笑我呢。我连动一动也不能了。第二天，我离开了家，变成一个有家室的漂流者，家中放着一个没有血的女人，和一个带着血的鬼！但是我不能自杀，我跟他干到底，他劫去我一切的快乐，不能再叫他夺去这条命！"

"丁：我还以为你是不健康。你看，当年你打死他，实在不是有意的。况且黄先生的死也一半是因为耽误了，假如他登时上医院去，一定不会有性命的危险。"我这样劝解，我准知道，设若我说黄先生是好人，决不能死后作祟，丁庚一定更要发怒的。

"不错，我是出于无心，可是他是故意地对我发出假慈悲的原谅，而其实是种恶毒的诅咒。不然，一个人死在眼前，为什么还到礼堂上去说那个呢？好吧，我还是说事实吧。我既是个没家的人，自然可以随意地去玩了。我大概走了至少也有十二三省。最后，我在广东加入了革命军。打到南京，我已是团长。设若我继续工作，现在来至少也做了军长。可是，在清党的时节，我又不干了。是这么回事，一个好朋友姓王，他是'左倾'的。他比我职分高。设若我能推倒他，我登时便能取得他的地位。陷害他，是极容易的事，我有许多对他不利的证据，但是我不忍下手。我们俩出死入生的在一处已一年多，一同入医院就有两次。可是我又不能抛弃这个机会；志愿使英雄无论如何也得辣些。我不是个十足的英雄，所以我想个不太激进的办法来。我托了一个人向他去说，他的危险怎样的大，不如及早逃走，把一切事务交给我，我自会代他筹划将来的安全。他不听，我火了，不能不下毒手。我正在想主意，这个不知死的鬼找我来了，没带着一个人。有些人是这样：至死总假装宽厚大方，一点不为自己的命想一想，好像死是最便宜的事，可笑。这个人也是这样，还在和我嘻嘻哈哈。我不等想好主意了，反正他的命是在我手心里，我对他直接地说了——我的手摸着手枪。他，他听完了，向我笑了笑。'要是你愿杀我，'他说，还是笑着，'请，我决不计较。'这能是他说的吗？怎能那么巧呢？我知道，我早就知道了，凡是我要成功的时候，'他'老借着个笑脸来报仇，假冒为善的鬼会拿柔软的方法来毁人。我的手连抬也抬不起来了，不要说还要拿枪打人。姓王的笑着，笑着，走了。他走了，能有我的好处吗？他的地位比我高。拿证据去告发他恐怕已来不及了，他能不马上想对待我的法子吗？结果，我得跑！到现在，我手下的小卒都有做团长的了，我呢？我只是个有妻室而没家，不当和尚而住在庙里的——我也说不清我是什么！"

乘他喘气，我问了一句："哪个庙事？"

"眼前的大悲寺！为是离着他近。"他指着坟头。

看我没往下问，他自动地说明：

"离他近，我好天天来诅咒他！"

不记得我又和他说了什么，还是什么也没说，无论怎样吧！我是踏着金黄的秋色下了山，斜阳在我的背后。我没敢回头，我怕那株枫树，叶子不是怎么红得似血！

赏析

　　老舍先生是运用细节刻画人物的高手。在《大悲寺外》里我们几乎找不到一个完整的故事，即令那个让黄先生命丧黄泉的"风潮"，也只有片断的情节，也只是在高潮处着笔，将一切过程隐去，只着力用细节去刻画黄先生，而且，用"我"对黄先生心理路程的分析与判断，引导读者去接近那个平凡又崇高的灵魂。

　　他尽职尽责地为着爱别人而活着，活在那些他为之尽职尽责的学生们中间，"一处吃，一处睡，一处读书"，所谓"三同"是也。他的伟大之处在于他全身心投入这平凡的事业。然而他不懂得世事的乖张。

　　老舍先生的不凡还在于他写了黄先生的精神怎样成了藐小者的永恒的炼狱：一个死人永久地惩处一个活人，在他的心灵上摆下一副刑具，时时拷问他的灵魂。这是十足的东方韵味儿：心灵的折磨，又具最普遍的世界性，任何民族都要思考的大问题：在人生的长途跋涉中能否无愧无悔，是否有阴影日日夜夜纠缠你的魂灵？这个题目到今天仍然是全球文学、影视作品热衷的话题。老舍先生早在三十年代就写了这个，而且写得有声有色，写得森森复萧萧，让人读了极易冒出冷汗。

　　这小说分成两截，两截有两样的品味，在"我"对黄先生的深深感念的大氛围中，各自形成不同的小气候。前半截是铺垫，推出一个活生生的黄先生；后半截是高潮，用见神见鬼似的气氛去写丁庚——让黄先生枉死的直接责任者——被折磨的心；写黄先生简直成了丁庚灵魂的钟馗。而这一切又统一在诗一般的格调中，或感怀，或悲凉；或深沉，或冷峻，洋洋洒洒，显现出老舍先生深厚的功底。

自然，这里折射出老舍先生精神中的某些宗教情绪。他年轻时信过基督教，相信舍己、博爱、宽容、施善。他也相信灵魂的审判，一直希望能写出人、鬼、神三界立体的人生。《大悲寺外》把东方式的冤魂报复与但丁式的精神炼狱熔为一炉，写出了精神复仇、灵魂折磨的深入骨髓、淋漓尽致，那份沉重与无可解脱，足可以为世人敲响警钟。

老舍毕竟是清醒的，他知道黄先生的宽容、厚道与真诚无论变成怎样的刑具都不足以使藐小者彻底改变。"立地成佛"只是佛师的愿望，冥顽者会死硬到底。那种明知惩罚在等着依旧作恶不止的人，也就是明智的恶者是愈加可恶可恨可怕的。丁庚就是如此。他宁可一生变成一阵颤抖，化为秋风中的枫叶，也还不认输，要住在庙里——大悲寺里，好离黄先生的坟墓（灵魂）更近。"离他近，我好天天来诅咒他！"多毒、多狠、多顽固，老舍对这种人的认识真是入木三分，写丁庚的时代是30年代，正是要把一切活泼泼的东西赶尽杀绝的时代，老舍先生的这份勇气和骨气，是值得永远记住的。

这篇小说在老舍的短篇中应当说是不多见的作品之一，在中国现当代小说中也以异样的光彩灼灼生辉。我很喜欢这篇小说，永远记得黄先生。

（苏叔阳）

微　神

假如你永远不回来，我老有个南洋做我的梦景，
你老有个我在你的心中，岂不很美？

　　清明已过了，大概是；海棠花不是都快开齐了吗？今年的节气自然是晚
了一些，蝴蝶们还很弱；蜂儿可是一出世就那么挺拔，好像世界确是甜蜜可
喜的。天上只有三四块不大也不笨重的白云，燕儿们给白云上钉小黑丁子玩
呢。没有什么风，可是柳枝似乎故意地轻摆，像逗弄着四外的绿意。田中的
清绿轻轻地上了小山，因为娇弱怕累得慌，似乎是，越高绿色越浅了些；山顶
上还是些黄多于绿的纹缕呢。山
腰中的树，就是不绿的也显出柔
嫩来，山后的蓝天也是暖和的，
不然，大雁们为何唱着向那边排
着队去呢？石凹藏着些怪害羞
的三月兰，叶儿还赶不上花朵
大。

　　小山的香味只能闭着眼吸
取，省得劳神去找香气的来源，
你看，连去年的落叶都怪好闻
的。那边有几只小白山羊，叫的
声儿恰巧使欣喜不至过度，因为
有些悲意。偶尔走过一只来，没

◎王书朋绘《微神》连环画（图一）.

长犄角就留下须的小动物，向一块大石发了会儿愣，又颠颠着俏式的小尾巴跑了。

我在山坡上晒太阳，一点思念也没有，可是自然而然地从心中滴下些诗的珠子，滴在胸中的绿海上，没有声响，只有些波纹走不到腮上便散了的微笑，可是始终也没成功一整句。一个诗的宇宙里，连我自己好似只是诗的什么地方的一个小符号。

越晒越轻松，我体会出蝶翅是怎样的欢欣。我搂着膝，和柳枝同一律动前后左右地微动，柳枝上每一黄绿的小叶都是听着春声的小耳勺儿。有时看看天空，啊，谢谢那块白云，它的边上还有个小燕呢，小得已经快和蓝天化在一处了，像万顷蓝光中的一粒黑痣，我的心灵像要往那儿飞似的。

远处山坡的小道，像地图上绿的省份里一条黄线。往下看，一大片麦田，地势越来越低，似乎是由山坡上往那边流动呢，直到一片暗绿的松树把它截住，很希望松林那边是个海湾。及至我立起来，往更高处走了几步，看看，不是；那边是些看不甚清的树，树中有些低矮的村舍；一阵小风吹来极细的一声鸡叫。

春晴的远处鸡声有些悲惨，使我不晓得眼前一切是真还是虚，它是梦与真实中间的一道用声音做的金线；我顿时似乎看见了个血红的鸡冠：在心中，村舍中，或是哪儿，有只——希望是雪白的——公鸡。

我又坐下了，不，随便地躺下了。眼留着个小缝收取天上的蓝光，越看越深，越高；同时也往下落着光暖的蓝点，落在我那离心不远的眼睛上。不大一会儿，我便闭上了眼，看着心内的晴空与笑意。

我没睡去，我知道已离梦境不远，但是还听得清清楚楚小鸟的相唤与轻歌。说也奇怪，每逢到似睡非睡的时候，我才看见那块地方——不晓得一定是哪里，可是在入梦以前它老是那个样儿浮在眼前。就管它叫做梦的前方吧。

这块地方并没有多大，没有山，没有海。像一个花园，可又没有清楚的界限。差不多是个不甚规则的三角，三个尖端浸在流动的黑暗里。一角上——我永远先看见它——是一片金黄与大红的花，密密层层；没有阳光，一片红黄的后面便全是黑暗，可是黑的背景使红黄更加深厚，就好像大黑瓶上画着红牡丹，深厚得至于使美中有一点点恐怖。黑暗的背景，我明白了，使红黄的一片抱住了自己的彩色，不向四外走射一点；况且没有阳光，彩色不飞入空中，而完全贴染在地上。我老先看见这块，一看见它，其余的便不看也会知道的，正好像一看见香山，准知道碧云寺在哪儿藏着呢。

其余的两角，左边是一个斜长的土坡，满盖着灰紫的野花，在不漂亮中有些深厚的力量，或者月光能使那灰的部分多一些银色，显出点诗的灵空；但是我不记得在哪儿有个小月亮。无论怎样，我也不厌恶它。不，我爱这个似乎被霜弄暗了的紫色，像年轻的母亲穿着暗紫长袍。右边的一角是最漂亮的，一处小草房，门前有一架细蔓的月季，满开着单纯的花，全是浅粉的。

设若我的眼由左向右转，灰紫、红黄、浅粉，像是由秋看到初春，时候倒流；生命不但不是由盛而衰，反倒是以玫瑰作香色双艳的结束。

三角的中间是一片绿草，深绿、软厚、微湿；每一短叶都向上挺着，似乎是听着远处的雨声。没有一点风，没有一个飞动的小虫；一个鬼艳的小世界，活着的只有颜色。

在真实的经验中，我没见过这么个境界。可是它永远存在，在我的梦前。英格兰的深绿，苏格兰的紫草小山，德国黑林的幽晦，或者是它的祖先们，但是谁准知道呢。从赤道附近的浓艳中减去阳光，也有点像它，但是它又没有虹样的蛇与五彩的禽，算了吧，反正我认识它。

我看见它多少多少次了。它和"山高月小，水落石出"，是我心中的一对画屏。可是我没到那个小房里去过。我不是被那些颜色吸引得不动一动，便是由它的草地上恍惚地走入另种色彩的梦境。它是我常遇到的朋友，彼此连姓名都晓得，只是没细细谈过心。我不晓得它的中心是什么颜色的，是含着一点什么神秘的音乐——真希望有点响动！

这次我决定了去探险。

　　一想就到了月季花下，或也许因为怕听我自己的足音？月季花对于我是有些端阳前后的暗示，我希望在哪儿贴着张深黄纸，印着个朱红的判官，在两束香艾的中间。没有。只在我心中听见了声"樱桃"的吆喝。这个地方是太静了。

　　小房子的门闭着，窗上门上都挡着牙白的帘儿，并没有花影，因为阳光不足。里边什么动静也没有，好像它是寂寞的发源地。轻轻地推开门，静寂与整洁双双地欢迎我进去，是欢迎我；室中的一切是"人"的，假如外面景物是"鬼"的——希望我没用上过于强烈的字。

　　一大间，用幔帐截成一大一小的两间。幔帐也是牙白的，上面绣着些小蝴蝶。外间只有一条长案，一个小椭圆桌儿，一把椅子，全是暗草色的，没有油饰过。椅上的小垫是浅绿的，桌上有几本书。案上有一盆小松，两方古铜镜，锈色比小松浅些。内间有一个小床，罩着一块快垂到地上的绿毯。床首悬着一个小篮，有些快干的茉莉花。地上铺着一块长方的蒲垫，垫的旁边放着一双绣白花的小绿拖鞋。

　　我的心跳起来了！我决不是入了复杂而光灿的诗境；平淡朴美是此处的音调，也不是幻景，因为我认识那只绣着白花的小绿拖鞋。

　　爱情的故事往往是平凡的，正如春雨秋霜那样平凡。可是平凡的人们偏爱在这些平凡的事中找些诗意；那么，想必是世界上多数的事物是更缺乏色彩的；可怜的人们！希望我的故事也有些应有的趣味吧。

　　没有像那一回那么美的了。我说"那一回"，因为在那一天那一会儿的一切都是美的。她家中的那株海棠花正开成一个大粉白的雪球；沿墙的细竹刚拔出新笋；天上一片娇晴；她的父母都没在家；大白猫在花下酣睡。听见我来了，她像燕儿似的从帘下飞出来；没顾得换鞋，脚下一双小绿拖鞋像两片嫩绿的叶儿。她喜欢得像清早的阳光，腮上的两片苹果比往常红着许多倍，似乎有两颗香红的心在脸上开了两个小井，溢着红润的胭脂泉。那时她还梳着长黑辫。

　　她父母在家的时候，她只能隔着窗儿望我一望，或是设法在我走去的时节，和我笑一笑。这一次，她就像一个小猫遇上了个好玩的伴儿；我一向不晓得她"能"这样的活泼。在一同往屋中走的工夫，她的肩挨上了我的。我们都才十七岁。我们都没说什么，可是四只眼彼此告诉我们是欣喜到万分。我最爱看她家壁上那张工笔百鸟朝凤；这次，我的眼匀不出工夫来。我看着那双小绿拖鞋；她往后收了收脚，连耳根儿都有点红了；可是仍然笑着。我想问她的功课，没问；想问新生的小猫有全白的没有，没问；心中的问题多了，只是口被一种什么力量给封起来，我知道她也是如此，因为看见她的白润的脖儿直微微地动，似乎要将些不相干的言语咽下去，而真值得一说的又不好意思说。

　　她在临窗的一个小红木凳上坐着，海棠花影在她半个脸上微动。有时候她微向窗外看看，大概是怕有人进来。及至看清了没人，她脸上的花影都被欢悦给浸渍得红艳了。她的两手交换着轻轻地摸小凳的沿，显着不耐烦，可是欢喜的不耐烦。最后，她深深地看了我一眼，极不愿意而又不得不说地说："走吧！"我自己已忘了自己，只看见，不是听见，两个什么字由她的口中出来？可是在心的深处猜对那两个字的意思，因为我也有点那样的关切。我的心不愿动，我的脑知道非走不可。我的眼盯住了她的。她要低头，还没低下去，便又勇敢地抬起来，故意地，不怕地，羞而不肯羞地，迎着我的眼。直到不约而同地垂下

◎王书朋绘《微神》连环画（图二）。

头去，又不约而同地抬起来，又那么看。心似乎已碰着心。

我走，极慢的，她送我到帘外，眼上蒙了一层露水。我走到二门，回了回头，她已赶到海棠花下。我像一个羽毛似的飘荡出去。

以后，再没有这种机会。

有一次，她家中落了，并不使人十分悲伤的丧事。在灯光下我和她说了两句话。她穿着一身孝衣。手放在胸前，摆弄着孝衣的扣带。站得离我很近，几乎能彼此听得见脸上热力的激射，像雨后的禾谷那样带着声儿生长。可是，只说了两句极没有意思的话——口与舌的一些动作：我们的心并没管它们。

我们都二十二岁了，可是五四运动还没降生呢！男女的交际还不是普通的事。我毕业后便做了小学的校长，平生最大的光荣，因为她给了我一封贺信。信笺的末尾——印着一枝梅花——她注了一行：不要回信。我也就没敢写回信。可是我好像心中燃着一束火把，无所不尽其极地整顿学校。我拿办好了学校作为给她的回信；她也在我的梦中给我鼓着得胜的掌——那一对连腕也是玉的手！

提婚是不能想的事。许多许多无意识而有力量的阻碍，像个专以力气自雄的恶虎，站在我们中间。

有一件足以自慰的，我那系在心上的耳朵始终没听到她的订婚消息。还有件比这更好的事，我兼任了一个平民学校的校长，她担任着一点功课。我只希望能时时见到她，不求别的。她呢，她知道怎么躲避我——已经是个二十多岁的大姑娘。她失去了十七八岁时的天真与活泼，可是增加了女子的尊严与神秘。

又过了两年，我上了南洋。到她家辞行的那天，她恰巧没在家。

在外国的几年中，我无从打听她的消息。直接通信是不可能的，间接探问，又不好意思，只好在梦里相会了。说也奇怪，我在梦中的女性永远是"她"。梦境的不同使我有时悲泣，有时狂喜；恋的幻境里也自有一种味道。她，在我的心中，还是十七岁时的样子：小圆脸，眉眼清秀中带着一点媚意。身量不高，处处都那么柔软，走路非常的轻巧。那一条长黑的发辫，造成最动心的一个背影。我也记得她梳起头来的样儿，但是我总梦见那带辫的背影。

回国后，自然先探听她的一切。一切消息都像谣言，她已做了暗娼！

就是这种刺心的消息，也没减少我的热情；不，我反倒更想见她，更想帮助她。我到她家去。已不在那里住，我只由墙外看见那株海棠树的一部分。房子早已卖掉了。

到底我找到她了。她已剪了发，向后梳拢着，在顶部有个大绿梳子。穿着一件粉红长袍，袖子仅到肘部，那双臂，已不是那么活软的了。脸上的粉很厚，脑门和眼角都有些褶子。可是她还笑得很好看，虽然一点活泼的气象也没有了。设若把粉和油都去掉，她大概最好也只像个产后的病妇。她始终没正眼看我一次，虽然脸上并没有羞愧的样子，她也说也笑，只是心没在话与笑中，好像完全应酬我。我试着探问她些问题与经济状况，她不大愿意回答。她点着一支香烟，烟很灵通地从鼻孔出来，她把左膝放在右膝上，仰着头看烟的升降变化，极无聊而又显着刚强。我的眼湿了，她不会看不见我的泪，可是她没有任何表示。她不住地看自己的手指甲，又轻轻地向后按头发，似乎她只是为它们活着呢。提到家中的人，她什么也没告诉我。我只好走吧。临出来的时候，我把住址告诉给她——深愿她求我，或是命令我，做点事。她似乎根本没往心里听，一笑，眼看看别处，没有往外送我的意思。她以为我是出去了，其实我是立在门口没动，这么着，她一回头，我们对了眼光。只是那么一擦似的她转过头去。

初恋是青春的第一朵花，不能随便掷弃。我托人给她送了点钱去。留下了，并没有回话。

朋友们看出我的悲苦来，眉头是最会出卖人的。他们善意地给我介绍女友，惨笑地摇首是我的回答。我得等着她。初恋像幼年的宝贝永远是最甜蜜的，不管那个宝贝是一个小布人，还是几块小石子。慢慢的，我开始和几个最知己的朋友谈论她，他们看在我的面上没说她什么，可是假装闹着玩似的暗刺我，他们看我太愚，也就是说她不配一恋。他们越这样，我越顽固。是她打开了我的爱的园门，我得和她走到山穷水尽。怜比爱少着些味道，可是更多着些人情。不久，我托友人向她说明，我愿意娶她。我自己没胆量去。友人回来，带回来她的几声狂笑。她没说别的，只狂笑了一阵。她是笑谁？笑我的愚，很好，多情的人不是每每有些傻气吗？这足以使人得意。笑她自己，那只是因为不好意思哭，过度的悲郁使人狂笑。

愚痴给我些力量，我决定自己去见她。要说的话都详细地编制好，演习了许多次，我告诉自己——只许胜，不许败。她没在家。又去了两次，都没见着。第四次去，屋门里停着小小的一口薄棺材，装着她。她是因打胎而死。

一篮最鲜的玫瑰，瓣上带着我心上的泪，放在她的灵前，结束了我的初恋，开始终生的虚空。为什么她落到这般光景？我不愿再打听。反正她在我心中永远不死。

我正呆看着那小绿拖鞋，我觉得背后的幔帐动了一动。一回头，帐子上绣的小蝴蝶在她的头上飞动呢。她还是十七八岁时的模样，还是那么轻巧，像仙女飞降下来还没十分立稳那样立着。我往后退了一步，似乎是怕一往前凑就能把她吓跑。这一退的工夫，她变了，变成二十多岁的样子。她也往后退了，随退随着脸上加着皱纹。她狂笑起来。我坐在那个小床上。刚坐下，我又起来了，扑过她去，极快；她在这极短的时间内，又变回十七岁时的样子。在一秒钟里我看见她半生的变化，她像是不受时间的拘束。我坐在椅子上，她坐在我的怀中。我自己也恢复了十五六年前脸上的红色，我觉得出。我们就这样坐着，听着彼此心血的潮荡。不知有多么久。最后，我找到声音，唇贴着她的耳边，问：

"你独自住在这里？"

"我不住在这里；我住在这儿。"她指着我的心说。

"始终你没忘了我，那么？"我握紧了她的手。

"被别人吻的时候，我心中看着你！"

"可是你许别人吻你？"我并没有一点妒意。

"爱在心里，唇不会闲着；谁教你不来吻我呢？"

"我不是怕得罪你的父母吗？不是我上了南洋吗？"

她点了点头，"惧怕使你失去一切，隔离使爱的心慌了。"

她告诉了我，她死前的光景。在我出国的那一年，她的母亲死去。她比较地自由了一些。出墙的花枝自会招来蜂蝶，有人便追求她。她还想念着我，可是肉体往往比爱少些忍耐力，爱的花不都是梅花。她接受了一个青年的爱，因为他长得像我。他非常地爱她，可是她还忘不了我，肉体的获得不就是爱的满足，相似的容貌不能代替爱的真形。他疑心了，她承认了她的心是在南洋。他们俩断绝了关系。这时候，她父亲的财产全丢了。她非嫁人不可。她把自己卖给一个阔家公子，为的是供给她的父亲。

"你不会去教学挣钱？"我问。

"我只能教小学，那点薪水还不够父亲买烟吃的！"

我们俩都愣起来。我是想：假使我那时候回来，以我的经济能力说，能供给得起她的父亲吗？我还不是大睁白眼地看着她卖身？

"我把爱藏在心中，"她说，"拿肉体挣来的茶饭营养着它。我深恐肉体死了，爱便不存在，其实我是错了；先不用说这个吧。他非常的妒忌，永远跟着我，无论我是干什么。上哪儿去，他老随着我，他找不出我的破绽来，可是觉得出我是不爱他。慢慢的，他由讨厌变为公开地辱骂我，甚至于打我，他逼得我没法不承认我的心是另有所寄。忍无可忍也就顾不及饭碗问题了。他把我赶出来，连一件长衫也没给我留。我呢，父亲照样和我要钱，我自己得吃得穿，而且我一向吃好的穿好的惯了。为满足肉体，还得利用肉体，身体是现成的本钱。凡给我钱的便买去我点筋肉的笑。我很会笑：我照着镜子练习那迷人的笑。环境的不同使人作退一步想，这样零卖，倒是比终日叫那一个阔公子管着强一些。在街上，有多少人指着我的后影叹气，可是我到底是自由的，有时候我与些打扮得不漂亮的女子遇上，我也有些得意。我一共打过四次胎，但是创痛过去便又笑了。

"最初，我颇有一些名气，因为我既是做过富宅的玩物，又能识几个字，新派旧派的人都愿来照顾我。我没工夫去思想，甚至于不想积蓄一点钱，我完全为我的服装香粉活着。今天的漂亮是今天的生活，明天自有明天管照着自己，身体的疲倦，只管眼前的刺激，不顾将来。不久，这种生活也不能维持了。父亲的烟是无底的深坑。打胎需要花许多费用。以前不想剩钱；钱自然不会自己剩下。我连一点无聊的傲气也不敢存了。我得极下贱地去找钱了，有时是明抢。有人指着我的后影叹气，我也回头向他笑一笑了。打一次胎增加两三岁。镜子是不欺人的，我已老丑了。疯狂足以补足衰老。我尽着肉体的所能伺候人们，不然，我没有生意。我敞着门睡着，我是大家的，不是我自己的。一天二十四小时，什么时间也可以买我的身体。我消失在欲海里。在清醒的世界中我并不存在。我的手指算计着钱数。我不思想，只是盘算——怎能多进五毛钱。我不哭，哭不好看。只为钱着急，不管我自己。"

她休息了一会儿，我的泪已滴湿她的衣襟。

"你回来了！"她继续着说："你也三十多了；我记得你是十七岁的小学生。你的眼已不是那年——多少年了？——看我那双绿拖鞋的眼。可是，你，多少还是你自己，我，早已死了。你可以继续做那初恋的梦，我已无梦可做。我始终一点也不怀疑，我知道你要是回来，必定要我。及至见着你，我自己已找不到我自己，拿什么给你呢？你没回来的时候，我永远不拒绝，不论是对谁说，我是爱你；你回来了，我只好狂笑。单等我落到这样，你才回来，这不是有意戏弄人？假如你永远不回

◎王书朋绘《微神》连环画（图三）。

来，我老有个南洋做我的梦景，你老有个我在你的心中，岂不很美？你偏偏回来了，而且回来这样迟——"

"可是来迟了并不就是来不及了。"我插了一句。

"晚了就是来不及了。我杀了自己。"

"什么？"

"我杀了我自己。我命定的只能住在你心中，生存在一首诗里，生死有什么区别？在打胎的时候我自己下了手。有你在我左右，我没法子再笑。不笑，我怎么挣钱？只有一条路，名字叫死。你回来迟了，我别再死迟了：我再晚死一会儿，我便连住在你心中的希望也没有了。我住在这里，这里便是你的心。这里没有阳光，没有声响，只有一些颜色。颜色是更持久的，颜色画成咱们的记忆。看那双小鞋，绿的，是点颜色，你我永远认识它们。"

"但是我也记得那双脚。许我看看吗？"

她笑了，摇摇头。

我很坚决，我握住她的脚，扯下她的袜，露出没有肉的一支白脚骨。

"去吧！"她推了我一把。"从此你我无缘再见了！我愿住在你的心中，现在不行了；我愿在你心中永远是青春。"

太阳已往西斜去；风大了些，也凉了些，东方有些黑云。春光在一个梦中惨淡了许多。我立起来，又看见那片暗绿的松树。立了不知有多久。远处来了些蠕动的小人，随着一些听不甚真的音乐。越来越近了，田中惊起许多白翅的鸟，哀鸣着向山这边飞。我看清了，一群人们匆匆地走，带起一些灰土。三五鼓手在前，几个白衣人在后，最后是一口棺材。春天也要埋人的。撒起一把纸钱，蝴蝶似的落在麦田上。东方的黑云更厚了，柳条的绿色加深了许多，绿得有些凄惨。心中茫然，只想起那双小绿拖鞋，像两片树叶在永生的树上做着春梦。

赏析

　　《微神》是老舍的小说中唯一的一篇以爱情为主题的。仅仅这一事实就已经值得注意了。他的长篇中也有爱情描写的穿插，然而，"穿插"而已，分量极轻。

　　《微神》是一个梦，由一个失去了爱情的人，躺在晴暖的山坡上，神思迷离中所做的一个长长的凄哀的梦。

　　《微神》在老舍那里，是偶尔出土的一株异草。老舍是这样一位作家，即使翻新出奇，他也仍然是老舍。在抒情的幻想的诗的形式中，他施展着他的写实本领，在性格的刻画方面，显示出他特有的笔力。

　　"五四"以后，文学受"同情被侮辱与被损害者"这种民主主义、人道主义思潮的影响，也像近代欧洲文学那样，出现了一些刻画妓女形象的比较成功的作品。这些作品，从命意到手法，都是清代以来狭邪小说的真正对立物。从郁达夫的《过去》，到吴组缃的《金小姐与雪姑娘》，老舍的《微神》和《月牙儿》，你不难找到相通之处，即这些作品除了同情于她们的沦落，发掘她们在非人境遇中的人性美，还在她们那里发现了一种相似的精神特征，以倔强、冷酷，向践踏她们的社会复仇。这种性格正是那种非人的生活逼压而成的。而在同命运的女性中，《微神》中的"她"又有"自己"。她既没有老三（《过去》）那双阴凄凄的眼睛，也没有雪姑娘那种热辣辣的性格。她是一个来自市民社会的女子。早年的娇羞妩媚，使她的心灵被扭曲之后，仍然保留下一点矜持，即使在与情人相对，灵魂被鞭打的时候。

　　老舍式景物描写的独特性，也突出地表现在这篇小说里。他讲究"置阵布势"，

○《微神》插图.

经营位置，他的画面有着强烈的空间感，使人如身历其境，他善于体会物情，用笔精确传神，状物写情，"语语都在目前"，可以当得王国维所谓的"不隔"。更足以显示特色的是，连他的风景画也有一种风俗画的情调，充满了"人间味"，充满了活泼的情趣。

与老舍的"诗"的世俗内容一致，他在《微神》里即使叙述诡幻的梦，所使用的，仍然是俗白浅易的口语。排丽组华，似难实易；浅易自然，似易实难。中国古代文人一向重视俗白浅易中见出的文字工夫。他们以为不唯"巧语"、"奇语"可以为诗，"拙语"、"常语"亦可以为诗，而且愈是能将"拙语"、"常语"写得美，写得有味，愈能见出手段的高强。老舍的语言所以俗而能雅，浅中有味，就因为他不止于俗浅，而是努力把"俗语"、"常语"甚至"拙语"，说得奇警，说得新鲜。你大约已经注意到，他以口语为原料，能锻造出怎样短峭别致的文句。将口语"诗"化，从生活的平凡处提炼出诗，更是一种诗的才能。

(赵园)

王书朋绘《微神》连环画（图四）

开市大吉

为大众而牺牲，为同胞谋幸福。一切科学化，一切
平民化，沟通中西医术，打破阶级思想。

　　我，老王和老邱，凑了点钱，开了个小医院。老王的夫人做护士主任，
她本是由看护而高升为医生太太的。老邱的岳父是庶务兼会计。我和老王是
这么打算好，假如老丈人报花账或是携款潜逃的话，我们俩就揍老邱；合着
老邱是老丈人的保证金。我和老王是一党，老邱是我们后约的，我们俩总得
防备他一下。办什么事，不拘多少人，总得分个党派，留下心眼。不然，看
着便不大像回事儿。加上王太太，我们是三个打一个，假如必须打老邱的话。
老丈人自然是帮助老邱喽，可是他年岁大了，有王太太一个人就可把他的胡
子扯净了。老邱的本事可真是不错，不说屈心的话。他是专门割痔疮，手术
非常的漂亮，所以请他合作。不过他要是找揍的话，我们也不便太厚道了。
　　我治内科，老王花柳，老邱专门痔漏兼外科，王太太是看护主任兼产科，
合着我们一共有四科。我们内科，老老实实地讲，是地道二五八。一分钱一
分货，我们的内科收费可少呢。要敲是敲花柳与痔疮，老王和老邱是我们的
希望。我和王太太不过是配搭，她就根本不是大夫，对于生产的经验她有一
些，因为她自己生过两个小孩。至于接生的手术，反正我有太太决不叫她接
生。可是我们得设产科，产科是最有利的。只要顺顺当当地产下来，至少也
得住十天半月的；稀粥烂饭的对付着，住一天拿一天的钱。要是不顺顺当当
地生产呢，那看事做事，临时再想主意。活人还能叫尿憋死？
　　我们开了张。"大众医院"四个字在大小报纸已登了一个半月。名字起得

好——办什么赚钱的事儿，在这个年月，就是别忘了"大众"。不赚大众的钱，赚谁的？这不是真情实理吗？自然在广告上我们没这么说，因为大众不爱听实话的；我们说的是："为大众而牺牲，为同胞谋幸福。一切科学化，一切平民化，沟通中西医术，打破阶级思想。"真花了不少广告费，本钱是得下一些的。把大众招来以后，再慢慢收拾他们。专就广告上看，谁也不知道我们的医院有多大。院图是三层大楼，那是借用近邻

◯《老舍幽默诗文集》漫画。

转运公司的相片，我们一共只有六间平房。

我们开张了。门诊施诊一个星期，人来的不少，还真是"大众"，我挑着那稍像点样子的都给了点各色的苏打水，不管害的是什么病。这样，延迟过一星期好正式收费呀；那真正老号的大众就干脆连苏打水也不给，我告诉他们回家洗洗脸再来，一脸的滋泥，吃药也是白搭。

忙了一天，晚上我们开了紧急会议，专替大众不行啊，得设法找"二众"。我们都后悔了，不该叫"大众医院"。有大众而没贵族，由哪儿发财去？医院不是煤油公司啊，早知道还不如干脆叫"贵族医院"呢。老邱把刀子沾了多少回消毒水，一个割痔疮的也没来！长痔疮的阔佬谁能上"大众医院"来割？

老王出了主意：明天包一辆能驶的汽车，我们轮流地跑几趟，把二姥姥接来也好，把三舅母装来也行。一到门口看护赶紧往里搀，接上这么三四十趟，四邻的人们当然得佩服我们。

我们都很佩服老王。

"再赁几辆不能驶的"，老王接着说。

"干吗？"我问。

"和汽车行商量借给咱们几辆正在修理的车，在医院门口放一天。一会儿叫咕嘟一阵。上咱们这儿看病的人老听外面咕嘟咕嘟地响，不知道咱们又来了多少坐汽车的。外面的人呢，老看着咱们的门口有一队汽车，还不唬住？"

我们照计而行，第二天把亲戚们接了来，给他们碗茶喝，又给送走。两个女看护是见一个搀一个，出来进去，一天没住脚。那几辆不能活动而能咕嘟的车由一天亮就运来了，五分钟一阵，轮流地咕嘟，刚一出太阳就围上一群小孩。我们给汽车队照了个相，托人给登晚报。老邱的丈人做了篇八股，形容汽车往来的盛况。当天晚上我们都没能吃饭，车咕嘟得太厉害了，大家都有点头晕。

不能不佩服老王，第三天刚一开门，汽车，进来位军官。老王急于出去迎接，忘了屋门是那么矮，头上碰了个大包。花柳；老王顾不得头上的包了，脸笑得一朵玫瑰似的，似乎再碰它七八个包也没大关系。三言五语，卖了一针六〇六。我们的两位女看护给军官解开制服，然后四只白手扶着他的胳臂，王太太过来先用小胖食指在针穴轻轻点了两下，然后老王才给用针。军官不知道东西南北了，看着看护一个劲儿说："得劲！得劲！得劲！"我在旁边说了话，再给他一针。老邱也是福至心灵，早预备好了——香片茶加了点盐。老王叫看护扶着军官的胳臂，王太太又过来用小胖食指点了点，一针香片下去了。军官还说得劲，老王这回是自动的又给了他一针龙井。我们的医院里吃茶是讲究的，老是香片龙井两着沏。两针茶，一针六〇六，我们收了他二十五块钱。本来应当是十元一针，因为三针，减收五元。我们告诉他还得接着来，有十次管保除根。反正我们有的是茶，我心里说。

把钱交了，军官还舍不得走，老王和我开始跟他瞎扯，我就夸奖他的不瞒着病——有花柳，赶快治，到我们这里来治，准保没危险。花柳是伟人病，正大光明，有病就治，几针六〇六，完了，什么事也没有。就怕像铺子里的小伙计，或是中学的学考，得了药藏藏掩掩，偷偷地去找老虎大夫，或是袖口来袖口去买私药——广告专贴在公共厕所里，非糟不可。军官非常赞同我的话，告诉我他已上过二十多次医院。不过哪一回也没有这一回舒服。我没往下接碴儿。

老王接过去，花柳根本就不算病，自要勤扎点六〇六。军官非常赞同老王的话，并且有事实为证——他老是不等完全好了便又接着去逛；反正再扎几针就是了。老王非常赞同军官的话，并且愿拉个主顾，军官要是长期扎针的话，他愿减收一半药费：五块钱一针。包月也行，一月一百块钱，不论扎多少针。军官非常赞同这个主意，可是每次得照着今天的样子办，我们都没言语，可是笑着点了点头。

军官汽车刚开走，迎头来了一辆，四个丫环搀下一位太太来。一下车，五张嘴一齐问：有特别房没有？我推开一个丫环，轻轻地托住太太的手腕，搀到小院中。我指着转运公司的楼房说："那边的特别室都住满了。您还算得凑巧，这里——我指着我们的几间小房说——还有两间头等房，您暂时将就一下吧。其实这两间比楼上还舒服，省得楼上楼下的跑，是不是，老太太？"

老太太的第一句话就叫我心中开了一朵花："唉，这还像个大夫——病人不为舒服，上医院来干吗？东生医院那群大夫，简直的不是人！"

"老太太，您上过东生医院？"我非常惊异地问。

"刚由那里来，那群王八羔子！"

乘着她骂东生医院——凭良心说，这是我们这里最大最好的医院——我把她搀到小屋里，我知道，我要是不引着她骂东生医院，她决不会住这间小屋。"您在那儿住了几天？"我问。

"两天；两天就差点要了我的命！"老太太坐在小床上。

我直用腿顶着床沿，我们的病床都好，就是上了点年纪，爱倒。"怎么上那儿去了呢？"我的嘴不敢闲着，不然，老太太一定会注意到我的腿的。

"别提了！一提就气我个倒仰——你看，大夫，我害的是胃病，他们不给我东西吃！"老太太的泪直要落下来。

"不给您东西吃？"我的眼都瞪圆了。"有胃病不给东西吃？蒙古大夫！

就凭您这个年纪？老太太您有八十了吧？"

老太太的泪立刻收回去许多，微微地笑着："还小呢。刚五十八岁。"

"和我的母亲同岁，她也是有时候害胃口疼！"我抹了抹眼睛。"老太太，您就在这儿住吧，我准把那点病治好了。这个病全仗着好保养，想吃什么就吃：吃下去，心里一舒服，病就减去几分，是不是，老太太？"

老太太的泪又回来了，这回是因为感激我。"大夫，你看，我专爱吃点硬的，他们偏叫我喝粥，这不是故意气我吗？"

"您的牙口好，正应当吃口硬的呀！"我郑重地说。

"我是一会儿一饿，他们非到时候不准我吃！"

"糊涂东西们！"

"半夜里我刚睡好，他们把小玻璃棍放在我嘴里，试什么度。"

"不知好歹！"

"我要便盆，那些看护说，等一等，大夫就来，等大夫查过病去再说！"

"该死的玩艺儿！"

"我刚挣扎着坐起来，看护说，躺下。"

"讨厌的东西！"

我和老太太越说越投缘，就是我们的屋子再小一点，大概她也不走了。爽性我也不再用腿顶着床了，即使床倒了，她也能原谅。

"你们这里也有看护呀？"老太太问。

"有，可是没关系，"我笑着说。"您不是带来四个丫环吗？叫她们也都住院就结了。您自己的人当然伺候得周到；我干脆不叫看护们过来，好不好？"

"那敢情好啦，有地方呀？"老太太好像有点过意不去了。

"有地方，您干脆包了这个小院吧。四个丫环之外，不妨再叫个厨子来，您爱吃什么吃什么。我只算您一个人的钱，丫环厨子都白住，就算您五十块钱一天。"

老太太叹了口气："钱多少的没有关系，就这么办吧。春香，你回家去把厨子叫来，告诉他就手儿带两只鸭子来。"

我后悔了：怎么才要五十块钱呢？真想抽自己一顿嘴巴！幸而我没说药费在内；好吧，在药费上找齐儿就是了；反正看这个来派，这位老太太至少有一个儿子当过师长。况且，她要是天天吃火烧夹烤鸭，大概不会三五天就出院，事情也得往长里看。

医院很有个样子了：四个丫环穿梭似的跑出跑入，厨师傅在院中墙根砌起一座炉灶，好像是要办喜事似的。我们也不客气，老太太的果子随便拿起就尝，全鸭子也吃它几块。始终就没人想起给她看病，因为注意力全用在看她买来什么好吃食。

老王和我总算开了张，老邱可有点挂不住了。他手里老拿着刀子。我都直躲他，恐怕他拿我试试手。老王直劝他不要着急，可是他太好胜，非也给医院弄个几十块不甘心。我佩服他这种精神。

吃过午饭，来了！割痔疮的！四十多岁，胖胖的，肚子很大。王太太以为他是来生小孩，后来看清他是男性，才把他让给老邱。老邱的眼睛都红了。三言五语，老邱的刀子便下去了。四十多岁的小胖子疼得直叫唤，央告老邱

○ 韩羽为《离婚》作插图。

用点麻药。老邱可有了话：

"咱们没讲下用麻药哇！用也行，外加十块钱。用不用？快着！"

小胖子连头也没敢摇。老邱给他上了麻药。又是一刀，又停住了："我说，你这可有管子，刚才咱们可没讲下割管子。还往下割不割？往下割的话，外加三十块钱。不的话，这就算完了。"

我在一旁，暗伸大拇指，真有老邱的！拿住了往下敲，是个办法！

四十多岁的小胖子没有驳回，我算计着他也不能驳回。老邱的手术漂亮，话也说得脆，一边割管子一边宣传："我告诉你，这点事儿值得你二百块钱；不过，我们不敲人；治好了只求你给传传名。赶明天你有工夫的时候，不妨来看看。我这些家伙用四万五千倍的显微镜照，照不出半点微生物！"

胖子一声也没出，也许是气糊涂了。

老邱又弄了五十块。当天晚上我们打了点酒，托老太太的厨子给做了几样菜。菜的材料多一半是利用老太太的。一边吃一边讨论我们的事业，我们决定添设打胎和戒烟。老王主张暗中宣传检查身体，凡是要考学校或保寿险的，哪怕已经做下寿衣，预备下棺材，我们也把体格表填写得好好的；只要交五元的检查费就行。这一案也没费事就通过了。老邱的老丈人最后建议，我们匀出几块钱，自己挂块匾。老人出老办法。可是总算有心爱护我们的医院，我们也就没反对。老丈人已把匾文拟好——仁心仁术。陈腐一点，不过也还恰当。我们议决，第二天早晨由老丈人上早市去找块旧匾。王太太说，把匾油饰好，等门口有过娶媳妇的，借着人家的乐队吹打的时候，我们就挂匾。到底妇女的心细，老王特别显着骄傲。

赏析

《开市大吉》用讽刺的情调、夸张的文笔，描摹了市民阶层中的丑恶的、可笑的世态人情，暴露了几个江湖骗子行医诈钱的丑态。

小说先总叙，后分说。总叙 3 人的筹划活动，分叙每个人的诈钱手段，描摹个性。3 个人办医院，加上老王的太太做帮手，4 个人设了四科，"我治内科，老王花柳，老邱专门痔漏兼外科，王太太是看护主任兼产科。"一个人设一科这就够瞎胡闹的了，何况他们没有一个人懂医术的，"我"内科是"地道二五八"，王太太根本不是大夫，她有生过两个小孩的经验，故让她做产科医生。老王的医术未提及，让你看了下文即明白。老邱割痔疮"手术非常的漂亮"，这是讽刺，与下文做手术时的"漂亮"镜头一对照，形成强烈反差。

"开市大吉"，"吉"在何处？作者采取分头描述的方法，塑造了一个个讽刺性形象。先写老王给军官治花柳，打了一针六〇六，两针茶水（香片、龙井），收了 25 块钱，老王"开市大吉"。这一部分不仅写了老王诈钱全凭着"瞎扯"，什么"花柳根本就不算病，自要勤扎点六〇六"，说得军官非常"舒服"。同时也暴露了那位军官的糜烂透顶、淫荡成性。王太太过来，先用小胖食指在针穴上轻轻点两下，然后老王才给用针。不是老王的针扎得好，而是王太太小胖食指点得好，所以那军官看着王太太，一个劲儿说"得劲！得劲！得劲！"诈钱者灵魂丑陋，被诈者更见肮脏。次写"我"给一位养尊处优的阔太太治胃病，让她带四个丫环一个厨子，"爱吃什么吃什么"，租给她两间房，"五十块钱一天"，"我"也"开市大吉"。"我"世故圆滑、能说会道，顺着老太太的心思，说尽了甜言蜜语，使她自动就范。尤其是和老太太共同诅咒东生医院的一段对话，妙趣横生，暴露了"我"的不学无术、诋毁科学，也讽刺了老太太的生活奢侈、挥霍无度，在家里已经"吃"得厌烦，到医院里"吃"得才更有兴味。

讽刺的高潮是老邱替人割痔疮。老邱等生意等红了眼，见来了个割痔疮的，三言五语，"刀子便下去了"，刀下去后才讲价钱。病人疼得直叫唤，用麻药，一针"外加十块钱"！往下割管子，本来是割痔漏分内的事，可老邱还要往下敲："我说，你这可有管子，刚才咱们可没讲往下割管子。还往下割不割？往下割的话，外加三十块钱。"只一会儿，老邱又弄了五十块。所以3个人诈钱的本领数老邱最高明。"我在一旁，暗伸大拇指，真有老邱的！拿住了往下敲，是个办法！"以褒语示贬义。透露了作者对此种骗术的唾弃和批判。开市大吉后，又出现3人合谋的讽刺性场面，他们以"检查身体"为名，收"考学校或保寿险的"检查费，挂"仁心仁术"的匾，继续行诈骗之术。使读者在讽刺高潮的捧腹大笑中，进入满含深意的淡淡的一笑，以此收场，恰到好处。

（谢昭新）

◎1956 年 3 月 15 日，老舍在全国青年文学创作
者大会上作《青年作家应有的修养》报告

抱 孙

媳妇死了，再娶一个，孩子更要紧。

　　难怪王老太太盼孙子呀，不为抱孙子，娶儿媳妇干吗？也不能怪儿媳妇成天着急，本来吗，不是不努力生养呀，可是生下来不活，或是不活着生下来，有什么法儿呢！就拿头一胎说吧：自从一有孕，王老太太就禁止儿媳妇有任何操作，夜里睡觉都不许翻身。难道这还算不小心？哪里知道，到了五个多月，儿媳妇大概是因为多眨巴了两次眼睛，小产了！还是个男胎，活该就结了！再说第二胎吧，儿媳妇连眨巴眼都拿着尺寸，打哈欠的时候有两个丫环在左右扶着。果然小心谨慎没错处，生了个大白胖小子。可是没活了五天，小孩不知为了什么，竟自一声没出，神不知鬼不觉地与世长辞了。那是十一月天气，产房里大小放着四个火炉，窗户连个针尖大的窟窿也没有，不要说是风，就是风神，想进来是怪不容易的。况且小孩还盖着四床被，五条毛毯，按说够温暖的了吧？哼，他竟自死了。命该如此！

　　现在，王少奶奶又有了喜，肚子大得惊人，看着颇像轧马路的石碾。看着这个肚子，王老太太心里仿佛长出两只小手，成天抓弄得自己怪要发笑的。这么丰满体面的肚子，要不是双胎才怪呢！子孙娘娘有灵，赏给一对白胖小子吧！王老太太可不只是祷告烧香呀，儿媳妇要吃活人脑子，老太太也不驳回。半夜三更还给儿媳妇送肘子汤，鸡丝挂面……儿媳妇也真作脸，越躺着越饿，点心点心就能吃二斤翻毛月饼：吃得顺着枕头往下流油，被窝的深处能扫出一大碗什锦来。孕妇不多吃怎么生胖小子呢？婆婆儿媳对于此点完全同意。婆婆这样，娘家妈也不能落后啊。她是七趟八趟来"催生"，每次至少带来八个食盒。两亲家，按着哲学上说，永远应当是对仇人。娘家妈带来的东西越多，婆婆越觉得这是有意羞辱人；婆婆越加紧张罗吃食，娘家妈越觉得女儿的嘴亏。这样一竞争，少奶奶可得其所哉，连嘴犄角都吃烂了。

收生婆已经守了七天七夜，压根儿生不下来。偏方儿，丸药，子孙娘娘的香灰，吃多了，全不灵验。到第八天头上，少奶奶连鸡汤都顾不得喝了，疼得满地打滚。王老太太急得给子孙娘娘烧了一股香，娘家妈把天仙庵的尼姑接来念催生咒，还是不中用。一直闹到半夜，小孩算是露出头发来。收生婆施展了绝技，除了把少奶奶的下部全抓破了别无成绩。小孩一定不肯出来。长似一年的一分钟，竟自过了五六十来分，还是只见头发不见孩子。有人说，少奶奶得上医院。上医院？王老太太不能这么办。好吗，上医院去开肠

○韩羽为《离婚》作插图.

破肚不自自然然地产出来，硬由肚子里往外掏！洋鬼子，二毛子，能那么办；王家要"养"下来的孙子，不要"掏"出来的。娘家妈也发了言，养小孩还能快了吗？小鸡生个蛋也得到了时候呀！况且催生咒还没念完，忙什么？不敬尼姑就是看不起神仙！

又耗了一点钟，孩子依然很固执。少奶奶直翻白眼。王老太太眼中含着老泪，心中打定了主意：保小的不保大人。媳妇死了，再娶一个，孩子更要紧。她翻白眼呀，正好一狠心把孩子拉出来，找奶妈养着一样的好，假如媳妇死了的话。告诉了收生婆，拉！娘家妈可不干了呢，眼看着女儿翻了两点钟的白眼！孙子算老几，女儿是女儿。上医院吧，别等念完催生咒了；谁知道尼姑们念的是什么呢，假如不是催生咒，岂不坏了事？把尼姑打发了，婆

婆还是不答应；"掏"，行不开！婆婆不赞成，娘家妈还真没主意。嫁出的女儿泼出的水，活是王家的人，死是王家的鬼呀。两亲家彼此瞪着，恨不能咬下谁一块肉才解气。

又过了半点多钟，孩子依然不动声色，干脆就是不肯出来。收生婆见事不好，抓了一个空儿溜了。她一溜，王老太太有点拿不住劲儿了。娘家妈的话立刻增加了许多分量："收生婆都跑了，不上医院还等什么呢？等小孩死在胎里哪！"

"死"和"小孩"并举，打动了王太太的心。可是"掏"到底是行不开的。

"上医院去生产的多了，不是个个都掏。"娘家妈力争，虽然不一定信自己的话。

王老太太当然不信这个；上医院没有不掏的。

幸而娘家爹也赶到了。娘家妈的声势立刻浩大起来。娘家爹也主张上医院。他既然也这样说，只好去吧。无论怎说，他到底是个男人。虽然生小孩是女人的事，可是在这生死关头，男人的主意多少有些力量。

两亲家，王少奶奶，和只露着头发的孙子，一同坐汽车上了医院。刚露了头发就坐汽车，真可怜的慌，两亲家不住地落泪。

一到医院，王老太太就炸了烟①。怎么，还得挂号？什么叫挂号呀？生小孩子来了，又不是买官米打粥，按哪门子号头呀？王老太太气坏了，孙子可以不要了，不能挂这个号。可是继而一看，若是不挂号，人家大有不叫进去的意思。这口气难咽，可是还得咽；为孙子什么也得忍受。设若自己的老爷还活着，不立刻把医院拆个土平才怪；寡妇不行，有钱也得受人家的欺侮。没工夫细想心中的委屈，赶快把孙子请出来要紧。挂了号，人家要预收五十块钱。王老太太可抓住了："五十？五百也行，老太太有钱！干脆要钱就结了，挂哪门子浪号，你当我的孙子是封信呢！"

医生来了。一见面，王老太太就炸了烟，男大夫？男医生当收生婆？我

①炸了烟，大发脾气的意思。

的儿媳妇不能叫男子大汉给接生。这一阵还没炸完，又出来两个大汉，抬起儿媳妇就往床上放。老太太连耳朵都哆嗦开了！这是要造反呀，人家一个年轻轻的孕妇，怎么一群大汉来动手脚的？"放下，你们这儿有懂人事的没有？要是有的话，叫几个女的来！不然，我们走！"

恰巧遇上个顶和气的医生，他发了话："放下，叫她们走吧！"

王老太太咽了口凉气，咽下去砸得心中怪热的，要不是为孙子，至少得打大夫几个最响的嘴巴！现官不如现管，谁叫孙子故意闹脾气呢。抬吧，不用说废话。两个大汉刚把儿媳妇放在帆布床上，看！大夫用两只手在她肚子上这一阵按！王老太太闭上了眼，心中骂亲家母：你的女儿，叫男子这么按，你连一声也不发，德行！刚要骂出来，想起孙子；十来个月的没受过一点委屈，现在被大夫用手乱杵，嫩皮嫩骨的，受得住吗？她睁开了眼，想警告大夫。哪知道大夫反倒先问下来了："孕妇净吃什么来着？这么大的肚子！你们这些人没办法，什么也给孕妇吃，吃得小孩这么肥大。平日也不来检验，产不下来才找我们！"他没等王老太太回答，向两个大汉说："抬走！"

王老太太一辈子没受过这个。"老太太"到哪儿不是圣人，今天竟自听了一顿教训！这还不提，话总得说得近情近理呀；孕妇不多吃点滋养品，怎能生小孩呢，小孩怎会生长呢？难道大夫在胎里的时候专喝西北风？西医全是二毛子！不便和二毛子辩驳；拿娘家妈杀气吧，瞪着她！娘家妈没有意思挨瞪，跟着女儿就往里走。王老太太一看，也忙赶上前去。那位和气生财的大夫转过身来："这儿等着！"

两亲家的眼都红了。怎么着，不叫进去看看？我们知道你把儿媳妇抬到哪儿去啊？是杀了，还是剐了啊？大夫走了。王老太太把一肚子邪气全照顾了娘家妈："你说不掏，看，连进去看看都不行！掏？还许大切八块呢！宰了你的女儿活该！万一要把我的孙子——我的老命不要了。跟你拼了吧！"

娘家妈心中打了鼓，真要把女儿切了，可怎办？大切八块不是没有的事呀，那回医学堂开会不是大玻璃箱里装着人腿人腔子吗？没办法！事已至此，跟女儿的婆婆干吧！"你倒怨我？是谁一天到晚填我的女儿来看？没听大夫说吗？老叫儿媳妇的嘴不闲着，吃出毛病来没有？我见人见多了，就没看见一个像你这样的婆婆！"

"我给她吃？她在你们家的时候吃过饱饭吗？"王太太反攻。

"在我们家里没吃过饱饭，所以每次看女儿去得带八个食盒！"

"可是呀，八个食盒，我填她，你没有？"

两亲家混战一番，全不示弱，骂得也很具风格。

大夫又回来了。果不出王老太太所料，得用手术。手术二字虽听着耳生，可是猜也猜着了，手要是竖起来，还不是开刀问斩？大夫说：用手术，大人小孩或者都能保全。不然，全有生命的危险。小孩已经误了三小时，而且决不能产下来，孩子太大。不过，要施手术，得有亲族的签字。

王老太太一个字没听见。掏是行不开的。

"怎样？快决定！"大夫十分的着急。

"掏是行不开的！"

"愿意签字不？快着！"大夫又紧了一板。

"我的孙子得养出来！"

娘家妈急了："我签字行不行？"

王老太太对亲家母的话似乎特别的注意："我的儿媳妇！你算哪道？"

大夫真急了，在王老太太的耳根子上扯开脖子喊："这可是两条人命的关系！"

"掏是不行的！"

"那么你不要孙子了？"大夫想用孙子打动她。

果然有效，她半天没言语。她的眼前来了许多鬼影，全似乎是向她说："我们要个接续香烟的，掏出来的也行！"

她投降了。祖宗当然是愿要孙子；掏吧！"可有一样，掏出来得是活的！"她既是听了祖宗的话，允许大夫给掏孙子，当然得说明了——要活的。掏出个死的来干吗用？只要掏出活孙子来，儿媳妇就是死了也没大关系。

娘家妈可是不放心女儿："准能保大小都活着吗？"

"少说话！"王老太太教训亲家太太。

"我相信没危险，"大夫急得直流汗，"可是小孩已经耽误了半天，难保没个意外；要不然请你签字干吗？"

"不保难呀？乘早不用费这道手！"老太太对祖宗非常的负责任；好吗，掏了半天都再不会活着，对得起谁！

"好吧，"大夫都气晕了，"请把她拉回去吧！你可记住了，两条人命！"

"两条三条吧，你又不保准，这不是瞎扯！"

大夫一声没出，抹头就走。

王老太太想起来了，试试也好。要不是大夫要走，她绝想不起这一招儿来。"大夫，大夫！你回来呀，试试吧！"

大夫气得不知是哭好还是笑好。把单子念给她听，她画了个十字儿。

两亲家等了不晓得多么大的时候，眼看就天亮了，才掏了出来，好大的孙子，足分量十三磅！王老太太不晓得怎么笑好了，拉住亲家母的手一边笑一边刷刷地落泪。亲家母已不是仇人了，变成了老姐姐。大夫也不是二毛子了，是王家的恩人，马上赏给他一百块钱才合适。假如不是这一掏，叫这么胖的大孙子生生地憋死，怎对祖宗呀？恨不能跪下就磕一阵头，可惜医院里没供着子孙娘娘。

胖孙子已被洗好，放在小儿室内。两位老太太要进去看看。不只是看看，要用一夜没洗过的老手指去摸摸孙子的胖脸蛋。看护不准两亲家进去，只能隔着玻璃窗看着。眼看着自己的孙子在里面，自己的孙子，连摸摸都不准！娘家妈摸出个红封套来——本是预备赏给收生婆的——递给看护；给点运动费，还不准进去？事情都来得邪，看护居然不收。王老太太揉了揉眼，细端详了看护一番，心里说："不像洋鬼子妞呀，怎么给赏钱都不接着呢？也许是面生，不好意思的？有了，先跟她闲扯几句，打开了生脸就好办了。"指着屋里的一排小篮说："这些孩子都是掏出来的吧？"

"只是你们这个，其余的都是好好养下来的。"

"没那个事，"王老太太心里说，"上医院来的都得掏。"

"给孕妇大油大肉吃才掏呢。"看护有点爱说话。

"不吃，孩子怎能长这么大呢！"娘家妈已和王老太太立在同一战线上。

"掏出来的胖宝贝总比养下来的瘦猴儿强！"王老太太有点觉得不掏出来的孩子没有住医院的资格。"上医院来'养'，脱了裤子放屁，费什么两道手！"

无论怎说，两亲家干瞪眼进不去。

王老太太有了主意，"丫环，"她叫那个看护，"把孩子给我，我们家去。还得赶紧去预备洗三请客呢！"

"我既不是丫环，也不能把小孩给你。"看护也够和气的。

"我的孙子，你敢不给我吗？医院里能请客办事吗？"

"用手术取出来的，大人一时不能给小孩奶吃，我们得给他奶吃。"

"你会，我们不会？我这快六十的人了，生过儿养过女，不比你懂得多，你养过小孩吗？"老太太也说不清看护是姑娘，还是媳妇，谁知道这头戴小白盔的是什么呢。

"没大夫的话，反正小孩不能交给你！"

"去把大夫叫来好了，我跟他说，还不愿意跟你费话呢！"

"大夫还没完事呢，割开肚子还得缝上呢。"

看护说到这里，娘家妈想起来女儿。王老太太似乎还想不起儿媳妇是谁。孙子没生下来的时候，一想起孙子便也想到媳妇；孙子生下来了，似乎把媳妇忘了也没什么。娘家妈可是要看看女儿，谁知道女儿的肚子上开了多大一个洞呢？隔离病室不许闲人进去，没法，只好陪着王老太太瞭望着胖小子吧。

好容易看见大夫出来了。王老太太赶紧去交涉。

"用手术取小孩，顶好在院里住一个月。"大夫说。

"那么三天满月怎么办呢？"王老太太问。

"是命要紧，还是办三天要紧呢？产妇的肚子没长上，怎能去应酬客人呢？"大夫反问。

王老太太确是以为办三天比人命要紧，可是不便于说出来，因为娘家妈在旁边听着呢。至于肚子没长好，怎能招待客人，那有办法："叫她躺着招待，不必起来就是了。"

大夫还是不答应。王老太太悟出一条理来："住院不是为要钱吗？好，我给你钱，叫我们娘们走吧，这还不行？"

"你自己看看去，她能走不能？"大夫说。

◎丁聪为《牛天赐传》作插图。

两亲家反都不敢去了。万一儿媳妇肚子上还有个盆大的洞，多么吓人？还是娘家妈爱女儿的心重，大着胆子想去看看。王老太太也不好意思不跟着。

到了病房，儿媳妇在床上放着的一张卧椅上躺着呢，脸就像一张白纸。娘家妈哭得放了声，不知道女儿是活还是死。王老太太到底心硬，只落了一半个泪，紧跟着炸了烟："怎么不叫她平平正正地躺下呢？这是受什么洋刑罚呢？"

"直着呀，肚子上缝的线就绷了，明白没有？"大夫说。

"那么不会用胶粘上点吗？"王老太太总觉得大夫没有什么高明主意。

娘家妈想和女儿说几句话，大夫也不允许。两亲家似乎看出来，大夫不定使了什么坏招儿，把产妇弄成这个样。无论怎说吧，大概一时是不能出院。好吧。先把孙子抱走，回家好办三天呀。

大夫也不答应，王老太太急了。"医院里洗三不洗？要是洗的话，我把亲友全请到这儿来；要是不洗的话，再叫我抱走；头大的孙子，洗三不请客办事，还有什么脸得活着？"

"谁给小孩奶吃呢？"大夫问。

"雇奶妈子！"王老太太完全胜利。

到底把孙子抱出来了。王老太太抱着孙子上了汽车，一上车就打嚏喷，一直打到家，每个嚏喷都是照准了孙子的脸射去的。到了家，赶紧派人去找奶妈子，孙子还在怀中抱着，以便接收嚏喷。不错，王老太太知道自己是着了凉，可是至死也不能放下孙子。到了晌午，孙子接了至少有二百多个嚏喷，身上慢慢地热起来。王老太太更不肯撒手了。到了下午三点来钟，孙子烧得像块火炭了。到了夜里，奶妈子已雇妥了两个，可是孙子死了，一口奶也没有吃。

王老太太只哭了一大阵，哭完了，她的老眼瞪圆了："掏出来的！掏出来的能活吗？跟医院打官司！那么沉重的孙子会只活了一天，哪有的事？全是医院的坏，二毛子们！"

王老太太约上亲家母，上医院去闹。娘家妈也想把女儿赶紧接出来，医院是靠不住的！

把儿媳妇接出来了，不接出来怎好打官司呢？接出来不久，儿媳妇的肚子裂了缝，贴上"产后回春膏"也没什么用，她也不言不语地死了。好吧，两案归一，王老太太把医院告了下来。老命不要了，不能不给孙子和媳妇报仇！

赏析

老舍小说素以描写下层老人和家庭妇女最为出色，早在他的第一部长篇小说《老张的哲学》里，就成功地塑造了赵姑母形象，朱自清说作者"写赵姑母的唠叨和龙钟，惟妙惟肖"（《〈老张的哲学〉与〈赵子曰〉》）。此后，《离婚》中马老太太的唠叨、热情，《牛天赐传》中牛太太的恪守旧物，《四世同堂》里马老寡妇的谨小慎微，李四大妈的淳朴善良，天佑太太的沉着坚忍，等等，显示了老舍描绘"老人世界"（老太太形象系列）的多姿多彩。而在老舍所描绘的"老人世界"里，《抱孙》中的王老太太又独占一席，与它前后作品中的老太太性格均不雷同，具有迷信愚昧、因循守旧的鲜明个性。

中国传统文化对市民社会的影响，既有优质因素对人们思想行为的陶冶，又有负面因素对人们思想行为的浸染，作为文化负面作用的"不孝有三、无后为大"，"子孙满堂、家业兴旺"等观念，无不深深地影响着一代又一代的市民人物。王老太太急于"抱孙"，"不为抱孙子，娶儿媳妇干吗？"她最怕抱不了孙，断了香火。从"盼孙"、"抱孙"到最终孙亡"无孙"，不是现实与她过不去，也不是命该如此，而是她的迷信守旧行为断送了她的理想。老舍是把王老太太放在迷信与科学的冲撞中刻画她的性格，描写她的心理活动的。

首先，作者极力渲染王老太太"抱孙"的愿望、情势。儿媳妇第一胎"小产了！还是个男胎"。第二胎"生了个大白胖小子"，没活5天，就"与世长辞了"。其实第二胎的死因王老太太不明白，而读者心里清楚：死于愚昧无知、不讲科学。产房生四个火炉，一点也不透气，小孩还盖着四床棉被、五条毛毯，看上去是"心疼"爱护孙子，恰恰就是这种愚昧式的"爱护"断送了小孩的性命。也正因为二胎都未实现"抱孙"的愿望，所以第三胎更显重要，情势非常严重。愿望越迫切，形势越严峻，越能显示王老太太迷信愚昧的本性。

其次，作者又将科学与愚昧的冲突拉到医院，让王老太太处处碰壁，时时受到医生、护士的奚落、讥笑，以进一步揭示她的迷信守旧性格。先是安排了"掏"的矛盾，后又安排了"洗三"的矛盾纠葛。

固执的王老太太迫不及待地要把媳妇、孙子接出院办"洗三"。她把孙子接出医院，一路上受风凉，得了感冒，结果"洗三"未办孙子就死了。儿媳妇也因未按医生规定提前出院，"肚子裂了缝"而丧了命。两条人命，明明死于迷信、礼教、习俗，可她竟把死因归于医院，说"掏"出来的孩子就是活不了，告医院的状，要"给孙子和媳妇报仇！"这种"出窝儿老"的市民性格简直到了无可救药的地步。作者既愤慨，又悲叹，愤慨的是迷信、愚昧制造了人命，悲叹的是科学精神在市民社会却吹不起半点漪涟，民族性格的重塑，在这里显得多么重要。通篇就是在这种喜剧的格调中，蕴含着深沉的悲剧精神。

（谢昭新）

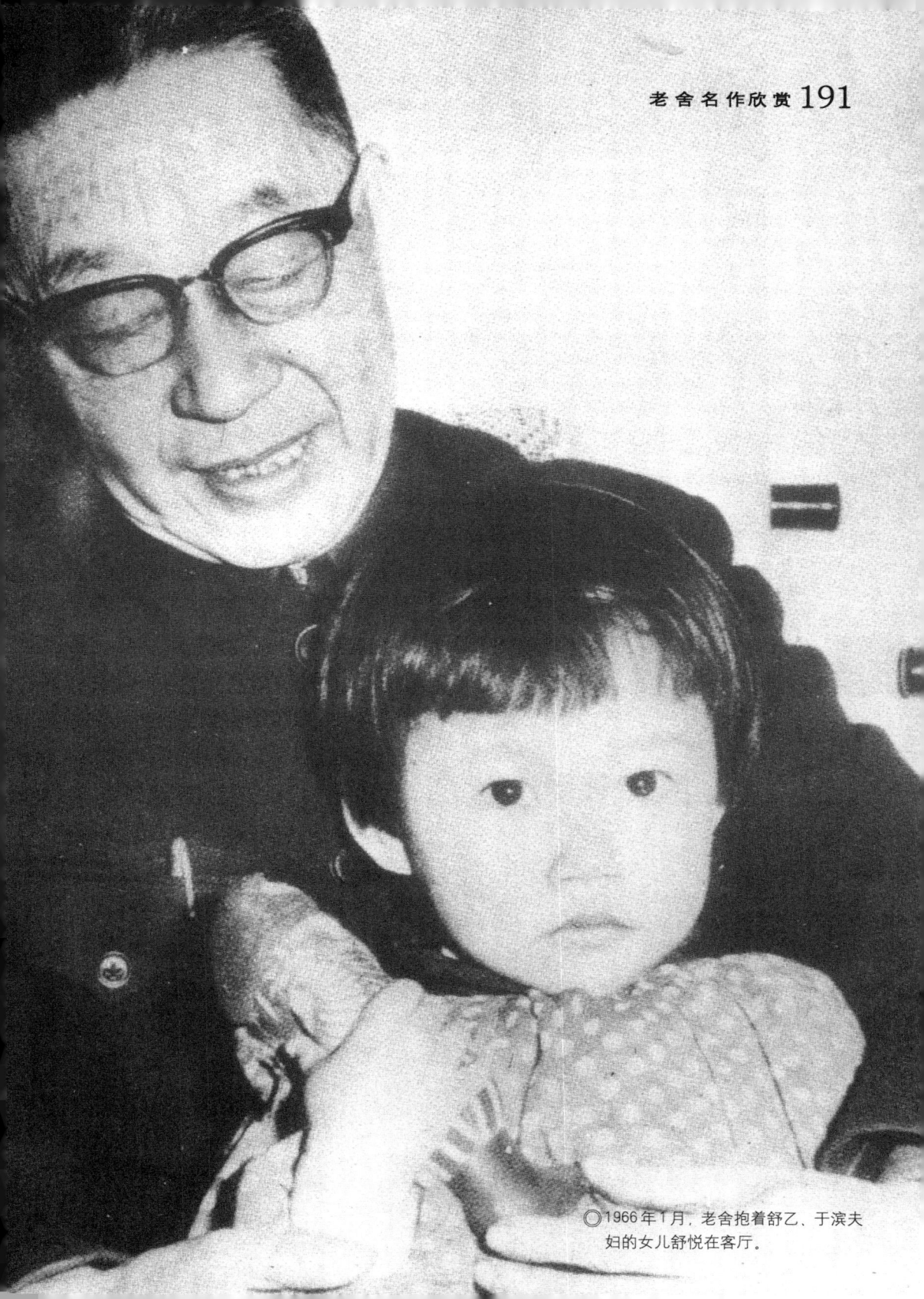

◎ 1966 年 1 月，老舍抱着舒乙、于滨夫妇的女儿舒悦在客厅。

上 任

反正还不是用黑面上的人拿黑面上的人？这只能心照，不能实对实地点破。

尤老二去上任。

看见办公的地方，他放慢了脚步。那个地方不大，他晓得。城里的大小公所和赌局烟馆，差不多他都进去过。他记得这个地方——开开门就能看见千佛山。现在他自然没心情去想千佛山；他的责任不轻呢！他可是没透出慌张来；走南闯北的多年了，他沉得住气，走得更慢了。胖胖的，四十多岁，重眉毛，黄净子脸。灰哗叽夹袍，肥袖口；青缎双脸鞋。稳稳地走，没看千佛山，倒想着：似乎应当坐车来。不必，几个伙计都是自家人，谁还不知道谁，大可以不必讲排场。况且自己的责任不轻，干吗招摇呢。这并不完全是怕，青缎鞋，灰哗叽袍，恰合身分，慢慢地走，也显着稳。没有穿军衣的必要。腰里可藏着把硬的。自己笑了笑。

办公处没有什么牌匾：和尤老二一样，里边有硬家伙。只是两间小屋。门开着呢，四位伙计在凳子上坐着，都低着头吸烟，没有看千佛山的。靠墙的八仙桌上有几个茶杯，地上放着把新洋铁壶，壶的四围趴着好几个香烟头儿，有一个还冒着烟。尤老二看见他们立起来，又想起车来，到底这样上任显着"秃"一点。可是，老朋友们都立得很规矩。虽然大家是笑着，可是在亲热中含着敬意。他们没因为他没坐车而看不起他。说起来呢，稽查长和稽查是做暗活的，越不惹人注意越好。他们自然晓得这个。他舒服了些。

尤老二在八仙桌前面立了会儿，向大家笑了笑，走进里屋去。里屋只有一条长桌，两把椅子，墙上钉着月份牌，月份牌的上面有一条臭虫血。办公室太空了些，尤老二想，可又想不出添置什么。赵伙计送进一杯茶来，飘着根茶叶棍儿。尤老二和赵伙计全没得说，尤老二擦了下脑门。啊，想起来了：得有个洗脸盆，他可是没告诉赵伙计去买。他得细细地想一下：办公费都在他自己手里呢，是应该公开地用，还是自己一把死拿？自己的薪水是一百二，办公费八十。卖命的事，把八十全拿着不算多。可是伙计们难道不是卖命？况且是老朋友们？多少年不是一处吃，一处喝呢？不能独吞。赵伙计走出去，老赵当头目的时候，可曾独吞过钱？尤老二的脸红起来。刘伙计在外屋溜了他一眼。老刘，五十多了，倒当起伙计来，三年前手里还有过五十支快枪！不能独吞。可是，难道白当头目？八十块大家分？再说，他们当头目是在山上。尤老二虽然跟他们不断地打联络，可是没正式上过山。这就有个分别了，他们，说句不好听的，是黑面上的。他是官，做官有做官的规矩。他们是弃暗投明，那么，就得官事官办。八十元办公费应当他自己拿着。可是，洗脸盆是要买的，还得来两条毛巾。

　　除了洗脸盆该买，还似乎得做点别的。比如说，稽查长看看报纸，或是对伙计们训话。应当有份报纸，看不看的，摆着也够样儿。训话，他不是外行。他当过排长，做过税卡委员；是的，他得训话，不然，简直不像上任的样儿。况且，伙计们都是住过山的，有时候也当过兵，不给他们几句漂亮的，怎能叫他们佩服。老赵出去了。老刘直咳嗽。必定得训话，叫他们得规矩着点。尤老二咳嗽了一声，立起来，想擦把脸，还是没有洗脸盆与毛巾。他又坐下。训话，说什么呢？不是约他们帮忙的时候已经说明白了吗，对老赵老刘老王老褚不都说的是那一套么？"多年的朋友，捧我尤老二一场。我尤老二有饭吃，大家伙儿就饿不着，自己弟兄！"这说过不止一遍了，能再说么？至于大家的工作，谁还不明白——反正还不是用黑面上的人拿黑面上的人？这只能心照，不便实对实地点破。自己的饭碗要紧，脑袋也要紧。要真打算立功的话，拿几个黑道上的朋友开刀，说不定老刘们就会把盒子炮往里放。

◎袁运生为《善人》作插图。

睁一眼闭一眼是必要的，不能赶尽杀绝，大家日后还得见面。这些话能明说么？怎么训话呢？看老刘那对眼睛，似乎死了也闭不上，帮忙是义气，真把山上的规矩一笔勾个净，做不到。不错，司令派尤老二是为拿反动分子。可是反动分子都是朋友呢。谁还不知道谁吃几碗干饭？难！

尤老二把灰哗叽袍脱了，出来向大家笑了笑。

"稽查长！"老刘的眼里有一万个"看不起尤老二"，"分派分派吧。"

尤老二点点头。他得给他们一手看。"等我开个单子。咱们的事儿得报告给李司令。昨儿个，前两天，不是我向诸位弟兄研究过？咱们是帮助李司令拿反动派。我不是说过：李司令把我叫了去，说，老二，我地面上生啊，老二你得来帮帮忙。我不好意思推辞，跟李司令也是多年的朋友。我这么一想，有办法。怎么说呢，我想起你们来。我在地面上熟哇，你们可知底呢。咱们一合作，还有什么不行的事！司令，我就说了，交给我了，司令既肯赏饭吃，尤老二还能给脸不兜着？弟兄们，有李司令就有尤老二，有尤老二就有你们。这我早已研究过了。我开个单子，谁管哪里，谁管哪里，核计好了，往上一报，然后再动手，这像官事，是不是？"尤老二笑着问大家。

老刘们都没言语。老褚挤了挤眼。可是谁也没感到僵得慌。尤老二不便再说什么，他得去开单子。拿笔刷刷地一写，他想，就得把老刘们唬背过气去。那年老褚绑王三公子的票，不是求尤老二写的通知书么？是的，他得刷刷地写一气。可是笔墨砚呢？这几个伙计简直没办法！"老赵，"尤老二想叫老赵买笔去。可是没说出来。为什么买东西单叫老赵呢？一来到钱上，叫谁去买东西都得有个分寸。这不是山上，可以马马虎虎。这是官事，谁该买东西去，谁该送信去，都应当分配好了。可是这就不容易，买东西有扣头，送信是白跑腿，谁活该白跑腿呢？"啊，没什么，老赵！"先等等买笔吧，想想再说。尤老二心里有点不自在。没想到做稽查长这么罗嗦。差事不算很甜，也说不上苦来，假若八十元办公费都归自己的话。可是不能都归自己，伙计们都住过山，手儿一紧，还真许尝个"黑枣"，是玩的吗？这玩艺儿不好办，做着官而带着土匪，算哪道官呢？不带土匪又真不行，专凭尤老二自己去拿反动分子？拿个屁！尤老二摸了摸腰里的家伙："哥儿们，硬的都带着哪？"

大家一齐点了点头。

"妈的怎么都哑巴了？"尤老二心里说。是什么意思呢？是不佩服咱尤老二呢，还是怕呢？点点头，不像自己朋友，不像，有话说呀。看老刘！一脸的官司。尤老二又笑了笑。有点不够官派，大概跟这群家伙还不能讲官派。骂他们一顿也许就骂欢喜了？不敢骂，他不是地道土匪。他知道他是脚踩两只船。他恨自己不是地道土匪，同时又觉得他到底高明，不高明能做官么？点上根烟，想主意，得喂喂这群家伙。办公费可以不撒手，得花点饭钱。

"走哇，弟兄们，五福馆！"尤老二去穿灰哗叽夹袍。

老赵的倭瓜脸裂了纹，好似是熟透了。老刘五十多年制成的石头腮帮笑出两道缝。老王老褚也都复活了，仿佛是。大家的嗓子里全有了津液，找不着话说也舔舔嘴唇。

到了五福馆，大家确是自己朋友了，不客气：有的要水晶肘，有的要全家福，老刘甚至于想吃锅烧鸡，而且要双上。吃到半饱，大家觉得该研究了。老刘当然先发言，他的岁数顶大。石头腮帮上红起两块，他喝了口酒，夹了块肘子，吸了口烟。"稽查长！"他扫了大家一眼："烟土，暗门子，咱们都能手到擒来。那反——反什么？可得小心！咱们是干什么的？伤了义气，可合不着。不是一共才这么一小堆洋钱吗？"

尤老二被酒劲催开了胆量："不是这么说，刘大哥！李司令派咱们哥几个，就为拿反动派。反动派太多了，不赶紧下手，李司令就坐不稳；他吹了，还有咱们？”

“比如咱们下了手，”老赵的酒气随着烟喷出老远，“毙上几个，咱们有枪，难道人家就没有？还有一说呢，咱们能老吃这碗饭吗？这不是怕。”

“谁怕谁不是人养的！”老褚马上研究出来。

老赵接了过来：“不是怕，也不是不帮李司令的忙。义气，这是义气！好尤二哥的话，你虽然帮过我们，公面私面你也比我们见的广，可是你没上过山。”

“我不懂？”尤老二眼看空中，冷笑了声。

“谁说你不懂来着？”葫芦嘴的王小四冒出一句来。

“是这么看，哥儿们，”尤老二想烹他们一下：“捧我尤老二呢，交情，不捧呢，”又向空中一笑，“也没什么。”

“稽查长，”又是老刘，这小子的眼睛老瞪着：“真干也行呀，可有一样，我们是伙计，你是头目，毒儿可全归到你身上去。自己朋友，歹话先说明白了。叫我们去掏人，那容易，没什么。”

尤老二胃中的海参全冰凉了。他就怕的是这个。伙计办下来的，他去报功；反动派要是请吃“黑枣”可也先请他！

但是他不能先害怕，事得走着瞧。吃“黑枣”不大舒服，可是报功得赏却有劲呢。尤老二混过这么些年了，哪宗事不是先下手的为强？要干就得玩真的！四十多了，不为自己，还不为儿子留下点什么？都像老刘们还行，顾脑袋不顾屁股，干一辈子黑活，连坟地都没有。尤老二是虚子①，会研究，不能只听老刘的。他决定干。他得捧李司令。弄下几案来，说不定还会调到司令部去呢。出来也坐坐汽车什么的！尤老二不能老开着正步上任！

汤使人的胃与气一齐宽畅。三仙汤上来，大家缓和了许多。尤老二虽然还很坚决，可是话软和了些：“伙计们，还得捧我尤老二呀，找没什么刺儿的

—————————
①虚子，精明、讲场面、有经验的人。

弄吧——活该他倒霉，咱们多少露一手。你说，腰里带着硬的，净弄些个暗门子，算哪道呢？好啦！咱们就这么办，先找小的，不棘手的办，以后再说。办下来，咱们还是这儿，水晶肘还不坏，是不是？"

"秋天了，以后该吃红焖肘子了。"王小四不大说话，一说可就说到根上。

尤老二决定留王小四陪着他办公，其余的人全出去采访。不必开单子了，等他们采访回来再作报告。是的，他得去买笔墨砚和洗脸盆。他自己去买，省得有偏有向。应当来个文书，可是忘了和李司令说。暂时先自己写吧，等办下案来再要求添文书；不要太心急，尤老二有根。二爹的儿子，听说，会写字，提拔他一下吧。将来添文书必用二爹的儿子，好啦，头一天上任，总算不含糊。

只顾在路上和王小四瞎扯，笔墨砚到底还是没有买。办公室简直不像办公室。可是也好：刷刷地写一气，只是心里这么想；字这种玩艺刷刷地来的时候，说真的，并不多；要写哪个，哪个偏偏不在家。没笔墨砚也好。办什么呢，可是？应当来份报纸，哪怕是看看广告的图呢。不能老和王小四瞎扯，虽然是老朋友，到底现在是官长与伙计，总得有个分寸。门口已经站过了，茶已喝足，月份牌已翻过了两遍。再没有事可干。盘算盘算家事，还有希望。薪水一百二，办公费八十——即使不能全数落下——每月一百五可靠。慢慢地得买所小房。妈的商二狗，跟张宗昌走了一趟，干落十万！没那个事了，没了。反动派还不就是他们么？哪能都像商二狗，资资本本地看着？谁不是钱到手就迷了头？就拿自己说吧，在税卡子上不是也弄了两三万吗？都哪儿去了？吃喝玩乐的惯了，再天天啃窝窝头？受不了，谁也受不

◎《老舍幽默诗文集》插图。

了！是的，他们——凭良心说，连尤老二自己——都盼着张督办回来，当然的。妈的，丁三立一个人就存着两箱军用票呢！张要是回来，打开箱子，老丁马上是财主！拿反动派，说不下去，都是老朋友。可是月薪一百二，办公费八十，没法儿。得拿！妈的脑袋掉了碗大的疤，谁能顾得了许多！各自奔前程，谁叫张大帅一时回不来呢。拿，毙几个！尤老二没上过山，多少跟他们不是一伙。

四点多了，老刘们都没回来。这三个家伙是真踩窝子①去了，还是玩去了？得定个办公时间，四点半都得回来报告。假如他们干脆不回来，像什么公事？没他们是不行，有他们是个累赘，真他妈的。到五点可不能再等，八点上班，五点关门，伙计们可以随时出去，半夜里拿人是常有的事，长官可不能老伺候着。得告诉他们，不大好开口。有什么不好开口，尤老二你不是头目么？马上告诉王小四。王小四哼了一声。什么意思呢？

"五点了，"尤老二看了千佛山一眼，太阳光儿在山头上放着金丝，金光下的秋草还有点绿色。"老王你照应着，明儿八点见。"

王小四的葫芦嘴闭了个严。

第二天早晨，尤老二故意的晚去了半点钟，拿着点劲儿。万一他到了，而伙计们没来，岂不是又得为难？

伙计们却都到了，还是都低着头坐在板凳上吸烟呢。尤老二想揪过一个来揍一顿，一群死鬼！他进了门，他们照旧又都立起来，立起来得很慢，仿佛都害着脚气。尤老二反倒笑了，破口骂才合适，可是究竟不好意思。他得宽宏大量，谁叫轮到自己当头目人呢。他得拿出虚子劲儿，嘻嘻哈哈，满不在乎。

"嗨，老刘，有活儿吗？"多么自然，和气，够味儿；尤老二心中夸赞着自己的话。

①踩窝子，探查贼巢。

"活儿有，"老刘瞪着眼，还是一脸的官司："没办。"

"怎么不办呢？"尤老二笑着。

"不用办，等会儿他们自己来。"

"呕！"尤老二打算再笑，没笑出来。"你们呢？"他问老赵和老褚。

两人一齐摇了摇头。

"今天还出去吗？"老刘问。

"啊，等等，"尤老二进了里屋，"我想想看。"回头看了一眼，他们又都坐下了，眼看着烟头，一声不发，一群死鬼。

坐下，尤老二心里打开了鼓——他们自己来？不能细问老刘，硬输给他们，不能叫伙计小看了。什么意思呢，他们自己来？不能和老刘研究，等着就是了。还打发老刘们出去不呢？这得马上决定："嗨，老褚！你走你的，睁着点眼，听见没有？"他等着大家笑，大家一笑便是欣赏他的胆量与幽默，大家没笑。"老刘，你等等再走。他们不是找我来吗？咱俩得陪陪他们。都是老朋友。"他没往下分派，老王老赵还是不走好，人多好凑胆子。可是他们要出去呢，也不便拦阻，干这行儿还能不耍玄虚么？等他们问上来再讲。老王老赵都没出声，还算好。"他们来几个？"话到嘴边上又咽了回去。反正尤老二这儿有三个伙计呢，全有硬家伙。他们要是来一群呢，那只好闭眼，走到哪儿说哪儿！

还没报纸！哪像办公的样！况且长官得等着反动派，太难了。给司令部个电话，派一队来，来一个拿一个，全毙！不行，别太急了，看看再讲。九点半了，"嗨，老刘，什么时候来呀？"

"也快，稽查长！"老刘这小子有点故意地看哈哈笑。

"报！叫卖报的！"尤老二非看报不可了。

买了份大早报，尤老二找本地新闻，出着声儿念。非当当地念，念不上句来。他妈的女招待的姓别扭，不认识。别扭！当当，软一下，女招待的姓！

"稽查长！他们来了。"老刘特别地规矩。

尤老二不慌，放下姓别扭的女招待，轻轻的："进来！"摸了摸腰中的家伙。

进来了一串。为首的是大个儿杨；紧跟着花眉毛，也是傻大个儿；猴四被俩大个子夹在中间，特别显着小；马六，曹大嘴，白张飞，都跟进来。

"尤老二！"大家一齐叫了声。

尤老二得承认他认识这一群，站起来笑着。

大家都说话，话便挤到了一处。嚷嚷了半天，全忘记了自己说的是什么。

"杨大个儿，你一个人说；嗨，听大个儿说！"大家的意见渐归一致，彼此劝告："听大个儿的！"

杨大个儿——或是大个儿杨，全是一样的——拧了拧眉毛，弯下点腰，手按在桌上，嘴几乎顶住尤老二的鼻子："尤老二，我们给你来贺喜！"

"听着！"白张飞给猴四背上一拳。

"贺喜可是贺喜，你得请请我们。按说我们得请你，可是哥儿们这几天都短这个，"食指和拇指成了圈形。"所以呀，你得请我们。"

"好哥儿们的话啦。"尤老二接了过去。

"尤老二，"大个儿杨又接回去。"倒用不着你下帖，请吃馆子，用不着。我们要这个，"食指和拇指成了圈形。"你请我们坐车就结了。"

"请坐车？"尤老二问。

"请坐车！"大个儿有心事似的点点头。"你看，尤老二，你既然管了地面，我们弟兄还能做活儿吗？都是朋友。你来，我们滚。你来，我们滚；咱们不能抓破了脸。你做你的官，我们上我们的山。路费，你的事。好说好散，日后咱们还见面呢。"大个儿杨回头问大家："是这么说不是？"

"对，就是这几句；听尤老二的了！"猴四把话先抢到。

尤老二没想到过这个。事情容易，没想到能这么容易。可是，谁也没想到能这么难。现在这群是六个，都请坐车；再来六十个，六百个呢，也都请坐车？再说，李司令是叫抓他们；若是都送车费，好话说着，一位一位地送走，算什么办法呢？钱从哪儿来呢？这大概不能向李司令要吧？就凭自己的一百二薪水，八十块办公费，送大家走？可是说回来，这群家伙确是讲面子，一声难听的没有："你来，我们滚。"多么干脆，多么自己。事情又真容易，假如有人肯出钱的话。他笑着，让大家喝水，心中拿不定主意。他不敢得罪他们，他们会说好的，也有真厉害的。他们说滚，必定滚；可是，不给钱可滚不了。他的八十块办公费要连根烂。他还得装作愿意拿的样子，他们不吃硬的。

"得多少？朋友们！"他满不在乎似的问。

"一人十来块钱吧。"大个儿杨代表大家回答。

"就是个车钱，到山上就好办了。"猴四补充上。

"今天后晌就走，朋友，说到哪儿办到哪儿！"曹大嘴说。

尤老二不能脆快，一人十块就是六十呀！八十办公费，去了四分之三！

"尤老二，"白张飞有点不耐烦，"干脆拍出六十块来，咱们再见。有我们没你，有你没我们，这不痛快？你拿钱，我们滚。你不——不用说了，咱们心照。好汉不必费话，三言两语。尤二哥，咱老张手背向下，和你讨个车钱！"

"好了，我们哥儿们全手背朝下了，日后再补付，哥儿们不是一天半天的交情！"杨大个儿领头，大家随着；虽然词句不大一样，意思可是相同。

尤老二不能再说别的了，从"腰里硬"里掏出皮夹来，点了六张十块的："哥儿们！"他没笑出来。

杨大个儿们一齐叫了声"哥儿们"。猴四把票子卷巴卷巴塞在腰里："再见了，哥儿们！"大家走出来，和老刘们点了头。"多喒山上见哪？"老刘们都笑了笑，送出门外。

◎高荣生为《老张的哲学》作插图。

尤老二心里难过得发空。早知道，调兵把六个家伙全扣住！可是，也许这么善办更好，日后还要见面呀。六十块可出去了呢，假如再来这么几档儿，连一百二的薪水赔上也不够！做哪道稽查长呢？稽查长叫反动派给炸了酱，哑巴吃黄连，有苦说不出！老刘是好意呢，还是玩坏？得问问他！不拿土匪，而把土匪叫来，什么官事呢？还不能跟老刘太紧了，他也会上山。不用他还不行呢，得罪了谁也不成，这年头。假若自己一上任就带几个生手，哼，还许登时就吃了"黑枣儿"；六十块钱买条命，前后一核算，也还值得。尤老二没办法，过去的不用再提，就怕明天又来一群要路费的！不能对老刘们说这个，自己得笑，得让他们看清楚：尤老二对朋友不含糊，六十就六十，一百就一百，不含糊；可是六十就六十，一百就一百，自己吃什么呢，稽查长喝西北风，那才有根！

尤老二又拿起报纸来，没劲！什么都没劲，六十块这么窝窝囊囊地出去，真没劲。看重了命，就得看不起自己；命好像不是自己的，得用钱买，他妈的！总得佩服猴四们，真敢来和稽查长要路费！就不怕登时被捉吗？竟自不怕，邪！丢人的是尤老二，不用说拿他们呀，连句硬张话都没敢说，好泄气！以后再说，再不能这么软！为当稽查长把自己弄软了，那才合不着。稽查长就得拿人，没第二句话！女招待的姓真别扭。老褚回来了。

老褚反正得进来报告，稽查长还能赶上去问么？老褚和老赵聊上天了；等着，看他进来不；土匪们，没有道理可讲。

老褚进来了；"尤——稽查长！报告！城北窝着一群朋——啊，什么来着？动——动子！去看看？"

"在哪儿？"尤老二不能再怕；六十块已被敲出去，以后命就是命了，大爷哪儿也敢去。

"湖边上。"老褚知道地方。

"带家伙，老褚，走！"尤老二不含糊。堵窝儿掏！不用打算再叫稽查长出路费。

"就咱俩去？"老褚真会激人哪。

"告诉我地方，自己去也行，什么话呢！"尤老二拼了，大玩命，他们也不晓得稽查长多钱一斤。好吗，净开路费，一案办不下来，怎么对李司令呢？一百二的薪水！

老褚没言语，灌了碗茶，预备着走的样儿。尤老二带理不理地走出来，老褚后面跟着。尤老二觉得顺了点气，也硬起点胆子来。说真的，到底两人比一个挡事的多，遇到事多少可以研究研究。

湖边上有个鼻子眼大小的胡同，里边会有个小店。尤老二的地面多熟，竟自会不知道这家小店。看着就像贼窝！忘了多带伙计！尤老二，他叫着自己，白闯练了这么多年，还是气浮哇！怎么不多带人呢？为什么和伙计们斗气呢？

可是，既来之则安之，走哇。也得给伙计们一手瞧瞧，咱尤老二没住过山哪，也不含糊！咱要是掏出那么一个半个的来，再说话可就灵验多了。看运气吧；也许是玩完，谁知道呢。"老褚，你堵门是我堵门？"

"这不是他们？"老褚往门里一指，"用不着堵，谁也不想跑。"

又是活局子！对，他们讲义气，他妈的。尤老二往门里打了一眼，几个家伙全在小过道里坐着呢。花蝴蝶，鼻子六儿，宋占魁，小得胜，还有俩不认识的；完了，又是熟人！

"进来，尤老二，我们连给你贺喜都不敢去，来吧，看看我们这群。过来见见，张狗子，徐元宝。尤老二，老朋友，自己弟兄。"大家东一句西一句，扯得非常亲热。

"坐下吧，尤老二。"小得胜——爸爸老得胜刚在河南正了法——特别的客气。

尤老二恨自己，怎么找不到话说呢？倒是老褚漂亮："弟兄们，稽查长亲自来了，有话就说吧。"

稽查长笑着点了点头。

"那么，咱们就说干脆的，"鼻子六儿扯了过来："宋大哥，带尤二哥看看吧！"

"尤二哥，这边！"宋占魁用大拇指往肩后一挑，进了间小屋。

尤老二跟过去，准没危险，他看出来。要玩命都玩不成，别扭不别扭？小屋里漆黑，地上潮得出味儿，靠墙有个小床，铺着点草。宋占魁把床拉出来，蹲在屋角，把湿漉漉的砖起了两三块，掏出几杆小家伙来，全扔在了床上。

"就是这一堆！"宋占魁笑了笑，在襟上擦擦手："风太紧，带着这个，我们连火车也上不去！弟兄们就算困在这儿了。老褚来，我们才知道你上去了。我们可就有了办法。这一堆交给你，你给点车钱，叫老褚送我们上火车。行也得行，不行也得行，弟兄们求到你这儿了！"

尤老二要吐！潮气直钻脑子。他捂上了鼻子。"交给我算怎么回事呢？"他退到屋门那溜儿。"我不能给你们看着家伙！"

"可我们带不了走呢，太紧！"宋占魁非常的恳切。

"我拿去也可以，可是得报官；拿不着人，报点家伙也是好的！也得给我想想啊，是不是？"尤老二自己听着自己的话都生气，太软了，尤老二！

"尤老二，你随便吧！"

尤老二本希望说僵了哇。

"随便吧，尤老二你知道，干我们这行的但分有法，能扔家伙不能？你怎办怎好。我们只求马上跑出去。没有你，我们走不了；叫老褚送我们上车。"

土匪对稽查长下了命令，自己弟兄！尤老二没的可说，没主意，没劲。主意有哇，用不上！身分是有哇，用不上！他显露了原形，直抓头皮。拿了家伙敢报官吗？况且，敢不拿着吗？嘿，送了车费，临完得给他们看家伙，哪道公事呢？尤老二只有一条路：不拿那些家伙，也不送车钱，随他们去。可是，敢吗？下手拿他们，更不用想。湖岸上随时可以扔下一个半个的死尸，尤老二不愿意来个水葬。

　　"尤老二，"宋大哥非常的诚恳："狗养的不知道你为难，我们可也真没法。家伙你收着，给我们俩钱。后话不说，心照！"

　　"要多少？"尤老二笑得真伤心。

　　"六六三十六，多要一块是杂种！三十六块大洋！"

　　"家伙我可不管。"

　　"随便，反正我们带不了走。空身走，捉住不过是半年；带着硬的，不吃'黑枣'也差不多！实话！怕不怕，咱们自己哥儿们用不着吹腾，该小心也很小心。好了，二哥，三十六块，后会有期！"宋大哥伸了手。

　　三十六块过了手。稽查长没办法。"老褚，这些家伙怎办？"

　　"拿回去再说吧。"老褚很有根。

　　"老褚，"他们叫，"送我们上车！"

　　"尤二哥，"他们很客气，"谢谢啦！"

　　尤二哥只落了个"谢谢"。把家伙全拢起来，没法拿。只好和老褚分着插在腰间。多威武，一腰的家伙。想开枪都不行，人家完全信任尤二哥，就那么交出枪来，人家想不到尤二哥也许会翻脸不认人。尤老二连想拿他们也不想了，他们有根，得佩服他们！八十块办公费以外，又赔出十六块去！尤老二没办法。一百二的薪水也保不住，大概！

　　尤老二的午饭吃得不香，倒喝了两盅窝心酒。什么也不用说了，自己没本事！对不起李司令，尤老二不是不顾脸的人。看吧，再有这么一档子，只好辞职，他心里研究着。多么难堪，辞职！这年头哪里去找一百二的事？再找李司令，万难。拿不了匪，倒叫匪给拿了，多么大的笑话！人家上了山以后，管保还笑着俺尤老二。尤老二整个是个笑话！越想越懊心。

　　只好先办烟土吧。烟土算反动不算呢？算，也没劲哪！反正不能辞职，先办办烟土也好。尤老二决定了政策。不再提反动。过些日子再说。老刘们办烟土是有把握的。

　　一个星期里，办下几件烟土来。李司令可是嘱咐办反动派！他不能催伙计们，办公费而外已经贴出十六块了。

是个星期一吧，伙计们都出去踩烟土，（烟土！）进了个傻大黑粗的家伙，大摇大摆的。

"尤老二！"黑脸上笑着。

"谁？钱五！你好大胆子！"

"有尤二哥在这儿，我怕谁！"钱五坐下了，"给根烟吃吃。"

"干吗来了？"尤老二摸了摸腰里——又是路费！

"来？一来贺喜，二来道谢！他们全到了山上，很念你的好处！真的！"

"呕？他们并没笑话我！"尤老二心里说。

"二哥！"钱五掏出一卷票子来："不说什么了，不能叫你赔钱。弟兄们全到了山上，永远念你的好处。"

"这——"尤老二必须客气一下。

"别说什么，二哥，收下吧！宋大哥的家伙呢？"

"我是管看家伙的？"尤老二没敢说出来。"老褚手里呢。"

"好啦，二哥，我和老褚去要。"

"你从山上来？"尤老二觉得该闲扯了。

"从山上来，来劝你别往下干了。"钱五很诚恳。

"叫我辞职？"

"就是！你算是我们的人也好，不算也好。论事说，有你没我们，有我们没你，论人说，你待弟兄们好，我们也待你好。你不用再干了。话说到这儿为止。我在山上有三百多人，可是我亲自来了，朋友吗！我叫你不干，你顶好就不干。明白人不用多费话。我走了，二哥。告诉老褚我在湖边小店里等他。"

"再告诉我一句，"尤老二立起来："我不干了，朋友们怎想？"

"没人笑话你！怕笑，二哥？好了，再见！"

稽查长换了人，过了两三天吧。尤老二，胖胖的，常在街上留着，有时候也看千佛山一眼。

赏析

《上任》写一个蹩脚土匪被委任为惩治土匪的稽查长,上任时拿腔作势,想"治"匪、抓钱、向上爬,结果"拿不了匪,倒叫匪给拿了"的故事。小说用天真的却充满调侃的口吻,抓住最富有表现力的言语、动作,轻轻一点,便使人物神态毕现,跃然纸上。

小说第一部分全用叙述的文字写人物心理,以"心理"带动情节。写心理又总是扣住"八十元办公费"、官与匪的关系,"做着官而带着土匪,算哪道官呢?不带土匪又真不行,专凭尤老二自己去拿反动分子?拿个屁!"逐渐向读者挑开了话题:《上任》写的是土匪上任,稽查长是匪,他带的一帮人是匪,拿的也是匪,这是一个以匪"治"匪的社会。

那么第二部分随着场面的变换,则以写人物的言语、动作尤其是人物的对话见长。尤老二为了"喂喂这群家伙",把人马拉到五福馆。他们吃着喝着,研究着如何下手"拿土匪",匪腔匪调,匪脸匪相。从老刘的话:"烟土,暗门子,咱们都能手到擒来。那反——反什么?可得小心!咱们是干什么的?伤了义气,可合不着。"可以看出他精通匪道,以"义气"为名行保护同伙之实。

由五福馆再到办公室,这是小说描写的第三个场面。尤老二上任的第二天,他在办公室里"等活儿",结果"活儿有了"。不是稽查长带着人马去抓土匪,而是土匪们主动上门来向他要路费上山。尤老二对他们不仅要赔笑脸,而且要说好话:"好哥儿们的话啦,"还得乖乖地拿出六十块钱送他们上山。用一系列言语、动作,把尤老二怕匪惧匪，赔了钱"心里难过得发空"的心理揭示出来，接着，还是采取自我解嘲、自我感慨的方式，剖析尤老二的心理：六十块可出去了呢；假如再来这么几档儿，连一百二的薪水赔上也不够！做哪道稽查长呢？稽查长叫反动派给炸了酱，哑巴吃黄连，有苦说不出！"如果说尤老二被这伙土匪弄去六十块，感到"窝窝囊囊，真没劲"，给自己来个警告：以后"再不能这么软"！那么，当他带着人马、家伙（枪支）去捣匪窝时，他的表现又是如何呢？你看，他去的时候，的确有"大玩命"的劲头，可一到了湖边小店，瞧那几个家伙，"又是熟人"！他泄了气，乖乖地答应了他们的条件：给他们车钱（三十六块），送他们上火车，替他们保护家伙（枪支）。你看，这又是一个讽刺性的场面，本来是稽查长"玩命"似的去拿土匪，结果"拿不了匪，倒叫匪给拿了，多么大的笑话！"这的确是个笑话，但它却无情地嘲笑了旧中国的罪恶：治安稽查部门以匪治匪，只会将土匪越治越多，社会越治越乱。如此恶性循环，社会怎能清明？小说用土匪"上任"的活动暴露旧社会罪恶，新鲜别致，以微写著，精致深刻——似乎是个令人难以置信的"笑话"，却又是残酷的真实！

（谢昭新）

◎ 1952 年写作照。

柳屯的

我得罪了她，这个娘们要是有机会，是满可以
做个"女拿破仑"，她一定跟我完不了。

　　要计算我们村里的人们，在头几个手指上你总得数到夏家，不管你对这一家子的感情怎么样。夏家有三百来亩地，这就足以说明了一大些，即使承认我们的村子不算是很小。

　　夏老者在庚子年前就信教。他的儿子夏廉也信教。

　　他们有三百来亩地，这倒比信教不信教还更要紧：不过，他们父子决不肯抛弃了宗教，正如不肯割舍一两亩地。假如他们光信教而没有这些产业，大概偶尔到乡间巡视的洋牧师决不会特意地记住他们的姓名。事实上他们有三百来亩地，而且信教，这便有了文章。

　　他们的心里颇有个数儿。要说为村里的公益事儿拿个块儿八毛的，夏家父子的钱袋好像天衣似的，没有缝儿。"我们信教，不开发这个。"信教的利益，在这里等着你呢。村里的人没有敢公然说他们父子刻薄的，可也没有人捧场夸奖他们厚道。他们若不跳出圈去欺侮人，人们也就不敢无故地招惹他们，彼此敬而远之。不过，有的时候，人们还非去找夏家父子不可，这可就没的可说了。周瑜打黄盖，愿打愿挨。"知道我们厉害呀，别找上门来！事情是事情！"他们父子虽不这么明说，可确是这么股子劲儿。无论买什么，他们总比别人少花点儿；但是现钱交易，一手递钱，一手交货，他们管这个叫做教友派儿。至于偶尔被人家捉了大头，就是说明了"概不退换"，也得退换；教友派儿在这种关节上更露出些力量。没人敢惹他们，而他们又的确不

是刺儿头——从远处看。找上门来挨刺,他们父子实在有些无形的硬翎儿。

要是由外表上看,他们离着精明还远得很呢。夏老者身上最出色的是一对罗圈腿。成天拐拉拐拉地出来进去,出来进去,好像失落了点东西,找了六十多年还没有找着。被罗圈腿闹得身量也显着特别的矮,虽然努力挺着胸口也不怎么尊严。头也不大,眉毛比胡

◎袁运生为《柳屯的》作插图。

子似乎还长,因此那几根胡子老像怪委屈的。红眼边,眼珠不是黄的,也不是黑的,更说不上是蓝的,就那么灰不拉的,癔癔着;看人的时候永远拿鼻子尖瞄准儿,小尖下巴颏也随着翘起来。夏廉比父亲体面些,个子也高些。长脸,笑的时候仿佛都不愿脸上的肉动一动。眼睛老望着远处,似乎心中永远有点什么问题。他最会发愣。父亲要像个小蒜,儿子就像个楞青辣椒。

我和夏廉小时候同过学。我不知道他们父子的志愿是什么,他们不和别人谈心,嘴能像实心的核桃那么严。可是我晓得他们的产业越来越多。我也晓得,凡是他们要干的,哪怕是经过三年五载,最后必达到目的。在我的记忆中,他们似乎没有失败过。他们会等,一回不行,再等,还不行,再等!坚忍战败了光阴,精明会抓住机会,往好里说,他们确是有可佩服的地方。很有几个人,因为看夏家这样一帆风顺,也信了教,他们以为夏家所信的神必是真灵验。这个想法的对不对是另一问题,夏家父子的成功是事实。

或者不仅是我一个人有时候这么想:他们父子是不是有朝一日也会失败呢?以我自己说,这不是出于忌妒,我并无意看他们的哈哈笑,这是一种好

奇的推测。我总以为人究竟不能胜过一切，谁也得有消化不了的东西。拿人类全体说，我愿意，希望，咱们能战胜一切，就个人说，我不这么希望，也没有这种信仰。拿破仑碰了钉子，也该碰。

在思想上，我相信这个看法是不错的。不错，我是因看见夏家父子而想起这个来，但这并不是对他们的诅咒。

谁知道这竟自像诅咒呢！我不喜欢他们的为人，真的，可也没想他们果然会失败。我并不是看见苍蝇落在胶上，便又可怜它了，不是，他们的失败实在太难堪了，太奇怪了，这件"事"使我的感情与理智分道而驰了。

前五年吧，我离开了家乡一些日子。等到回家的时候，我便听说许多关于——也不大利于——我的老同学的话。把这些话凑在一处，合成这么一句：夏廉在柳屯——离我们那里六里多地的一个小村子——弄了个"人儿"。

这种事要是搁在别人的身上，原来并没什么了不得的。夏廉，不行。第一，他是教友，打算弄人儿就得出教。据我们村里的人看，无论是在白莲教，或什么教，只要一出教就得倒运。自然，夏廉要倒运，正是一些人所希望的，所以大家的耳朵都竖起来，心中也微微有点跳。至于由教会的观点看这件事的合理与否的，也有几位，可是他们的意见并没引起多大的注意——太带洋味儿。

第二，夏廉，夏廉！居然弄人儿！把信教不信教放在一边，单说这个"人"，他会弄人儿，太阳确是可以打西边出来了，也许就是明天早晨！

夏家已有三辈是独传。夏廉有三个女儿，一个儿子。这个儿子活到十岁上就死了。夏嫂身体很弱，不见得再能生养。三辈子独传，到这儿眼看要断根！这个事实是大家知道的，可是大家并不因此而使夏廉舒舒服服地弄人儿，他的人缘正站在"好"的反面儿。

"断根也不能动洋钱"，谁看见那个楞辣椒也得这么想，这自然也是大家所以这样惊异的原因。弄人儿，他？他！

还有呢，他要是讨个小老婆，为是生儿子，大家也不会这么见神见鬼的。

他是在柳屯搭上了个娘们。"怪不得他老往远处看呢，柳屯！"大家笑着嘀咕，笑得好像都不愿费力气，只到嗓子那溜儿，把未完的那些意思交给眼睛挤咕出来。

除了夏廉自己明白他自己，别人都不过是瞎猜，他的嘴比蛤蜊还紧。可是比较的，我还算是他的熟人，自幼儿的同学。我不敢说是明白他，不过讲猜测的话，我或者能猜个八九不离十。拿他那点宗教说，大概除了他愿意偶尔有个洋牧师到家里坐一坐，和洋牧师喜欢教会里有几家基本教友，别无作用。他当义和拳或教友恐怕没有多少分别。神有一位还是有十位，对于他，完全没关系。牧师讲道他便听着，听完博爱他并不少占便宜。可是他愿做教友。他没有朋友，所以要有个地方去——教会正是个好地方。"你们不理我呀，我还不爱交接你们呢；我自有地方去，我是教友！"这好像明明地在他那长脸上写着呢。

他不能公然地娶小老婆，他不愿出教。可是没儿子又是了不得的事。他想偷偷地解决了这个问题。搭上个娘们，等到有了儿子再说。夏老者当然不反对，祖父盼孙子自有比父亲盼儿子还盼得厉害的。教会呢，洋牧师不时常来，而本村的牧师还不就是那么一回事。反正没晴天大日头地用敞车往家里拉人，就不算是有意犯教规，大家闭闭眼，事情还有过不去的？

至于图省钱，那倒未必。搭人儿不见得比娶小省钱。为得儿子，他这一回总算下了决心，不能不咬咬牙。"教友"虽不是官衔，却自有作用，而儿子又是必不可少的，闭了眼啦，花点钱！

这是我的猜测，未免有点刻薄，我知道，但是不见得比别人的更刻薄。至于正确的程度，我相信我的是最优等。

在家没住了几天，我又到外边去了两个月。到年底下我回家来过年，夏家的事已发展到相当的地步：夏廉已经自动地脱离教会，那个柳屯的人儿已接到家里来。我真没想到这事儿会来得这么快。但是我无须打听，便能猜着：村里人的嘴要是都咬住一个地方，不过三天就能把长城咬塌了一大块。柳屯那位娘们一定是被大家给咬出来了，好像猎狗掘兔子窝似的，非扒到底儿不拉倒。他们的死咬一口，教会便不肯再装聋卖傻，于是……这个，我猜对了。

可是，我还有不知道的。我遇见了夏老者。他的红眼边底下有些笑纹，这是不多见的。那几根怪委屈的胡子直微微地动，似乎是要和我谈一谈。我明白了：村里人们的嘴现在都咬着夏家，连夏老头子也有点撑不住了，他也想为自己辩护几句。我是刚由外边回来的，好像是个第三者，他正好和我诉诉委屈。好吧，蛤蜊张了嘴，不容易的事，我不便错过这个机会。

他的话是一派的夸奖那个娘们，他很巧妙的管她叫做"柳屯的"。这个老家伙有两下子，我心里说。他不为这件"事"辩护，而替她在村子里开道儿。村儿里的事一向是这样：有几个人向左看，哪怕是原来大家都脸朝右呢，便慢慢地能把大家都引到左边来。她既是来了，就得设法叫她算个数，这老头子给她砸地基呢。"柳屯的"不卑不亢的简直的有些诗味！

"太好了，'柳屯的'，"他的红眼边忙着眨巴。"比大嫂强多了，真泼辣！能洗能做，见了人那份和气，公是公，婆是婆！多费一口子的粮食，可是咱们白用一个人呢！大嫂老有病，横草不动，竖草不拿；'柳屯的'什么都拿得起来！所以我就对廉儿说了，"老头子抬着下巴颏看准了我的眼睛，我知道他是要给儿子掩饰了："我就说了，廉儿呀，把她接来吧，咱们'要'这么一把手！"说完，他向我眨巴眼，红眼边一劲的动，看看好像是孙猴子的父亲。他是等着我的意见呢。

"那就很好"，我只说了这么一句四面不靠边的。

"实在是神的意思！"他点头赞叹着。"你得来看看她，看见她，你就明白了。"

"好吧，大叔，明儿个去给你老拜年。"真的我想看看这位柳屯的贤妇。

第二天我到夏家去拜年，看见了"柳屯的"。

她有多大岁数，我说不清，也许三十，也许三十五，也许四十，大概说她在四十五以下准保没错。我心里笑开了，好个"人儿"！高高的身量，长长的脸，脸上擦了一斤来的白粉，可是并不见得十分白；鬓角和眉毛都用墨刷得非常整齐：好像新砌的墙，白的地方还没全干，可是黑的地方真黑真齐。眼睛向外务着，故意的慢慢眨巴眼皮，恐怕碰了眼珠似的。头上不少的黄发，也用墨刷过，可是刷得不十分成功，戴着朵红石榴花。一身新蓝洋缎棉袄棉裤，腋下耷拉着一块粉红洋纱手绢。大红新鞋，至多也不过一尺来的长。

我简直的没话可说，心里头一劲儿地要笑，又有点堵得慌。

"柳屯的"倒有的说。她好像也和我同过学，有模有样地问我这个那个的。从她的话里我看出来，她对于我家和村里的事知道得很透彻。她的眼皮慢慢那么向我眨巴了几下，似乎已连我每天吃几个馍馍都看了去！她的嘴可是甜甘，一边张罗客人的茶水，一边儿说；一边儿说着，一边儿用眼角扫着家里的人；该叫什么的便先叫出来，而后说话，叫得都那么怪震心的。夏老者的红眼边上有点湿润，夏老太太———一个瘪嘴弯腰的小老太太———的眼睛随着"柳屯的"转；一声爸爸一声妈，大概给二位老者已叫迷糊了。夏廉没在家。我想看看夏大嫂去，因为听说她还病着。夏家二位老人似乎没什么表示，可是眼睛都瞧着"柳屯的"，像是跟她要主意；大概他们已承认：交际来往，规矩礼行这些事，他们没有"柳屯的"那样在行，所以得问她。她忙着就去开门，往西屋里让。陪着我走到窗前，便交代了声："有人来了。"然后向我一笑，"屋里坐，我去看看水。"我独自进了西屋。

夏大嫂是全家里最老实的人。她在炕上围着被子坐着呢。见了我，她似乎非常地喜欢。可是脸上还没笑利落，泪就落下来了："牛儿叔！牛儿叔！"她叫了我两声。我们村里彼此称呼总是带着乳名的，孙子呼祖父也得挂上小名。她像是有许多的话，可是又不肯说，抹了抹泪，向窗外看了看，然后向屋外指了一下。我明白她的意思。

我问她的病状，她叹了口气："活不长了，死了也不能放心！"那个娘们实在是夏嫂心里的一块病，我看出来。即使我承认夏嫂是免不掉忌妒，我也不能说她的忧虑是完全为自己，她是个最老实的人。我和她似乎都看出来点

○韩羽为《赵子曰》作插图.

危险来，那个娘们！

由西屋出来，我遇上了"她"，在上房的檐下站着呢。很亲热地赶过来，让我再坐一坐，我笑了笑，没回答出什么来。我知道这一笑使我和她结下仇。这个娘们眼里有活，她看清这一笑的意思，况且我是刚从西屋出来。出了大门，我吐了口气，舒畅了许多；在她的面前，我也不怎么觉着别扭。我曾经做过一个噩梦，梦见一个母老虎，脸上擦着铅粉。这个"柳屯的"又勾起这个噩梦所给的不快之感。我讨厌这个娘们，虽然我对她并没有丝毫地位的道德的成见。只是讨厌她，那一对努出的眼睛！

年节过去，我又离开了故乡，到次年的灯节回来。

似乎由我一进村口，我就听到一种喊喊喳喳的声音，在这声音当中包着的是"柳屯的"。我一进家门，大家急于报告的也是她。

在我定了定神之后，我记得已听见他们说：夏老头子的胡子已剩下很少，被"柳屯的"给扯去了多一半。夏老太太常给这个老婆跪着。夏大嫂已经分出去另过。夏廉的牙齿都被嘴巴山山了去……我怀疑我莫不是做梦呢！不是梦，因为我歇息了一会儿以后，他们继续地告诉我："柳屯的"把夏家完全拿下去了。他们你一言我一语地争着说，我相信了这是真事，可是记不清他们说的都是什么了。

我一向不大信《醒世姻缘》中的故事，这个更离奇。我得亲眼去看看！眼见为真，不然我不能信这些话。

第二天，村里唱戏，早九点就开锣。我也随着家里的人去看热闹，其实我的眼睛专在找"她"。到了戏台的附近，台上已打了头通。台下的人已不少，除了本村的还有不少由外村来的。因为地势与户口的关系，戏班老是先在我们这里驻脚。二通锣鼓又响了，我一眼看见了"她"。她还是穿着新年的漂亮衣服，脸上可没有擦粉——不像一小块新砌的墙了，可是颇似一大扇棒子面的饼子。乡下的戏台搭得并不矮，她抓住了台沿，只一悠便上去了。上了台，她一直扑过文场去，"打住！"她喝了一声。锣鼓立刻停了。我以为她是要票一出什么呢。《送亲演礼》，或是《探亲家》，她演，准保合适，据我想。不是，我没猜对，她转过身来，两步就走到台边，向台下的人一挥手。她的眼务得像一对小灯笼。说也奇怪，台下大众立刻鸦雀无声了。我的心凉了：在我离开家乡这一年的工夫，她已把全村治服了。她用的是什么方法，我还没去调查，但大家都不敢惹她确是真的。

"老街坊们！"她的眼珠务得特别的厉害，台根底下立着的小孩们，被她吓哭了两三个。"老街坊们！我娘们先给你们学学夏老王八的样儿！"她的腿圈起来，眼睛拿鼻尖作准星，向上半仰着脸，在台上拐拉了两个圈。台下有人哈哈地笑起来。

走完了场，她又在台边站定，眼睛整扫了一圈，开始骂夏老王八。她的话，我没法记录下来，我脑中记得的那些字绝对不够用的。她足足骂了三刻钟，一句跟着一句，流畅而又雄厚。设若不是她的嗓子有点不跟劲，大概骂个两三点钟是可以保险的。

她下了台，戏就开了，观众们高高兴兴地看戏，好像刚才那一幕，也是在程序之中的。我的脑子里转开了圈，这是啥事儿呢？本来不想听戏，我就离开戏台，到"地"里去溜达。

走出不远，迎面松儿大爷撅撅着胡子走来了。

"听戏去，松儿大爷？新喜，多多发财！"我作了个揖。

"多多发财！"老头子打量了我一番。"听戏去？这个年头的戏！"

"听不听不吃劲①！"我迎合着说。老人都有这宗脾气，什么也是老年间

①不吃劲，即不在乎，没关系。

的好；其实松儿大爷站在台底下，未必不听得把饭也忘了吃。

"看怎么不吃劲了！"老头儿点头咂嘴的说。

"松儿大爷，咱们爷儿俩找地方聊聊去，不比听戏强？城里头买来的烟卷！"我掏出盒"美丽"来，给了老头子一支，松儿大爷是村里的圣人，我这盒烟卷值金子，假如我想打听点有价值的消息；夏家的事，这会儿在我心中确是有些价值。怎会全村里就没有敢惹她的呢？这像块石头压着我的心。

把烟点着，松儿大爷带着响吸了两口，然后翻着眼想了想："走吧，家里去！我有二百一包的，闷得酽酽的，咱们扯它半天，也不赖！"

随着松儿大爷到了家。除了松儿大娘，别人都听戏去了。给他们拜完了年，我就手也把大娘给撵出去："大娘，听戏去，我们看家！"她把茶——真是二百一包的——给我们沏好，瘪着嘴听戏去了。

等松儿大爷审过了我——我挣多少钱，国家大事如何，……我开始审他。

"松儿大爷，夏家的那个娘们是怎回事？"

老头子头上的筋跳起来，仿佛有谁猛孤丁地揍了他的嘴巴。"臭狗屎！提她？"啪的往地上唾了一口。

"可是没人敢惹她！"我用着激将法。

"新鞋不踩臭狗屎！"

我看出来村里有一部分人是不屑于理她，或者是因为不屑援助夏家父子。不踩臭狗屎的另一方面便是由着她的性反，所以我把"就没人敢出来管教管教她？"咽了回去，换上"大概也有人以为她怪香的？"

"那还用说！一斗小米，一尺布，谁不向着她；夏家爷儿俩一辈子连个屁也不放在街上！"

这又对了，一部分人已经降了她。她肯用一斗小米二尺布收买人，而夏家父子舍不得个屁。

"教会呢？"

"他爷们栽了，挂洋味的全不理他们了！"

他们父子的地位完了，这里大概含着这么点意思，我想：有的人或者宁自答理她，也不同情于他们；她是他们父子的惩罚；洋神仙保佑他们父子发了财，现在中国神仙借着她给弄个底儿掉！也许有人还相信她会呼风唤雨呢！

"夏家现在怎样了呢？"我问。

"怎么样？"松儿大爷一气灌完一大碗浓茶，用手背擦了擦胡子："怎么样？我给他们算定了，出不去三四年，全完！咱这可不是血口喷人，盼着人家倒霉，大年灯节的！你看，夏大嫂分出去了，这是半年前的事了。那时候，柳屯这个娘们一天到晚挑唆：啊，没病装病，死吃一口，谁受得了？三个丫头，哪个不是赔钱货！夏老头子的心活了，给了大嫂三十亩地，让她带着三个女儿去住西小院那三间小南屋。由那天起，夏廉没到西院去过一次。他的大女儿是九月出的门子，他们全都过去吃了三天，可是一个铜子儿没给大嫂。夏廉和他那个爸爸觉得这是个便宜——白吃儿媳妇三天！"

"大嫂的娘家自然帮助些了？"我问。

"那是自然，可有一层，他们都擦着黑儿来，不敢叫柳屯的娘们看见。她在西墙那边老预备着个梯子，一天不定往西院瞭望多少回。没关系的人去看夏大嫂，墙头上有整车的村话打下来；有点关系的人，那更好了，那个娘们拿刀在门口堵着！"松儿大爷又唾了一口。

"没人敢惹她？"

松儿大爷摇了摇头。"夏大嫂是蛤蟆垫桌腿，死挨！"

"她死了，那个娘们好成为夏大嫂？"

"还用等她死了？现在谁敢不叫那个娘们'大嫂'呢？'二嫂'都不行！"

"松儿大爷你自己呢？"按说，我不应当这么挤兑这个老头子！

"我？"老头子似乎挂了劲，可是事实又叫他泄了气："我不理她！"又似乎太泄气，所以补上："多喒她找到我的头上来，叫她试试，她也得敢！我要跟夏老头子换换地方，你看她敢扯我的胡子不敢！夏老头子是自找不自在。

她给他们出坏道儿，怎么占点便宜，他们听她的，这就完了。既听了她的，她就是老爷了！你听着，还有呢：她和他们不是把夏大嫂收拾了吗？不到一个月，临到夏老两口子了，她把他们也赶出去了。老两口子分了五十亩地，去住场院外那两间牛棚。夏老头子可真急了，背起捎马子就要进城，告状去。他还没走出村儿去，她追了上来，一把拉回他来，左右开弓就是几个嘴巴子，跟着便把胡子扯下半边，临完给他下身两脚。夏老头子半个月没下地。现在，她住着上房，产业归她拿着，看吧！"

"她还能谋害夏廉？"我插进一句去。

"那，谁敢说怎样呢！反正有朝一日，夏家会连块土坯也落不下，不是都被她拿了去，就是因为她而闹丢了。不知道别的，我知道这家子要玩完！没见过这样的事，我快七十岁的人了！"

○袁运生为《黑白李》作插图。

我们俩都半天没言语。后来还是我说了："松儿大爷，他们老公母俩和夏大嫂不会联合起来跟她干吗？"

"那不就好了吗，我的傻大哥！"松儿大爷的眼睛挤出点不得已的笑意来。"那个老头子混蛋哪。她一面欺侮他，一面又教给他去欺侮夏大嫂。他不敢惹她，可是敢惹大嫂呢。她终年病病歪歪的，还不好欺侮。他要不是这样的人，怎能会落到这步田地？那个娘们算把他们爷俩的脉摸准了！夏廉也是这样呀，他以为父亲吃了亏，便是他自己的便宜。要不怎说没法办呢！"

"只苦了个老实的夏大嫂！"我低声的说。

"就苦了她！好人掉在狼窝里了！"

"我得看看夏大嫂去！"我好像是对自己说呢。

"乘早不必多那个事，我告诉你句好话！"他很"自己"的说。

"那个娘们敢卷①我半句，我叫她滚着走！"我笑了笑。

松儿大爷想了会儿："你叫她滚着走，又有什么好处呢？"

我没话可说。松儿大爷的哲理应当对"柳屯的"敢这样横行负一部分责任。同时，为个人计，这是我们村里最好的见解。谁也不去踩臭狗屎，可是臭狗屎便更臭起来，自然还有说她是香的人！

辞别了松儿大爷，我想看看大嫂去；我不能怕那个"柳屯的"，不管她怎么厉害——村里也许有人相信她会妖术邪法呢！但是，继而一想：假如我和她干起来，即使我大获全胜，对夏大嫂有什么好处呢？我是不常在家里的人！我离开家乡，她岂不因此而更加倍的欺侮夏大嫂？除非我有彻底的办法，还是不去为妙。

不久，我又出了外，也就把这件事忘了。

大概有三年我没回家，直到去年夏天才有机会回去休息一两个月。

到家那天，正赶上大雨之后。田中的玉米、高粱、谷子；村内外的树，都绿得不能再绿。连树影儿、墙根上，全是绿的。在都市中过了三年，乍到了这种静绿的地方，好像是入了梦境；空气太新鲜了，确是压得我发困。我强打着精神，不好意思去睡，跟家里的人闲扯开了。扯来扯去，自然而然的扯到了"她"。我马上不困了，可是同时在觉出乡村里并非是一首绿的诗。在大家的报告中，最有趣的是"她"现在正传教！我一听说，我想到了个理由：她是要把以前夏家父子那点地位恢复了来，可是放在她自己身上。不过，不管理由不理由吧，这件事太滑稽了。"柳

屯的"传教？谁传不了教，单等着她！

据他们说，那是这么回事：村里来了一拨子教徒，有中国人，也有外国人。这群人是相信祷告足以治病，而一认罪便可以被赦免的。这群人与本地的教会无关，而且本地的教友也不参加他们的活动。可是他们闹腾得挺欢：偷青的张二楞，醉鬼刘四，盗嫂的冯二头，还有"柳屯的"，全认了罪。据来的那两洋人看，这是最大的成功，已经把张二楞们的相片——对了，还有时常骂街的宋寡妇也认了罪，纯粹因为白得一张相片；洋人带来个照相机——寄到外国去。奇迹！

这群人走了之后，"柳屯的"率领着刘四一干人等继续宣传福音，每天太阳压山的时候在夏家的场院讲道。

我得听听去！

有蹲着的，有坐着的，有立着的，夏家的场院上有二三十个人。我一眼看见了我家的长工赵五。

"你干吗来了？"我问他。

赵五的脸红了，迟迟钝钝地说："不来不行！来过一次，第二次要是不来，她卷祖宗三代！"

我也就不必再往下问了。她是这村的"霸王"。

柳树尖上还留着点金黄的阳光，蝉在刚来的凉风里唱着，我正呆看着这些轻摆的柳树，忽然大家都立起来，"她"来了！她比三年前胖了些，身上没有什么打扮修饰，可是很利落。她的大脚走得轻而有力，努出的眼珠向平处看，好像全世界满属她管似的。她站住，眼珠不动，全身也全不动，只是嘴唇微张："祷告！"大家全低下头。她并不闭眼，直着脖颈念念有词，仿佛是和神面对面的讲话呢。

正在这时候，夏廉轻手蹑脚地走来，立在她的后面，很虔敬地低下头，闭上眼。我没想到，他倒比从前胖了些。焉知我们以为难堪的，不是他的享受呢？猪八戒玩老雕，各好一路——我们村里很有些圣明的俗语儿。

她的祷告大略是："愿夏老头子一个跟头摔死。叫夏娘们一口气上不来，堵死……"

奇怪的是，没有一个人觉着这个可笑，或是可恶。莫非她真有妖术邪法？我真有点发糊涂！

我很想和夏廉谈一谈。可是"柳屯的"看着我呢——用她的眼角。夏廉是她的猫，狗，或是个什么别的玩艺。他也看见我了，只那么一眼，就又低下头去。他拿她当作屏风，在她后面，他觉得安全，虽然他的牙是被她打飞了的。我不十分明白他俩的真正关系，我只想起：从前村里有个看香的妇人，顶着白狐大仙。她有个"童儿"，才四十多岁。这个童儿和夏廉是一对儿，我想不起更好的比方。这个老童儿随着白狐大仙的代表，整像耍猴子的身后随着的那个没有多少毛儿的羊。这个老童儿在晚上和白狐大仙的代表一个床上睡，所以他多少也有点仙气。夏廉现在似乎也有点仙气，他祷告得很虔诚。

我走开了，觉着"柳屯的"的眼随着我呢。

夏老者还在地里忙呢，我虽然看见他几次，始终没能谈一谈，他躲着我。他已不像样子了。红眼边好像要把夏天的太阳给比下去似的。可是他还是不惜力，仿佛他要把被"柳屯的"所夺去的都从地里面补出来，他拿着锄向地咬牙。

夏大嫂，据说，已病得快死了。她的二女儿也快出门子，给的是个当兵的，大概是个排长，可是村里都说他是个军官。

我们村里的人，对于教会的人是敬而远之；对于"县"里的人是手段与敬畏并用；大家最怕的，真怕的，是兵。"柳屯的"大概也有点怕兵，虽然她不说。她现在自己是传教的；是乡绅，虽然没有"县"里的承认；也自己宣传她在县里有人。她有了乡间应有的一切势力（这是她自创的，她是个天才），只是没有兵。

对于夏二姑娘的许给一个"军官"，她认为这是夏大嫂诚心和她挑战。她要不马上剪除她们，必是个大患。她要是不动声色地置之不理，总会不久就有人看出她的弱点。赵五和我研究这回事来着。据赵五说，无论"柳屯的"怎样欺侮夏大嫂，村里是不会有人管的。阔点的人愿意看着夏家出丑，另有一些人是"柳屯的"属下。不过，"柳屯的"至今还没动手，因为她对"兵"得思索一下。这几天她特别的虔诚，祷告的特别勤，赵五知道。云已布满，专等一声雷呢，仿佛是。

不久，雷响了。夏家二姑娘，在夏大嫂的三个女儿中算是最能干的。据"柳屯的"看，自然是最厉害的。有一天，三妞在门外买线，二妞在门内指导着——因为快出门子了，不好意思出来。这么个工夫，"柳屯的"也出来买线，三妞没买完就往里走，脸已变了颜色。二妞在门内说了一句："买你的！"

"柳屯的"好像一个闪似的，就扑到门前："我骂你们夏家十三辈的祖宗！"

二妞三妞全跑进去了，"柳屯的"在后面追。我正在不远的一棵柳树下坐着呢。我也赶到，生怕她把二妞的脸抓坏了。可是这个娘们敢情知道先干什么，她奔了夏大嫂去。两拳，夏大嫂就得没了命。她死了，"柳屯的"便名正言顺地是"大嫂"了；而后再从容地收拾二妞三妞。把她们卖了也没人管，夏老者是第一个不关心她们的，夏廉要不是为儿子还不弄来"柳屯的"呢，别人更提不到了。她已经进了屋门，我赶上了。在某种情形下，大概人人会掏点坏，我揪住了她，假意地劝解，可是我的眼睛尽了它们的责任。二妞明白我的眼睛，她上来了，三妞的胆子也壮起来。大概她们常梦到的快举就是这个，今天有我给助点胆儿，居然实现了。

我嘴里说着好的，手可是用足了力量；差点劲的男人还真弄不住她呢。正在这么个工夫，"柳屯的"改变了战略——好厉害的娘们！

"牛儿叔，我娘们不打架；"她笑着，头往下一低，拿出一些媚劲，"我吓唬着她们玩呢。小丫头片子，有了婆婆家就这么扬气，搁着你的！"说完，她撩了我一眼，扭着腰儿走了。

光棍不吃眼前亏，她真要被她们捶巴两下子，岂不把威风扫尽——她觉出我的手是有些力气。

　　不大会儿，夏廉来了。他的脸上很难看。他替她来管教女儿了，我心里说。我没理他。他瞪着二妞，可是说不出来什么，或者因为我在一旁，他不知怎样好了。二妞看着他，嘴动了几动，没说出什么来。又愣了会儿，她往前凑了凑，对准了他的脸就是一口，呸！他真急了，可是他还没动手，已经被我揪住。他跟我争巴了两下，不动了。看了我一眼，头低下去："哎——"叹了口长气，"谁叫你们都不是小子呢！"这个人是完全被"柳屯的"拿住，

而还想为自己辩护。他已经逃不出她的手，所以更恨她们——谁叫她们都不是男孩子呢！

　　二姑娘啐了爸爸一个满脸花，气是出了，可是反倒哭起来。

　　夏廉走到屋门口，又愣住了。他没法回去交差。又叹了口气，慢慢地走出去。

　　我把二妞劝住。她刚住声，东院那个娘们骂开了："你个贼王八，兔小子，连你自己的丫头都管不了……"

　　我心中打开了鼓，万一我走后，她再回来呢？我不能走，我叫三妞

◎1934年8月，老舍手拿《良友》画报摄于上海。

把赵五喊来。把赵五安置在那儿，我才敢回家。赵五自然是不敢惹她的，可是我并没叫他打前敌，他只是做会儿哨兵。

回到家中，我越想越不是滋味：我和她算是宣了战，她不能就这么完事。假如她结队前来挑战呢？打群架不是什么稀罕的事。完不了，她多少是栽了跟头。我不想打群架，哼，她未必不晓得这个！她在这几年里把什么都拿到手，除了有几家——我便是其中的一个——不肯理她，虽然也不肯故意得罪她；我得罪了她，这个娘们要是有机会，是满可以做个"女拿破仑"，她一定跟我完不了。设若她会写书，她必定会写出顶好的农村小说，她真明白一切乡人的心理。

果然不出我所料，当天的午后，她骑着匹黑驴，打着把雨伞——太阳毒得好像下火呢——由村子东头到西头，南头到北头，叫骂夏老王八，夏廉——贼兔子——和那两个小窑姐。她是骂给我听呢。她知道我必不肯把她拉下驴来揍一顿，那么，全村还是她的，没人出来拦她吗。

赵五头一个吃不住劲了，他要求我换个人去保护二妞。他并非有意激动我，他是真怕；可是我的火上来了："赵五，你看我会揍她一顿不会？"

赵五眨巴了半天眼睛："行啊，可是好男不跟女斗，是不是？"

可就是，怎能一个男子去打女人家呢！我还得另想高明主意。

夏大嫂的病越来越沉重。我的心又移到她这边来：先得叫二妞出门子，落了丧事可就不好办了，逃出一个是一个。那个"军官"是张店的人，离我们这儿有十二三里路。我派赵五去催他快娶——自然是得了夏大嫂的同意。赵五愿意走这个差，这个比给二妞保镖强多了。

我是这么想，假如二妞能被人家顺顺当当地娶了走，"柳屯的"便算又栽了个跟头——谁不知道她早就憋住和夏大嫂闹呢？好，夏大嫂的女婿越多，便越难收拾，况且这回是个"军官"！我也打定了主意，我要看着二妞上了轿。那个娘们敢闹，我揍她。好在她有个闹婚的罪名，我们便好上县里说去了。

据我们村里的人看，人的运气，无论谁，是有个年限的；没人能走一辈子好运，连关老爷还掉了脑袋呢。我和"柳屯的"那一幕，已经传遍了全村，我虽没说，可是三妞是有嘴有腿的。大家似乎都以为这是一种先兆——"柳屯的"要玩完。人们不敢惹她，所以愿意有个人敢惹她，看打擂是最有趣的。

"柳屯的"大概也打听着这么点风声，所以加紧地打夏廉，作为一种间接的示威。夏廉的头已肿起多高，被她往磨盘上撞的。

张店的那位排长原是个有名有姓的人，他是和家里闹气而跑出去当了兵，他现在正在临县驻扎。赵五回来交差，很替二妞高兴——"一大家子人呢，准保有吃有喝，二姑娘有点造化！"他们也答应了提早结婚。

"柳屯的"大概上十回梯子，总有八回看见我：我替夏大嫂办理一切，她既下不了地，别人又不敢帮忙，我自然得卖点力气了—— 一半也是为气"柳屯的"。每逢她看见我，张口就骂夏廉，不但不骂我，连夏大嫂也摘干净了。我心里说，只要你不直接冲锋，我便不接碴儿，咱们是心里的劲！

夏廉，有一天晚上找我来了；他头上顶着好几个大青包，很像块长着绿苔的山子石。坐了半天，我们谁也没说话。我心里觉得非常乱，不知想什么好，他大概不甚好受。我为是打破僵局，没想就说了句："你怎能受她这个呢！"

"我没法子！"他板着脸说，眉毛要皱上，可是不成功，因为那块都肿着呢。

"我就不信一个男子汉——"

他没等我说完，就接了下去："她也有好处。"

"财产都被你们俩弄过来了，好处？"我恶意地笑着。

他不出声了，两眼看着屋中的最远处，不愿再还口；可是十分不爱听我的话；一个人有一个主意——他愿挨揍而有财产。"柳屯的"，从一方面说，是他的宝贝。

"你干什么来了？"我不想再跟他多费话。

"我——"

"说你的！"

"我——你是有意跟她顶到头儿吗？"

"夏大嫂是你的元配，二妞是你的亲女儿！"

他没往下接茬，简单地说了一句："我怕闹到县里去！"

我看出来了："柳屯的"是决不能善罢甘休，他管不了，所以来劝告我。他怕闹到县里去——钱！到了县里，没钱是不用想出来的。他不能舍了"柳屯的"：没有她，夏老者是头一个必向儿子反攻的。夏廉是相当的厉害，可是打算大获全胜非仗着"柳屯的"不可。真要闹到县里去，而"柳屯的"被扣起来，他便进退两难了：不设法弄出她来吧，他失去了靠山；弄出她来吧，得花钱，所以他来劝我收兵。

"我不要求你帮助夏大嫂——你自己的妻子；你也不用管我怎样对待'柳屯的'。咱们就说到这儿吧。"

第二天，"柳屯的"骑着驴，打着伞，到县城里骂去了：由东关骂到西关，还骂的是夏老王八与夏廉。她试试。试试城里有人抓她或拦阻她没有。她始终不放心县里。没人拦她，她打着得胜鼓回来了；当天晚上，她在场院召集布道会，咒诅夏家，并报告她的探险经过。

战事是必不可避免的，我看准了。只好预备打吧，有什么法子呢？没有大靡乱，是扫不清咱们这个世界的污浊的；以大喻小，我们村里这件事也是如此。

这几天村里的人都用一种特别的眼神看我，虽然我并没想好如何作战——不过是她来，我决不退缩。谣言说我已和那位"军官"勾好，也有人说我在县里打点妥当，这使我很不自在。其实我完全是"玩玩"，不想勾结谁。赵五都不肯帮助我，还用说别人？

村里的人似乎永远是圣明的。他们相信好运是有年限的，果然是这样；即使我不信这个，也敌不过他们——他们只要一点偶合的事证明了天意。正在夏家二妞要出阁之前，"柳屯的"被县里拿了去。村里的人知道底细，可是暗中都用手指着我。我真一点也不知道。

过了几天，消息才传到村中来：村里的一位王姑娘，在城里当看护。恰巧县知事的太太生小孩，把王姑娘找了去。她当笑话似的把"柳屯的"一切告诉了知事太太，而知事太太最恨作小老婆的，因为知事颇有弄个"人儿"的愿望与表示。知事太太下命令叫老爷"办"那个娘们，于是"柳屯的"就被捉进去。

村里人不十分相信这个，他们更愿维持"柳屯的"交了五年旺运的说法，而她的所以倒霉还是因为我。松儿大爷一半满意，一半慨叹地说："我说什么来着？出不了三四年，夏家连块土坯也落不下！应验了吧？县里，二三百亩地还不是白填进去！"

夏廉决定了把她弄出来，楞把钱花在县里也不能叫别人得了去——连他的爸爸也在内。

夏老者也没闲着，没有"柳屯的"，他便什么也不怕了。

夏家父子的争斗，引起一部分人的注意——张二楞，刘四，冯二头，和宋寡妇等全决定帮助夏廉。"柳屯的"是他们的首领与恩人。连赵五都还替她吹风——到了县衙门，"柳屯的"还骂呢，硬到底！没见她走的时候呢，叫四个衙役揿着她！四个呀，衙役！

夏二妞平平安安地被娶了走。暑天还没过去，夏大嫂便死了，她笑着死的。三妞被她的大姐接了走。夏家父子把夏大嫂的东西给分了。宋寡妇说："要是'柳屯的'在家，夏大嫂那份黄杨木梳一定会给了我！夏家那俩爷们一对死王八皮！"

"柳屯的"什么时候能出来，没人晓得。可是没有人忘了她，连孩子们都这样的玩耍："我当'柳屯的'，你当夏老头？"他们这样商议；"我当'柳屯的'！我当'柳屯的'！我的眼会努着！"大家这么争论。

连我自己也觉得有点对不起她了，虽然我知道这是可笑的。

赏析

老舍先生笔下的"柳屯的"，可真是活灵活现。

她简直是个阴谋家。没得势的时候，她低眉顺眼，嘴里甘甜，懂得交际来往，规矩礼行。舍得出笑脸儿，舍得出力气。两只往外努的眼睛后头，另藏着心眼儿。她把瞅见的都搬到心里再咀嚼一回，想出主意来，安排妥当，等到节骨眼儿上，一一扔出来，把对手——她自己设定的对手——挨个儿踹躺下。

她简直是个战略家。她不像一般撒泼耍横的娘们儿，见谁咒谁，"小脚儿踢球——横呼撸"。而是分得清主次与敌友。主要敌人是夏大嫂，她爷们儿的正妻。夏大嫂有病，好欺负，又有最大的"把柄"在汉子手里——她没生儿子，连汉子也不护着她。所以是主攻目标，接着便是那仨丫头。

她简直是个鼓动家。她会造谣生事。说夏老头儿什么都跟生殖器关联着，你可以不信，但你没法儿反驳，因为你见不着这个。看不见的事不等于没有的事。所以，由着她说，你没辙。她会利用一切场合，抓住"敌人"的特征，加以夸张地宣扬、鼓动，制造对对手的恶印象，何况她明白大众的心理，知道人们至少并不喜欢她的对手。所以，她敞开地骂，利用一切机会宣扬她的准则，结果呢？全村形成了一个要看夏家败下去的氛围。

她简直是个"勇士"。勇敢应当和崇高或者至少不卑劣的目标、动机联系在一起。假如是为着卑琐、污浊的目标与动机而玩儿命，那就是冥顽与可恶。

这种诸般恶德集于一身的坏主儿，竟然成了全村的霸王，没人敢惹。一面是由于她手段高强，施小惠于村民，而她的对手连屁也舍不得出一个，于是一些人念她的好；另一面也由于村里头松儿大爷不少："新鞋不踩臭狗屎，"加上久远的习俗，"休管他人瓦上霜"，所以，没人惹"柳屯的"。遂使"柳屯的"成了一方教主。她还真的布了道，宣了教，简直跟今天西方的邪教一样，让村里的不少人跟了她。这是通篇让人冒凉气的地方儿。放眼今日，像这种"柳屯的"为王的"村子"，怕也不止一处。

这简直画出了一幅中国社会写真图，而且是立体的，全息的写真图。由表及里，让人笑完了透心儿凉。

可老舍先生是个爱国主义者，又是位宗教情结挺深的知识分子。他舍不得把自己的故乡（祖国）写得一无是处。对故乡风光的描写虽然只有不多的几句，却也窜出了浓浓的爱意。他还特意地创造出一个"我"来。比"柳屯的"更有主意，更有办法，更强大，更韧劲儿，终于让"柳屯的"进了监牢。这虽不是"我"直接斗争的结果，可"我"的存在让"柳屯的"发慌，间接地倒在"我"手里。

单说这篇《柳屯的》，我看是将大社会化为小村庄，各色人等几乎写尽；从文化的角度看，东西方文明的碰撞在中国近现代史上对社会的影响也可从中一见端倪。

（苏叔阳）

断魂枪

江湖上的智慧与黑话，义气与声名，连沙子龙，他的武艺、事业，都梦似的变成昨夜的。

"生命是闹着玩，事事显出如此；从前我这么想过，现在我懂得了。"

沙子龙的镖局已改成客栈。

东方的大梦没法子不醒了，炮声压下去马来与印度野林中的虎啸。半醒的人们，揉着眼，祷告着祖先与神灵；不大会儿，失去了国土、自由与权利。门外立着不同面色的人，枪口还热着。他们的长矛毒弩，花蛇斑彩的厚盾，都有什么用呢；连祖先与祖先所信的神明全不灵了啊！龙旗的中国也不再神秘，有了火车呀，穿坟过墓的破坏着风水。枣红色多穗的镖旗，绿鲨皮鞘的钢刀，响着串铃的口马，江湖上的智慧与黑话，义气与声名，连沙子龙，他的武艺、事业，都梦似的变成昨夜的。今天是火车，快枪，通商与恐怖。听说，有人还要杀下皇帝的头呢！

这是走镖已没有饭吃，而国术还没被革命党与教育家提倡起来的时候。

谁不晓得沙子龙是短瘦，利落，硬捧，两眼明得像霜夜的大星？可是，现在他身上放了肉。镖局改了客栈，他自己在后小院占着三间北房，大枪立在墙角，院子有几只楼鸽。只是在夜间，他把小院的门关好，熟习熟习他的"五虎断魂枪。"这条枪与这套枪，二十年的工夫，在西北一带，给他创出来："神枪沙子龙"五个字，没遇见过敌手。现在，这条枪与这套枪不会再替他增光显胜了；只是摸摸这凉、滑、硬而发颤的杆子，使他心中少难过一些而已。

只有在夜间独自拿起枪来，才能相信自己还是"神枪沙"。在白天，他不大谈武艺与往事；他的世界已被狂风吹了走。

在他手下创练起来的少年们还时常来找他。他们大多数是没落子弟，都有点武艺，可是没地方去用。有的在庙会上去卖艺：踢两趟腿，练套家伙，翻几个跟头，附带着卖点大力丸，混个三吊两吊的。有的实在闲不起了，去弄筐果子，或挑些毛豆角，赶早儿在街上论斤吆喝出去。那时候，米贱肉贱，肯卖膀子力气本来可以混个肚儿圆；他们可是不成：肚量既大，而且得吃口当事儿的①；干饽饽辣饼子咽不下去。况且他们还时常去走会：五虎棍，开路，太狮少狮……虽然算不了什么——比起走镖来——可是到底有个机会活动活动，露露脸。是的，走会捧场是买脸的事，他们打扮得像个样儿，至少得有条青洋绉裤子，新漂白细市布的小褂，和一双鱼鳞洒鞋——顶好是青缎子抓地虎靴子。他们是神枪沙子龙的徒弟——虽然沙子龙并不承认——得到处露脸，走会得赔上俩钱，说不定还得打场架。没钱，上沙老师那里去求。沙老师不含糊，多少不拘，不让他们空着手儿走。可是，为打架或献技去讨教一个招数，或是请给说个对子——什么空手夺刀，或虎头钩进枪——沙老师有时说句笑话，马虎过去："教什么？拿开水浇吧！"有时直接把他们逐出去。他们不大明白沙老师是怎么了，心中也有

◎ 清代善扑营练武图（一）。

① 当事儿的：有营养，吃了不至于不久又饿的。

点不乐意。

可是，他们到处为沙老师吹腾，一来是愿意使人知道他们的武艺有真传授，受过高人的指教；二来是为激动沙老师：万一有人不服气而找上老师来，老师难道还不露一两手真的么？所以：沙老师一拳就砸倒了个牛！沙老师一脚把人踢到房上去，并没使多大的劲！他们谁也没见过这种事，但是说着说着，他们相信这是真的了，有年月，有地方，千真万确，敢起誓！

王三胜——沙子龙的大伙计——在土地庙拉开了场子，摆好了家伙。抹了一鼻子茶叶末色的鼻烟，他抢了几下竹节钢鞭，把场子打大一些。放下鞭，没向四围作揖，叉着腰念了两句："脚踢天下好汉，拳打五路英雄！"向四围扫了一眼："乡亲们，王三胜不是卖艺的，玩艺儿会几套，西北路上走过镖，会过绿林上的朋友。现在闲着没事，拉个场子陪诸位玩玩。有爱练的尽管下来，王三胜以武会友，有赏脸的，我陪着。神枪沙子龙是我的师傅，玩艺地道！诸位，有愿下来的没有？"他看着，准知道没人敢下来，他的话硬，可是那条钢鞭更硬，十八斤重。

王三胜，大个子，一脸横肉，努着对大黑眼珠，看着四围。大家不出声。他脱了小褂，紧了紧深月白的腰里硬，把肚子杀进去。给手心一口吐沫，抄起大刀来：

"诸位，王三胜先练趟瞧瞧。不白练，练完了，带着的扔几个；没钱，给喊个好，助助威。这儿没生意口。好，上眼！"

大刀靠了身，眼珠努出多高，脸上绷紧，胸脯子鼓出，像两块老桦木根子。一跺脚，刀横起，大红缨子在肩前摆动。削砍劈拨，蹲越闪转，手起风生，忽忽直响。忽然刀在右手心上旋转，身弯下去，四围鸦雀无声，只有缨铃轻叫。刀顺过来，猛的一个跺泥，身子直挺，比众人高着一头，黑塔似的。收了势："诸位！"一手持刀，一手叉腰，看着四围。稀稀的扔下几个铜钱，他点点头。"诸位！"他等着，等着，地上依旧是那几个亮而削薄的铜钱，外层的人偷偷散去。他咽了口气："没人懂！"他低声地说，可是大家全听见了。

"有功夫！"西北角上一个黄胡子老头儿答了话。

"啊？"王三胜好似没听明白。

"我说：你——有——功——夫！"老头子的语气很不得人心。

放下大刀，王三胜随着大家的头往西北看。谁也没看起这个老人：小干巴个儿，披着件粗蓝布大衫，脸上窝窝瘪瘪，眼陷进去很深，嘴上几根细黄胡，肩上扛着条小黄草辫子，有筷子那么细而绝对不像筷子那么直顺。王三胜可是看出这老家伙有功夫，脑门亮，眼睛亮——眼眶虽深，眼珠可黑得像两口小井，深深地闪着黑光。王三胜不怕：他看得出别人有工夫没有，可更相信自己的本事，他是沙子龙手下的大将。

"下来玩玩，大叔！"王三胜说得很得体。

点点头，老头儿往里走。这一走，四外全笑了。他的胳臂不大动，左脚往前迈，右脚随着拉上来，一步步地往前拉扯，身子整着，像是患过瘫痪病。蹭到场中，把大衫扔在地上，一点没理会四围怎样笑他。

"神枪沙子龙的徒弟，你说？好，让你使枪吧；我呢？"老头子非常的干脆，很像久想动手。

人们全回来了，邻场耍狗熊的无论怎敲锣也不中用了。

"三截棍进枪吧？"王三胜要看老头子一手，三截棍不是随便就拿得起来的家伙。

老头子又点点头，拾起家伙来。

王三胜努着眼，抖着枪，脸上十分难看。

老头子的黑眼珠更深更小了，像两个香火头，随着面前的枪尖儿转，王三胜忽然觉得不舒服，那俩黑眼球似乎要把枪尖吸进去！四外已围得风雨不透，大家都觉出老头子确是有威。为躲那对眼睛，王三胜耍了个枪花。老头子的黄胡子一动："请！"王三胜一扣枪，向前躬步，枪尖奔了老头子的喉头去，枪缨打了一个红旋。老人的身子忽然活展了，将身子微偏，让过枪尖，前把一挂，后把撩王三胜的手。拍，拍，两响，王三胜的枪撒了手。场外叫了好。王三胜连脸带胸口全紫了，抄起枪来，一个花子，连枪带人滚了过来，枪尖奔了老人的中部。老头子的眼亮得发着黑光，腿轻轻一屈，下把掩裆，上把打着刚要抽回的枪杆，拍，枪又落在地上。

场外又是一片彩声。王三胜流了汗，不再去拾枪，努着眼，木在那里。老头子扔下家伙，拾起大衫，还是拉拉着腿，可是走得很快了。大衫搭在臂上，他过来拍了王三胜一下："还得练哪，伙计！"

"别走！"王三胜擦着汗："你不离，姓王的服了！可有一样，你敢会会沙老师？"

"就是为会他才来的！"老头子的干巴脸上皱起点来，似乎是笑呢。"走，收了吧，晚饭我请！"

王三胜把兵器拢在一处，寄放在变戏法二麻子那里，陪着老头子往庙外走。后面跟着不少人，他把他们骂散。

"你老贵姓？"他问。

"姓孙哪，"老头子的话与人一样，都那么干巴。"爱练，久想会会沙子龙。"

◎清代善扑营练武图（二）。

沙子龙不把你打扁了！王三胜心里说。他脚底下加了劲，可是没把孙老头落下。他看出来，老头子的腿是老走着查拳门中的连跳步，交起手来，必定很快。但是，无论他怎样快，沙子龙是没对手的。准知道孙老头要吃亏，他心中痛快了些，放慢了些脚步。

"孙大叔贵处？"

"河间的，小地方。"孙老者也和气了些，"月棍年刀一辈子枪，不容易见功夫！说真的，你那两手就不坏！"

王三胜头上的汗又回来了，没言语。

到了客栈，他心中直跳，唯恐沙老师不在家，他急于报仇。他知道老师不爱管这种事，师弟们已碰过不少回钉子，可是他相信这回必定行，他是大伙计，不比那些毛孩子；再说，人家在庙会上点名叫阵，沙老师还能丢这个脸么？

"三胜，"沙子龙正在床上看着本《封神榜》，"有事吗？"

三胜的脸又紫了，嘴唇动着，说不出话来。

沙子龙坐起来，"怎了，三胜？"

"栽了跟头！"

只打了个长甚长的哈欠，沙老师没别的表示。

王三胜心中不平，但是不敢发作；他得激动老师："姓孙的一个老头儿，门外等着老师呢；把我的枪，枪，打掉了两次！"他知道"枪"字在老师心中有多大分量。没等吩咐，他慌忙跑出去。

客人进来，沙子龙在外间屋等着呢。彼此拱手坐下，他叫三胜去泡茶。三胜希望两个老人立刻交了手，可是不能不沏茶去。孙老者没话讲，用深藏着的眼睛打量沙子龙。沙很客气：

"要是三胜得罪了你，不用理他，年纪还轻。"

孙老者有些失望，可他看出沙子龙的精明。他不知怎样好了，不能拿一个人的精明断定他的武艺。"我来领教领教枪法！"他不由地说出来。

沙子龙没接碴儿。王三胜提着茶壶走进来——急于看二人动手，他没管水开了没有，就沏在壶中。

"三胜，"沙子龙拿起个茶碗来，"去找小顺们去，天汇见，陪孙老者吃饭。"

"什么？"王三胜的眼珠几乎掉出来。看了看沙老师的脸，他敢怒而不敢言地说了声"是啦！"走出去，撅着大嘴。

"教徒弟不易！"孙老者说。

"我没收过徒弟。走吧，这个水不开！茶馆去喝，喝饿了就吃。"沙子龙从桌子上拿起青绫子褡裢，一头装着鼻烟壶，一头装着点钱，挂在腰带上。

"不，我还不饿！"孙老者很坚决，两个"不"字把小辫从肩上抢到后边去。

"说会子话儿。"

"我来为领教领教枪法。"

"功夫早搁下了，"沙子龙指着身上，"已经放了肉！"

"这么办也行，"孙老者深深地看了沙老师一眼："不比武，教给我那趟五虎断魂枪。"

"五虎断魂枪？"沙子龙笑了，"早忘净了！早忘净了！告诉你，在我这儿住几天，咱们逛逛各处，临走，多少送点盘川。①"

"我不逛，也用不着钱，我来学艺！"孙老者立起来，"我练趟给你看看，看够得上学艺不够！"一屈腰已到了院中，把楼鸽都吓飞起去。拉开架子，他打了趟查拳：腿快，手飘洒，一个飞脚起去，小辫儿飘在空中，像从天上落下来一个风筝；快之中，每个架子都摆得稳，准，利落；来回六趟，把院子满都打到，走得圆，接得紧，身子在一处，而精神贯串到四面八方。抱拳收势，身儿缩紧，好似满院的乱飞的燕子忽然归了巢。

◎张仃为《断魂枪》作插图。

"好！好！"沙子龙在阶上点着头喊。

"教给我那趟枪！"孙老者抱了抱拳。

沙子龙下了台阶，也抱着拳："孙老者，说真的吧；那条枪和那套枪都跟

————————————

① 盘川：即盘缠，路费。

我入棺材，一齐入棺材！”

“不传？”

“不传！”

孙老者的胡子嘴动了半天，没说出什么来。到屋里抄起蓝布大衫，拉拉着腿：“打搅了，再会！”

“吃过饭走！”沙子龙说。

孙老者没言语。

沙子龙把客人送到小门，然后回到屋中，对着墙角立着的大枪点了点头。

他独自上了天汇，怕是王三胜们在那里等着。他们都没有去。

王三胜和小顺们都不敢再到土地庙去卖艺，大家谁也不再为沙子龙吹腾；反之，他们说沙子龙栽了跟头，不敢和个老头儿动手；那个老头子一脚能踢死个牛。不要说王三胜输给他，沙子龙也不是“个儿”①，不过呢，王三胜到底和老头子见了个高低，而沙子龙连句硬话也没敢说。“神枪沙子龙”慢慢似乎被人们忘了。

夜静人稀，沙子龙关好了小门，一气把六十四枪刺下来；而后，挂着枪，望着天上的群星，想起当年在野店荒林的威风。叹一口气，用手指慢慢摸着凉滑的枪身，又微微一笑，“不传！不传！”

---

① “个儿”：即对手。

赏析

　　《断魂枪》是老舍本人很喜欢的一篇作品，他曾屡屡谈起这篇小说的写作。于是我们知道，老舍曾构思过一部名为《二拳师》的长篇小说，计划写10万字，但后来《二拳师》变成了《断魂枪》，10万字变成了5千字。

　　小说从世变沧桑写起。"枣红色多穗的镖旗，绿鲨皮鞘的钢刀，响着串铃的口马，江湖上的智慧与黑话，义气与声名，连沙子龙，他的武艺、事业，都梦似的变成昨夜的。"简短的叙述中隐藏着无数故事，足以调动起读者的想象。令人悠然神往的江湖传奇已永远地成为过去，时代的变迁截断了镖师沙子龙的英雄生涯。

　　沙子龙以处变不惊的态度对付命运的安排。镖局改了客栈，武林英雄做了客栈老板，他的生活则分裂为两个世界：看《封神榜》，养楼鸽，他平静地打发着白天的日子；只有在夜晚他属于自己，关上门独自温习五虎断魂枪，也是重温自己走遍西北无敌手的英雄盛年。他拒绝向孙老者传枪法，也是拒绝了现实世界。一颗任性的心灵打算把那条枪和那套枪法一齐带入棺材，斩钉截铁的"不传"二字会给读者留下极深的印象。

　　时代的变迁重新安排着人的命运，而人的命运又折射出时代的变化。在作者对沙子龙奇人奇性的描述中，寄托着复杂的心情。西洋大炮的轰鸣压下东方野林中的虎啸，火车与快枪带走了往日镖局的兴旺，只给风流云散的武林英雄留下"断魂"的残梦，作者揭示出这一切都是不可能逆转的。同时，在作家的历史判断与审美判断之间，存在着深刻的矛盾。当"现代"式的生活逐渐取代古老的生活方式，作家在指出其不可逆转的趋势的同时，并没有为社会的"进步"而欢欣鼓舞，相反，他将惋惜与同情给予了如沙子龙的背时倒运的人们。在"武艺"这一愣被历史潮流逐渐淘汰的文化形态中，确实凝集着现代的快枪火炮所不具有的审美意蕴。读者会注意到，作者竟没有表现"五虎断魂枪"的神采，却描绘了两位陪衬人物的武艺。连浅薄的王三胜耍起大刀来也很花哨好看："一跺脚，刀横起，大红缨子在肩前摆动。削砍劈拨，蹲越闪转，手起风生，忽忽直响。"千里寻师的孙老者更是身手不凡："腿快，手飘洒，一个飞脚起去，小辫儿飘在空中，像从天上落下来一个风筝……来回六趟，把院子满都打到，走得圆，接得紧，身子在一处，而精神贯串到四面八方。"那"五虎断魂枪"会是怎样的高妙神奇，读者尽可以调动自己的想象力。在小说的结尾处，作者描述沙子龙又在夜间练他的"断魂枪"，那意境与情调弥漫着诱人的诗意：

夜静人稀，沙子龙关好了小门，一气把六十四枪刺下来；而后，挂着枪，望着天上的群星，想起当年在野店荒林的威风。叹一口气，用手指慢慢摸着凉滑的枪身，又微微一笑，"不传！不传！"

（刘纳）

戏 剧 卷

龙 须 沟 （节录）

上哪儿去呢？天下可哪有我的去处呢？

人物表

王大妈——50岁的寡妇，吃苦耐劳，可是胆子小，思想旧。她的大女儿已出
　　　　嫁，二女儿正在议婚。母女以焊镜子的洋铁边儿和做针线活为业。
　　　　简称大妈。

王二春——王大妈的二女儿，19岁。她认识几个字，很想嫁到别处去，离开
　　　　臭沟沿儿。简称二春。

丁四嫂——30岁左右，心眼怪好，嘴可厉害，有点嘴强身子弱。她的手很伶
　　　　俐，能做活挣钱。简称四嫂。

丁四爷——30岁左右，四嫂的丈夫，三心二意的，可好可坏；蹬三轮车为
　　　　业。他因厌恶门外的臭沟，工作不大起劲。简称丁四。

丁二嘎子——12岁，丁四的儿子，不上学，天天去捡煤核儿，摸螺蛳什么
　　　　的。简称二嘎。

丁小妞——二嘎的妹妹，9岁。不上学，随着哥哥乱跑。简称小妞。

程疯子——40多岁。原是相当好的曲艺艺人，因受压迫，不能登台，搬到贫
　　　　民窟来——可还穿着长衫。他有点神神气气的，不会以劳力换钱，
　　　　可常帮忙别人。他会唱，尤以数来宝见长。简称疯子。

程娘子——程疯子的妻，30多岁。会做活，也会到晓市上做小买卖；虽常骂
　　　　丈夫，可是甘心养活着他。疯子每称她为"娘子"，即成了她的

外号。简称娘子。

赵老头——60岁，没儿没女，为人正直好义，泥水匠。简称赵老。

刘巡长——40来岁。能说会道，善于敷衍，心地很正。简称巡长。

冯狗子——25岁。给恶霸黑旋风做狗腿。简称狗子。

刘掌柜——小茶馆的掌柜，60多岁。简称掌柜。

地痞一人。

警察二人。

青年一人。

群众数人。

第一幕

时　间　北京解放前，一个初夏的上午，昨夜下过雨。

地　点　龙须沟。这是北京天桥东边的一条有名的臭沟，沟里全是红红绿
　　　　绿的稠泥浆，夹杂着垃圾、破布、死老鼠、死猫、死狗和偶尔发
　　　　现的死孩子。附近硝皮作坊、染坊所排出的臭水，和久不清除的
　　　　粪便，都聚在这里一齐发霉。不但沟水的颜色变成红红绿绿，而
　　　　且气味也教人从老远闻见就要作呕，所以这一带才俗称为"臭沟
　　　　沿"。沟的两岸，密密层层的住满了卖力气的、耍手艺的，各色
　　　　穷苦劳动人民。他们终日终年乃至终生，都挣扎在那肮脏腥臭的
　　　　空气里。他们的房屋随时有倒塌的危险，院中大多数没有厕所，
　　　　更谈不到厨房；没有自来水，只能喝又苦又咸又发土腥味的井水；
　　　　到处是成群的跳蚤，打成团的蚊子，和数不过来臭虫，黑压压成
　　　　片的苍蝇，传染着疾病。

　　　　　每逢下雨，不但街道整个地变成泥塘，而且臭沟的水就漾出
　　　　槽来，带着粪便和大尾巴蛆，流进居民们比街道还低的院内、屋
　　　　里，淹湿了一切的东西。遇到六月下连阴雨的时候，臭水甚至带

着死猫、死狗、死孩子冲到土炕上面，大蛆在满屋里蠕动着，人就仿佛是其中的一个蛆虫，也凄惨地蠕动着。

布景　龙须沟的一个典型小杂院。院子不大，只有四间东倒西歪的破土房。门窗都是东拼西凑的，一块是老破花格窗，一块是"洋式"窗子改的，另一块也许是日本式的旧拉门儿，上边有的糊着破碎不堪发了霉的旧报纸，有的干脆钉上破木板或碎席子，即或有一半块小小的破玻璃，也已被尘土、煤烟子和风沙等等给弄得不很透亮了。

北房是王家，门口摆着水缸和破木箱，一张长方桌放在从云彩缝里射出来的阳光下，上边晒着大包袱。王大妈正在生着焊活和做饭两用的小煤球炉子。东房，右边一间是丁家，屋顶上因为漏雨，盖着半领破苇席，用破砖压着，绳子拴着，檐下挂着一条旧车胎；门上挂着补了补丁的破红布门帘，门前除了一个火炉和几件破碎三轮车零件外，几乎是一无所有。左边一间是程家，门上挂着下半截已经脱落了的破竹帘子；窗户上糊着许多香烟画片；门前有一棵发育不全的小枣树，借着枣树搭起一个小小的喇叭花架子。架的下边，靠左上角有一座泥砌的柴灶。程娘子正在用捡来的柴棍儿烧火，蒸窝窝头，给疯子预备早饭（这一带的劳动人民，大多数一天只吃两顿饭。）。柴灶的后边是塌倒了的半截院墙墙角，从这里可以看见远处的房子，稀稀落落的电线杆子，和一片阴沉的天空。南边中间是这个小杂院的大门，又低又窄，出来进去总得低头。大门外是一条狭窄的小巷，对面有一所高大而破旧的房子，房角上高高的悬着一块金字招牌"当"。左边中间又是一段破墙，左下是赵老头儿所住的一间屋子，门关着，门前放着泥瓦匠所用的较大工具；一条长凳，一口倒放着的破缸，缸后堆着垃圾，碎砖头。娘子的香烟摊子，出卖的茶叶和零星物品，就

◎龙须沟剧照（一）。

暂借这些地方晒着。满院子横七竖八的绳子上，晒着各家的破衣破被。脚下全是湿泥，有的地方垫着炉灰，砖头或木板。房子的墙根墙角全发了霉，生了绿苔。天上的云并没有散开，乌云在移动着，太阳一阵露出来，一阵又藏起去。

〔幕启：门外陆续有卖青菜的、卖猪血的、卖驴肉的、卖豆腐的、剃头的、卖破烂的和"打鼓儿"的声音，还有买菜还价的争吵声，附近有铁匠作坊的打铁声，织布声，做洋铁盆洋铁壶的敲打声。

程娘子坐在柴灶前的小板凳上添柴烧火。小妞子从大门前的墙根搬过一些砖头来，把院子铺出一条走道。丁四嫂正在用破盆在屋门口舀屋子里渗进去的雨水。二春抱着几件衣服走出来，仰着头正看刚露出来的太阳，把衣服搭在绳子上晒。大妈生好了煤球炉子，仰头看着天色，小心翼翼地抱起桌上的大包袱来，往屋里收。二春正走到房门口，顺手接进去。大妈从门口提一把水壶，往水缸走去，可是不放心二春抱进去的包袱，眼睛还盯在二春的身上。大妈用水瓢由水缸里取水，置壶炉上，坐下，开始做活。

四　嫂　　（递给妞子一盆水）你要是眼睛不瞧着地，摔了盆，看我不好好揍你一顿！

小　妞　　你怎么不管哥哥呢？他一清早就溜出去，什么事也不管！

四　嫂　　他？你等着，等他回来，我不揍扁了他才怪！

小　妞　　爸爸呢，干脆就不回来！

四　嫂　　甭提他！他回来，我要不跟他拼命，我改姓！

疯　子　　（在屋里，数来宝）叫四嫂，别去拼，一日夫妻百日恩！

娘　子　　（把隔夜的窝头蒸上）你给我起来，屋里精湿的，躺什么劲儿！

疯　子　　叫我起，我就起，尊声娘子别生气！

小　妞　　疯大爷，快起呀，跟我玩！

四　嫂　　你敢去玩！快快倒水去，弄完了我好做活！晌午的饭还没辙哪！

疯　子　　（穿破夏布大衫，手持芭蕉扇，一劲地扇，似欲赶走臭味；出来，向大家点头）王大妈！娘子！列位大嫂！姑娘们！

小　妞　　（仍不肯去倒水）大爷！唱！唱！我给你打家伙！

四　嫂　　（过来）先干活儿！倒在沟里去！

　　　　　〔妞子出去。

娘　子　　你这么大的人，还不如小妞子呢！她都帮着大人做点事，看你！

疯　子　　娘子差矣！（数来宝）想当初，在戏园，唱玩艺，挣洋钱，欢欢喜喜天天像过年！受欺负，丢了钱，臭鞋、臭袜、臭沟、臭水、臭人、臭地熏得我七窍冒黑烟！（弄水洗脸）

娘　子　　你呀！我这辈子算倒了霉啦！

四　嫂　　别那么说，他总比我的那口子强点，他不是这儿（指头部）有点毛病吗？我那口子没毛病，就是不好好地干！拉不着钱，他泡蘑菇；拉着钱，他能一下子都喝了酒！

疯　子	（一边擦脸，一边说）我这里，没毛病，臭沟熏得我不爱动。
	〔外面有吆喝豆腐声。
疯　子	有一天，沟不臭，水又清，国泰民安享太平。（坐下吃窝头）
小　妞	（进来，模仿数来宝的竹板声）呱唧呱唧呱唧呱。
娘　子	（提起香烟篮子）王大妈，四嫂，多照应着点，我上市去啦。
大　妈	街上全是泥，你怎么摆摊子呢？
娘　子	我看看去！我不弄点钱来，吃什么呢？这个鬼地方，一阴天，我心里就堵上个大疙瘩！赶明儿六月连阴天，就得瞪着眼挨饿！（往外走，又立住）看，天又阴得很沉！
小　妞	妈，我跟娘子大妈去！
四　嫂	你给我乖乖地在这里，哪儿也不准去！（扫阶下的地）
小　妞	我偏去！我偏去！
娘　子	（在门口）妞子，你等着，我弄来钱，一定给你带点吃的来。乖！外边呀，精湿烂滑的，滑到沟里去可怎么办！
疯　子	叫娘子，劳您驾，也给我带个烧饼这么大。（用手比，有碗那么大）
娘　子	你呀，呸！烧饼，我连个芝麻也不会给你买来！（下）
小　妞	疯大爷，娘子一骂你，就必定给你买好吃的来！
四　嫂	唉，娘子可真有本事！
疯　子	谁说不是！我不是不想帮忙啊，就是帮不上！看她这么打里打外的，我实在难受！可是……唉！什么都甭说了！
赵　老	（出来）哎哟！给我点水喝呀！
疯　子	赵大爷醒啦！
二　春	（跑过去）怎么啦？怎么啦？
小　妞	
大　妈	只顾了穷忙，把他老人家忘了。二春，先坐点开水！
二　春	（往回跑）我找余子去。（入屋中）

四　嫂　（开始坐在凳子上做活）赵大爷，你要点什么呀？

疯　子　丁四嫂，你很忙，侍候病人我在行！

二　春　（提斧子出来，将壶中水倒入斧子，置炉上，去看看缸）妈，水
　　　　就剩了一点啦！

小　妞　我打水去！

四　嫂　你歇着吧！那么远，满是泥，你就行啦？

疯　子　我弄水去！不要说，我无能，沏茶灌水我还行！帮助人，真体
　　　　面，什么活儿我都干！

大　妈　（立起）大哥，是发疟子吧？

赵　老　（点头）唉！刚才冷得要命，现在又热起来啦！

疯　子　王大妈，给我桶。

大　妈　四嫂，教妞子帮帮吧！疯子笨手笨脚的，再滑到臭沟里去！

四　嫂　（迟顿了一下）妞子，去吧！可留点神，慢慢的走！

小　妞　疯大爷，咱们俩先抬一桶；来回二里多地哪！多了抬不动！（找
　　　　到木棍）你拿桶。

二　春　（把桶递给疯子）不脱了大褂呀？省得溅上泥点子！

疯　子　（接桶）我里边，没小褂，光着脊梁不像话！

小　妞　呱唧呱唧呱唧呱。（同疯子下）

大　妈　大哥，找个大夫看看吧？

赵　老　有钱，我也不能给大夫啊！唉！年年总有这么一场，还老在这个
　　　　时候！正是下过雨，房倒屋塌，有活做的时候，偏发疟子！打过
　　　　几班儿呀，人就软得像棉花！多么要命！给我点水喝呀，我渴！

大　妈　二春，扇扇火！

赵　老　善心的姑娘，行行好吧！

四　嫂　赵大爷，到药王庙去烧股香，省得疟子鬼儿老跟着您！

二　春　四嫂，蚊子叮了才发疟子呢。看咱们这儿，蚊子打成团。

大　妈	姑娘人家，少说话；四嫂不比你知道的多！（又坐下）
二　春	（倒了一黄砂碗开水，送到病人跟前）您喝吧，赵大爷！
赵　老	好姑娘！好姑娘！这碗热水救了老命喽！（喝）
二　春	（看赵老用手赶苍蝇，借来四嫂的芭蕉扇给他扇）赵大爷，我这可真明白了姐姐为什么一去不回头！
大　妈	别提她，那个没良心的东西！把她养大成人，聘出去，她会不来看我一眼！二春，你别再跟她学，扔下妈妈没人管！
二　春	妈，您也难怪姐姐。这儿是这么脏，把人熏也熏疯了！
大　妈	这儿脏，可有活儿干呢，九城八条大街，可有哪儿能像这里挣钱这么方便？就拿咱们左右的邻居说，这么多人家里只有程疯子一个闲人。地方干净有什么用，没得吃也得饿死！
二　春	这儿挣钱方便，丢钱也方便。一下雨，摆摊子的摆不上，卖力气的出不去，不是瞪着眼挨饿？臭水往屋里跑，把什么东西都淹了，哪样不是钱买的？
四　嫂	哼，昨儿个夜里，我蹲在炕上，打着伞，把这些背心顶在头上。自己的东西弄湿了还好说，弄湿了活计，赔得起吗！
二　春	因为脏，病就多。病了耽误做活，还得花钱吃药！
大　妈	别那么说。俗话说得好："不干不净，吃了没病！"我在这儿住了几十年，还没敢抱怨一回！
二　春	赵大爷，您说。您年年发疟子，您知道。
大　妈	你教大爷歇歇吧，他病病歪歪的！我明白你的小心眼里都憋着什么坏呢！
二　春	我憋着什么坏？您说！
大　妈	哼，没事儿就往你姐姐那儿跑。她还不叽叽咕咕，说什么龙须沟脏，龙须沟臭！她也不想想，这是她生身之地；刚离开这儿几个月，就不肯再回来，说一到这儿就要吐；真遭罪呀！甭你小眼睛

眨巴眨巴地看着我！我不再上当，不再把女儿嫁给外边人！

二　春　　那么我一辈子就老在这儿？连解手儿都得上外边去？

大　妈　　这儿不分男女，只要肯动手，就有饭吃；这是真的，别的都是瞎

　　　　　扯！这儿是宝地！要不是宝地，怎么越来人越多？

二　春　　没看见过这样的宝地！房子没有一间整的，一下雨就砸死人，宝

　　　　　地！

赵　老　　姑娘，有水再给我点！

二　春　　（接碗）有，那点水都是您的！

赵　老　　那敢情好！

大　妈　　您不吃点什么呀？

赵　老　　不想吃，就是渴！

四　嫂　　发疟子伤气，得吃呀，赵大爷！

二　春　　（端来水）给您！

赵　老　　劳驾！劳驾！

二　春　　不劳驾！

赵　老　　姑娘，我告诉你几句好话。

二　春　　您说吧！

赵　老　　龙须沟啊，不是坏地方！

大　妈　　我说什么来着？赵大爷也这么说不是？

赵　老　　地好，人也好。就有两个坏处。

二　春　　哪两个？

四　嫂　　（拿着活计凑过来）您说说！

赵　老　　做官的坏，恶霸坏！

大　妈　　大哥，咱们说话，街上听得见，您小心点！

　　　　　〔天阴上来，阳光被云遮住。

赵　老　　我知道！可是，我才不怕！六十岁了，也该死了，我怕什么？

大　妈　　别那么说呀，好死不如赖活着！

赵　老　　做官儿的坏……

　　　　　〔刘巡长，腰带在手中拿着，像去上班的样子，由门外经过。

大　妈　　（打断赵老的话）赵大爷，有人……（二春急跑到大门口去看）
　　　　　二春，过来！

二　春　　（在门口）刘巡长！

四　嫂　　（跑到门口）刘巡长，进来坐坐吧！

巡　长　　四嫂子，我该上班儿了。

四　嫂　　进来坐坐，有话跟您说！

巡　长　　（走进来）有什么话呀？四嫂！

四　嫂　　您给二嘎子……

大　妈　　啊，刘巡长，怎么这么闲在呀？

巡　长　　我正上班儿去四嫂子把我叫住了。（转身）赵大爷，您好吧？

大　妈　　哪儿呀，又发上疟子啦！

巡　长　　这是怎么说的！吃药了吗？

赵　老　　我才不吃药！

巡　长　　总得抓剂药吃！你要是老不好，大妈，四嫂都得给您端茶送水
　　　　　的……

二　春　　不要紧，有我侍候他呢！

巡　长　　那也耽误做活呀！这院儿里谁也不是有仨有俩的。就拿四嫂说，
　　　　　丁四成天际不照面……

四　嫂　　可说的是呢！我请您进来，就为问问您给二嘎子找个地方学徒的
　　　　　事，怎么样了呢？

巡　长　　我没忘了，可是，唉，这年月，物价一天翻八个跟头，差不多的
　　　　　规矩买卖全关了门，您叫我上哪儿给他找事去呢！

大　妈　　唉，刘巡长的话也对！

四　嫂　　刘巡长，二嘎子呀可是个肯下力、肯吃苦的孩子！您就多给分分心吧！

巡　长　　得，四嫂，我必定在心！我说四嫂，教四爷可留点神，别喝了两盅，到处乱说去！（低声）前儿个半夜里查户口，又弄下去五个！硬说人家是……（回头四望，做"八"的手势）是这个！多半得……唉，都是中国人，何必呢？这玩艺，我可不能干！

赵　老　　对！

四　嫂　　听说那回放跑了俩，是您干的呀？

巡　长　　我的四奶奶！您可千万别瞎聊啊，您要我的脑袋搬家是怎么着？

四　嫂　　您放心，没人说出去！

二　春　　刘巡长，您不会把二嘎子荐到工厂去吗？我还想去呢！

四　嫂　　对，那敢情好！

大　妈　　二春，你又疯啦？女人家上工厂！

巡　长　　正经工厂也都停了车啦！您别忙，我一定给想办法！

四　嫂　　我谢谢您啦！您坐这儿歇歇吧！

巡　长　　不啦，我呆不住！

四　嫂　　歇一会儿，怕什么呢？（把疯子的板凳送过来，刘巡长只好坐下）

赵　老　　我刚才说的对不对？做官的坏！做官的坏，老百姓就没法活下去！大小的买卖、工厂，全教他们接收的给弄趴下啦，就剩下他们自己肥头大耳朵地活着！

二　春　　要不穷人怎么越来越多呢！

大　妈　　二春，你少说话！

赵　老　　别的甭说，就拿咱们这儿这条臭沟说吧，日本人在这儿的时候，咱们捐过钱，为挖沟，沟挖了没有？

二　春　　没有！捐的钱也没影儿啦！

大　妈	二春,你过来!（二春走回去）说话小心点!

◎ 龙须沟剧照（二）。

赵　老　日本人滚蛋了以后,上头说把沟堵死。好嘛,沟一堵死,下点雨,咱们这儿还不成了海?咱们就又捐了钱,说别堵啊,得挖。可是,沟挖了没有?

四　嫂　他妈的,那些钱又教他们给吃了,丫头养的!

大　妈　四嫂,嘴里干净点,这儿有大姑娘!

二　春　他妈的!

大　妈　二春!

赵　老　程疯子常说什么"沟不臭,水又清,国泰民安享太平。"他说得对,他不疯!有了清官,才能有清水。我是泥水匠,我知道:城里头,大官儿在哪儿住,哪儿就修柏油大马路;谁做了官,谁就盖高楼大瓦房。咱们穷人哪,没人管!

巡　长　一点不错!

四　嫂　捐了钱还教人家白白地吃了去!

赵　老　有那群做官的,咱们永远得住在臭沟旁边。他妈的,你就说,全城到处有自来水,就是咱们这儿没有!

大　妈　就别抱怨啦,咱们有井水吃还不念佛?

四　嫂　苦水呀,王大妈!

大　妈　也不太苦,二性子!

二　春　妈,您怎这么会对付呢?

大　妈　你不将就,你想跟你姐姐一样,嫁出去永远不回头!你连一丁点孝心也没有!

赵　老　刘巡长,上两次的钱,可都是您经的手!我问你,那些钱可都上哪儿去了？

巡　长　您问我，我可问谁去呢？反正我问心无愧！（站起来，走到赵老面前）要是我从中赚过一个钱，天上现在有云彩，教我五雷轰顶！人家搂钱，我挨骂，您说我冤枉不冤枉！

赵　老　街坊四邻倒是都知道你的为人，都说你不错！

巡　长　别说了，赵大爷！要不是一家五口累赘着我呀！我早就远走高飞啦，不在这儿受这份窝囊气！

赵　老　我明白，话又说回来，咱们这儿除了官儿，就是恶霸。他们偷，他们抢，他们欺诈，谁也不敢惹他们。前些日子，张巡官一管，肚子上挨了三刀！这成什么天下！

巡　长　他们背后有撑腰的呀，杀了人都没事！

大　妈　别说了，我直打冷战！

赵　老　别遇到我手里！我会跟他们拼！

大　妈　新鞋不踩臭狗屎呀！您到茶馆酒肆去，可千万留点神，别乱说话！

赵　老　你看着，多咱他们欺负到我头上来，我教他们吃不了兜着走！

巡　长　我可真该走啦！今儿个还不定有什么蜡坐呢！（往外走）

四　嫂　（追过去）二嘎子的事，您可给在点心哪！刘巡长。

巡　长　就那么办，四嫂！（下）

四　嫂　我这儿道谢啦！

大　妈　要说人家刘巡长可真不错！

赵　老　这样的人就算难得！可是，也做不出什么事儿来！

四　嫂　他想办出点事来，一个人也办不成呀！

〔丁四无精打采地进来。

四　嫂　嗨！你还回来呀？！

丁　四　你当我爱回来呢！

四　嫂　不爱回来，就再出去！这儿不短你这块料！

〔丁四不语，打着呵欠直向屋子走去。

四　嫂　（把他拦住）拿钱来吧！

丁　四　一回来就要钱哪？

四　嫂　那怎么着？！家里还揭不开锅呢！

丁　四　揭不开锅？我在外边死活你管了吗？

四　嫂　我们娘几个死活谁管呢？甭废话，拿钱来。

丁　四　没钱！

四　嫂　钱哪儿去啦？

丁　四　交车份了。

四　嫂　甭来这一套！你当我不知道呢！不定又跑到哪儿喝酒去了。

丁　四　那你管不着。大爷我自个挣的自个花，你打算怎么着吧！你说！

四　嫂　我打算怎么着？这破家又不是我一个人的！好吧！咱谁也甭管！

　　　　（说着把活计扔下）

丁　四　你他妈的不管，活该！

四　嫂　怎么着？你一出去一天，回来锁子儿没有，临完了，把钱都喝了
　　　　猫儿尿！

丁　四　我告诉你，少管我的闲事！

四　嫂　什么？不管？家里揭不开锅，你可倒好……

丁　四　我不对，我不该回来，大爷我走！

〔四嫂扯住丁四，丁四抄起门栓来要打四嫂，二春跑过去把门栓抢
过来。

赵　老　（大吼）丁四！

〔丁四被赵老的怒吼声震住，低头不语，往屋门口走。四嫂坐下哭，
二春蹲下去劝。

赵　老　这是你们丁家的事，按理说我可不该插嘴，不过咱们爷儿们住街
坊，也不是一年半年啦，总算是从小儿看你长大了的，我今儿个

可得说几句讨人嫌的话……

丁　四　（颓唐地坐下）赵大爷，您说吧！

赵　老　四嫂，你先别这么哭，听我说。（四嫂止住哭声）你昨儿晚上干
　　　　什么去啦？你不知道家里还有三口子张着嘴等着你哪？孩子们是
　　　　你的，你就不惦记着吗？

丁　四　（眼泪汪汪地）不是，赵大爷！我不是不惦记孩子，昨儿个整天
　　　　的下雨，没什么座儿，挣不着钱！晚上在小摊儿坐着，您猜怎么
　　　　着，晌午六万一斤的大饼，晚上就十二万啦！好家伙，交完车份
　　　　儿，就没了钱了。东西一天翻十八个跟头，您不是不知道！

赵　老　唉！这个物价呀，就要了咱们穷人的命！可是你有钱没钱也应该
　　　　回家呀，总不照面儿不是一句话啊！就说为你自个儿想，半夜三
　　　　更住在外边，够多悬哪！如今晚儿天天半夜里查户口，一个说不
　　　　对劲儿，轻了把你拉去当壮丁，当炮灰，重了拿你当八路，弄去
　　　　灌凉水轧杠子，磨成了灰还不知道是怎样死的呢！

丁　四　这我都知道。他妈的我们蹬三轮儿的受的这份气，就甭提了。就
　　　　拿昨儿个说吧，好容易遇上个座儿，一看，可倒好，是个当兵的。
　　　　没法子，拉吧，打永定门一直转悠到德胜门脸儿，上边淋着，底
　　　　下蹚着，汗珠子从脑瓜顶儿直流到脚底下。临完，下车一个子儿
　　　　没给还不算，还差点给我个大脖拐！他妈的，坐完车不给钱，您
　　　　说是什么人头儿！我刚交了车，一看掉点儿了，我就往家里跑。没

几步，就滑了我俩大跟头，您不
信瞅瞅这儿，还有伤呢！我一
想，这溜儿更过不来啦，怕掉到
沟里去，就在刘家小茶馆蹲了半
夜。我没睡好，提心吊胆的，怕
把我拉走当壮丁去！跟您说吧，

○龙须沟剧照（三）。

有这条臭沟，谁也甭打算好好的活着！

〔四邻的工作声——打铁、风箱、织布声更大了一点。

四　嫂　甭拉不出屎来怨茅房！东交民巷、紫禁城倒不臭不脏，也得有尊
　　　　驾的份儿呀！你听听，街坊四邻全干活儿，就是你没有正经事儿。

丁　四　我没出去拉车？我天天光闲着来着？

四　嫂　五行八作，就没您这一行！龙须沟这儿的人都讲究有个正经行
　　　　当！打铁，织布，硝皮子，都成一行；你算哪一行？

丁　四　哼，有这一行，没这一行，蹬上车我可以躲躲这条臭沟！我是属
　　　　牛的，不属臭虫，专爱这块臭地！

赵　老　丁四，四嫂，都少说几句吧……

　　　　〔刘巡长上。

赵　老　怎么，刘巡长……

巡　长　我说今儿个又得坐蜡不是?

四　嫂　刘巡长，什么事呀?

巡　长　唉，没法子，又教我来收捐！

众　人　什么，又收捐?！

巡　长　是啊，您说这教我多为难?

丁　四　家家连窝头都混不上呢，还交得起他妈的捐！

巡　长　说得是啊！可是上边交派下来，您教我怎么办?

赵　老　我问你，今儿个又要收什么捐?

巡　长　反正有个"捐"字，您还是养病要紧，不必细问了。捐就是捐，
　　　　您拿钱，我收了交上去，咱们心里就踏实啦。

赵　老　你说说，我听听！

巡　长　您老人家一定要知道，跟您说吧！这一回是催卫生捐。

赵　老　什么捐?

巡　长　卫生捐。

赵　老　　　（狂笑）卫生捐？卫生——捐！（再狂笑）丁四，哪儿是咱们的卫生啊！刘巡长，谁出这样的主意，我操他的八辈祖宗！（丁四搀他入室）

巡　长　　　唉！我有什么办法呢？

大　妈　　　您可别见怪他老人家呀！刘巡长！要是不发烧,他不会这么乱骂人！

二　春　　　妈，你怎这么怕事呢？看看咱们这个地方，是有个干净的厕所，还是有条干净的道儿？谁都不管咱们,咱们凭什么交卫生捐呢？

大　妈　　　我的小姑奶奶，你少说话！巡长，您多担待，她小孩子，不懂事！

巡　长　　　王大妈，唉，我也是这儿的人！你们受什么罪，我受什么罪！别的就不用说了！（要走）

大　妈　　　不喝碗茶呀？真，您办的是官事，不容易！

巡　长　　　官事，对，官事！哈哈！

四　嫂　　　大估摸一家得出多少钱呢？

丁　四　　　（由赵老屋中出来）你必得问清楚，你有上捐的瘾！

四　嫂　　　你没有那个瘾，交不上捐你去坐监牢，德行！

丁　四　　　刘巡长，您对上头去说吧，给我修好了路，修好了沟，我上捐。不给我修啊，哼，我没法拉车，也就没钱上捐，要命有命，就是没钱！

巡　长　　　四爷，您是谁？我是谁？能跟上头说话？

大　妈　　　丁四，你就别为难巡长了吧！当这份差事，不容易！

　　　　　　〔程疯子与小妞抬着水桶，进来。

疯　子　　　借借光，水来了！刘巡长，您可好哇？

巡　长　　　疯哥你好？

　　　　　　〔大妈把缸盖连菜刀，搬到自己坐的小板凳上，二春接过桶去，和大妈抬着往缸里倒，疯子也想过去帮忙。

丁　四　　　喝，两个人才弄半桶水来？

小　妞	疯大爷晃晃悠悠，要摔七百五十个跟头，水全洒出去啦！
二　春	没有自来水，可要卫生捐！
巡　长	我又不是自来水公司，我的姑娘！再见吧！（下）
丁　四	（对程）看你的大褂，下边成了泥饼子啦！
疯　子	黑泥点儿，白大褂儿，看着好像一张画儿。（坐下，抠大衫上的泥）
丁　四	凭这个，咱们也得上卫生捐！
四　嫂	上捐不上捐吧，你该出去奔奔，午饭还没辙哪！
丁　四	小茶馆房檐底下，我蹲了半夜，难道就不得睡会儿吗？
四　嫂	那，我问你今儿个吃什么呢？
丁　四	你问我，我问谁去？
大　妈	别着急，老天爷饿不死瞎家雀儿！要不然这么着吧，先打我这儿拿点杂合面去，对付过今儿个，教丁四歇歇，明儿蹚进钱来再还我。
丁　四	王大妈，这合适吗？
大　妈	这算得了什么！你再还给我呀！快睡觉去吧！（推丁四下）
	〔丁四低头入室。二春早已跑进屋去，端出一小盆杂合面来，往丁四屋里送，四嫂跟进去。
二　春	四嫂，搁哪儿呀？
四　嫂	（感激地）哎哟，二妹妹，交给我吧！（下）
	〔二嘎子跑进来，双手捧着个小玻璃缸。
二　嘎	妞子，小妞，快来！看！
小　妞	（跑过来）哟，两条小金鱼！给我！给我！
二　嘎	是给你的！你不是从过年的时候，就嚷嚷着要小金鱼吗？
小　妞	（捧起缸儿来）真好！哥，你真好！疯大爷，来看哪！两条！两条！
疯　子	（像小孩似的，蹲下看鱼。学北京卖金鱼的吆喝）卖大小——小金鱼儿咧！

〔四嫂上。

四　嫂　二嘎子，你一清早就跑出去，是怎回事？说！

二　嘎　我……

四　嫂　金鱼是哪儿来的？

二　嘎　卖鱼的徐六给我的。

四　嫂　他为什么那么爱你呢？不单给鱼，还给小缸！瞧你多有人缘哪！你给我说实话！我们穷，我们脏，我们可不偷！说实话，要不然我揍死你！

丁　四　(在屋内)二嘎子偷东西啦？我来揍他！

四　嫂　你甭管！我会揍他！二嘎子，把鱼给人家送回去，你要是不去，等你爸爸揍上你，可够你受的！去！

小　妞　(要哭)妈，我好容易有了这么两条小鱼！

二　春　四嫂，咱们这儿除了苍蝇，就是蚊子，小妞子好容易有了两条小鱼，让她养着吧！

四　嫂　我可也不能惯着孩子做贼呀！

疯　子　(解大衫)二嘎子，说实话，我替你挨打跟挨骂！

二　嘎　徐六教我给看着鱼挑子，我就拿了这个小缸，为妹妹拿的，她没有一个玩艺儿！

疯　子　(脱下大衫)拿我的大褂还徐六去！

四　嫂　那怎么能呢？两条小鱼儿也没有那么贵呀！

疯　子　只要小妞不落泪，管什么金鱼贵不贵！

二　春　(急忙过来)疯哥，穿上大褂！(把两张票子给二嘎)二嘎子，快跑，给徐六送去。

〔二嘎接钱飞跑而去。

四　嫂　你快回来！

〔天渐阴。

四　嫂	二妹妹，哪有这么办的呢！小妞子，还不过去谢谢王奶奶跟二姑姑哪？
小　妞	（捧着缸儿走过去）奶奶，二姑姑，道谢啦！
大　妈	好好养着哟，别教野猫吃了哟！
小　妞	（把缸儿交给疯子）疯大爷，你给我看着，我到金鱼池，弄点闸草来！红鱼，绿闸草，多么好看哪！
四　嫂	一个人不能去，看掉在沟里头！
	〔四嫂刚追到大门口，妞子已跑远。狗子由另一个地痞领着走来，那个地痞指指门口，狗子大模大样走进来。另一个地痞下。
四　嫂	嗨，你找谁？
狗　子	你姓什么？
四　嫂	我姓丁。找谁？说话！别满院子胡蹓跶！
狗　子	姓程的住哪屋？
二　春	你找姓程的有什么事？
大　妈	少多嘴。（说着想往屋里推二春）
狗　子	小丫头片子，你少问！
二　春	问问怎么了？
大　妈	我的小姑奶奶，给我进去！
二　春	我凭什么进去呀？看他把我怎么样！（大妈已经把二春推进屋中，关门，两手紧把着门口）
狗　子	（一转身看见疯子）那是姓程的不是？
四　嫂	他是个疯子，你找他干什么？
大　妈	是啊，他是个疯子。
狗　子	（与大妈同时）他妈的老娘儿们少管闲事！（向疯子）小子，你过来！
二　春	你别欺负人！

大　妈　（向屋内的二春）我的姑奶奶，别给我惹事啦！

四　嫂　他疯疯癫癫的，你有话跟我说好啦。

狗　子　（向四嫂）你这娘们再多嘴，我可揍扁了你！

四　嫂　（搭讪着后退）看你还怪不错的呢！

疯　子　（为了给四嫂解除威胁，自动地走过来）我姓程，您哪，有什么
　　　　话您朝着我说吧！

狗　子　小子，你听着，我现在要替黑旋风大太爷管教管教你。不管他妈
　　　　的是你，是你的女人，还是你的街坊四邻，都应当记住：你们上
　　　　晓市做生意，要有黑旋风大太爷的人拿你们的东西，就是赏你们
　　　　脸。今天，我姓冯的，冯狗子，赏给你女人脸，拿两包烟卷，她
　　　　就喊巡警，不知死的鬼！我不跟她打交道，她是个不禁揍的老娘
　　　　们；我来管教管教你！

娘　子　（挎着被狗子踢坏了的烟摊子，气愤，忍泪，低着头回来。刚到
　　　　门口，看见狗子正发威）冯狗子！你可别赶尽杀绝呀！你硬抢硬
　　　　夺，踢了我的摊子不算，还赶上门来欺负人！

　　　　〔四嫂接过娘子的破摊子，娘子向狗子奔去。

狗　子　（放开疯子，慢慢一步一步紧逼娘子）踢了你的摊子是好的，惹
　　　　急了咱爷儿们，教你出不去大门！

娘　子　（理直气壮地，但是被逼得往后退）你讲理不讲理？你凭什么这
　　　　么霸道？走，咱们还是找巡警去！

狗　子　（示威）好男不跟女斗。（转向疯子）小子，我管教管教你！（狠
　　　　狠地打疯子几个嘴巴，打得顺口流血）

　　　　〔疯子老实地挨打，在流泪；娘子怒火冲天，不顾一切地冲向狗子
　　　　拼命，却被狗子一把抓住。

　　　　〔二春正由屋内冲出，要打狗子，大妈惊慌地来拉二春，四嫂想救
　　　　娘子又不敢上前。

赵　老　　（由屋里气得颤巍巍地出来）娘子，四奶奶，躲开！我来斗斗他！打人，还打个连苍蝇都不肯得罪的人，要造反吗？（拿起大妈的切菜刀）

狗　子　　老梆子你管他妈的什么闲事，你身上也痒痒吗？

大　妈　　（看赵老拿起她的切菜刀来）二嘎的妈！娘子！拦住赵大爷，他拿着刀哪！

赵　老　　我宰了这个王八蛋！

娘　子　　宰他！宰他！

二　春　　宰他！宰他！

四　嫂　　（拉着娘子，截住赵老）丁四，快出来，动刀啦！

大　妈　　（对冯狗子）还不走吗？他真拿着刀呢！

狗　子　　（见势不佳）搁着你的，放着我的，咱们走对了劲儿再瞧。

　　　　　　（下）

二　春　　你敢他妈的再来！

丁　四　　（揉着眼出来）怎回事？怎回事？

四　嫂　　把刀抢过来！

丁　四　　（过去把刀夺过来）赵大爷，怎么动刀呢！

大　妈　　（急切地）赵大爷！赵大爷！您这是怎么嘹？怎么得罪黑旋风的人呢？巡官、巡长，还让他们扎死呢，咱们就惹得起他们啦？这可怎么好呕！

赵　老　　欺负到程疯子头上来，我受不了！我早就想斗斗他们，龙须沟不能老是他们的天下！

大　妈　　娘子，给疯子擦擦血，换件衣裳！赶紧走，躲躲去。冯狗子调了人来，还了得！丁四，陪着赵大爷也躲躲去，这场祸惹得不小！

娘　子　　我骂疯子，可以；别人欺负他，可不行！我等着冯狗子……

大　妈　　别说了，还是快走吧！

赵　老　我不走！我拿刀等着他们！咱们老实，才会有恶霸！咱们敢动刀，恶霸就夹起尾巴跑！我不发烧了，这不是胡话。

大　妈　看在我的脸上，你躲躲！我怕打架！他们人多，不好惹！打起来，准得有死有活！

赵　老　我不走，他们不会来！我走，他们准来！

丁　四　您的话说对了！我还睡我的去！（入室）

娘　子　疯子，要死死在一块，我不走！

大　妈　这可怎么好呕！怎么好呕！

二　春　妈，您怎这么胆小呢！

大　妈　你大胆儿！你不知道他们多么厉害！

疯　子　（悲声地）王大妈，丁四嫂，说来说去都是我不好！（颓丧地坐下）想当初，我在城里头作艺，不肯低三下四地侍候有势力的人，教人家打了一顿，不能再在城里登台。我到天桥来下地，不肯给胳臂钱，又教恶霸打个半死，把我扔在天坛根。我缓醒过来，就没离开这龙须沟！

娘　子　别紧自伤心啦！

二　春　让他说说，心里好痛快点呀！

疯　子　我是好人，二姑娘，好人要是没力气啊，就成了受气包儿！打人是不对的，老老实实地挨打也不对！可是，我只能老老实实地挨打……哼，我不想做事吗？老教娘子一个人去受累，成什么话呢！

娘　子　（感动）别说啦！别说啦！

疯　子　可是我没力气，做小工子活，不行；我只是个半疯子！（要犯疯病）对，我走！走！打不过他们，我会躲！

〔二嘎子跑进来，截住疯子。

二　嘎　妈，我把钱交给了徐六，他没说什么。妈，远处又打闪哪！又要下雨！

◎龙须沟剧照（四）。

娘　子　（拉住疯子）别再给我添麻烦吧，疯子！

四　嫂　（看看天，天已阴）唉！老天爷，可怜可怜穷人，别再下雨吧！
　　　　屋子里，院子里，全是湿的，全是脏水，教我往哪儿藏，哪儿躲
　　　　呢！有雷，去劈那些恶霸；有雨，往田里下；别折磨我们这儿的
　　　　穷人了吧！

　　　　〔隐隐有雷声。

疯　子　（呆立看天）上哪儿去呢？天下可哪有我的去处呢？

　　　　〔雷响。

娘　子　快往屋里抢东西吧！

　　　　〔大家都往屋里抢东西，乱成一团，暴雨下来。

　　　　〔巡长跑上。

巡　长　了不得啦！妞子掉在沟里啦！

众　人　妞子……（争着往外跑）

四　嫂　（狂喊）妞子！（跑下）

　　　　　　　　　　　　　　　　　——狂风大雨中幕徐闭

赏析

一、《龙须沟》的三个版本

《龙须沟》有三个版本：1951年初，舞台第一版，1952年电影版，1953年末，舞台第二版。

1951年舞台本是最接近老舍先生原著的，人物都依原著，当时也听到对刘巡长的意见。大意是：警察是专政机器，不能够新旧社会都使用一个人，这版我们未改。

当时对两篇评论大家特别觉得写得好：一篇是当时中国青年艺术剧院院长廖承志看戏后给李伯钊院长的祝贺信。他说："这戏充满着爱，感情，并且每个人物都是有思想的，所创造的形象是真实的，言语是活生生的……"这里"思想"，"形象"，"语言"还在其次，宝贵的是廖承志同志一眼看到了"这戏充满着爱"，这就是他敏锐地看到了作者老舍的心，一颗很大的爱心！

还有一篇是周扬同志的文章，《从〈龙须沟〉学习什么？》（1951年3月4日《人民日报》），周扬同志说："《龙须沟》并没有什么特别的故事，老舍先生不过忠实记录了修龙须沟的事件，但他没有做新闻报道式的纪录，也没有写真人真事，他创造了几个真正活生生的有性格的人物，他使这些人物都和龙须沟联系起来"，他并且"锐利地观察到了革命的影响所引起的各种人物深刻的心理变化"，这就造就了《龙须沟》这篇华章。

1952年电影版就有了变化，老舍的刘巡长没有了，换成一个拧眉瞪目的恶人。演员韩焱是北京剧社的老演员，脾气也好，他本以为是演第一版舞台上的那个巡长，突然变了，使他很为难，找我们几个帮助，我们也没办法。我们在龙须沟体验生活时，那位巡长与原剧本差不多，也有相似的经历，解放前为党在地下做过工作。找个"拧眉瞪目"的也没有现成的人。韩焱同志非常用功，我们也帮不上，只好那么演，那么拍了。

另外，为周扬同志十分称道的狗子找疯子来赔不是，疯子看着狗子手说了一句"你的手也是人手啊？！"那一个片断，也为电影所不取。为什么呢？不明白，这个情节从政策上，人道上都没有什么错误啊！

刘巡长与冯狗子，是老

◎1951年老舍在北京人民艺术剧院。

舍在小院之外的两个重要的人物，他说："院外的人物，只有刘巡长和冯狗子。刘巡长大致就是《我这一辈子》中的人物，冯狗子只是个小流氓而已"。他还说："在我想到一个人之前，我已阅读了好几篇关于龙须沟的社会调查报告；可是，这些报告并没能拦住我去运用自己的想象，赶到我已想出这几个人物，我才叫他们与报告中的资料相联系。"——老舍孕育一个人物仿佛真是造成一条生命，而我们却往往没有一颗乳母的心。

老舍是要用人物心理深刻的变化，反映龙须沟的革命和建设的发展的。对此我们也没有充分给予注意。解放后的部分，就有些新闻片的味道了。这个毛病被我们的前苏联的电影代表团所发现，代表团的成员是契尔卡索夫、拉迪尼娜、契尔珂夫等。他们看了片子，说了些好话，但也友好地指出："革命前后，其间好像有一个魔术棒，只要它一挥，革命后就都好了。"这个意见是拉迪尼娜提的。

我参加了这部片子的拍摄，但那时也没有想到这些，只是"文革"之后这个片子重放，我才愈看愈觉得遗憾的。

1953年舞台第三版：

不知是谁的手笔，刘巡长离老舍更远了，比电影版的还要远，一幕中上了两次，第一次是为"分局的三太太，新添了个少爷，要做满月，巡官分派下来，叫各段凑份子"。第二次才是讨"卫生捐"。

1953年1月人民文学出版社出版了老舍手定的本。刘巡长恢复1951年版，回归自己的本来面目。

二、我怎样认识程疯子

老舍先生简单几笔就勾勒出一个让人喜爱的程疯子。这人物并能给演员一种强烈的冲动和欲望，要求去表演他。一旦开始了人物的创造，就发现还有不少问题需要研究、补充。

首先，我想到有两个问题：一个是角色的出身和历史的问题，一个是他将给观众留下个什么印象的问题。两个问题是紧密联系着的。

老舍先生的初稿，把疯子解释为"原是有钱人，后因没落搬到龙须沟来"。这样给像我这样的演员带来的苦恼很大，因为程疯子解放后在接受新政策上，是积极的，是没有抵触情绪的。我想，倘若他的出身只单纯地是个有钱的人，他以后似乎就不会得到那样的发展，加上程疯子再说几句"有一天，沟不臭，水又清，国泰民安享太平"的话，就会使观众感觉他有些来路不清，神秘不凡，甚至像是"革命的候鸟"。事实上，最先嗅到革命气息而挺身参加行动的是工人、农民，不会是一个没落的、神经不正常的人。不久以后，老舍先生把文学剧本的定稿拿来，他把程疯子的出身做了简单而是决定性的补充，把这个角色定成"原是相当不错的艺人"。

程疯子成了艺人，问题已经获得基本解决。所遗留下来的问题，就是要更具体地定出他是个什么艺人？

旧社会里艺人大都受压迫，但却未必都疯。凡是疯了的，我想除了社会原因以外，相对地说，也多少有些他自己的弱点，大家都同是受压迫的，为什么单独他就疯了呢？那一定是有个人的思想上成为决定因素的某些弱点。为了使疯子的那些弱点（如自尊、不实际，对现在不满就逃避现实……）找到合理的根据，我把他定成旗人子弟，唱单弦的。因为这些子弟们从小总是娇生惯养，不知道一粥一饭的来处不易。据了解，这些人都嗜唱单弦，原来还都是"票友"，但是，出身这样不好的人，何以又会有那么样一种善良的心地呢？我们按程疯子的年龄推算，在他小的时候，正是民国初年，满族贵族已没落的时候了。我记得自己小时候听长辈讲说往事，总离不开分家、妯娌吵架、卖产业等等内容；疯子这位子弟，就是在那个环境中长大的，而且，在大家庭里，或是因为自己的生母是被迫买来的小老婆等原因，已经是处在被欺侮的地位了。随后，他在不断地"没落"过程中，了解到更多的事情，对于好歹就大致有个分寸了。因此他可以同情许多受委屈的人，但是"绅士出身像害天花病似的……就是病好了之后，满脸的疤总是去不掉的"（《夜店》台词）。他总觉得自己毕竟与大家还有不同，甚至能以自己还曾经是个虽是受委屈的少爷而骄傲了。

其次的问题是"疯子究竟疯不疯呢？"焦菊隐先生介绍我看法国作家法朗士的《论文艺中的疯子》，法朗士说："在疯子眼里，所有的别人都是疯子。"按说疯是一种病，什么人疯，什么人不疯，科学上应有标准，但作为一个演员创造一个疯子，我是接受了法朗士的话的，我疯不疯由医生判断，反正我有我的逻辑。在排演场中，只要我一意识到自己演的是个疯子，就会制造出许多莫须有的眼光和动作，结果会丢掉我的角色。焦先生也很注意这一点，发现了就给我指出来。

这位旗人子弟出身的可怜人，所以被人叫成疯子，可能有两个原因，一个是属于思想上的，照我们现在的分析，他可能是个抱有"个人英雄主义"思想的人，自卑自尊错综在一起，他想不明白他为什么竟会落到这步田地，他以自己如今靠吃老婆度日为苦恼，他想他应该出去做事情，也应该有事情让他做，但事实上没有。他

◎《龙须沟》剧照（五）。

对娘子是满怀惭愧，于是他也就想，总有一天做点事让大家看看。除了对赵大爷充满了尊敬以外，对其他邻居，则认为他自己有与众不同的地方，"好出身"，过过好日子。因此，虽然自己比谁都不如，但还蛮有一种悲天悯人的心理，觉得别人都是可怜人。他自己有个小天地，拼命维系着这个脱离现实的"精神逃避所"，像小孩子吹胰子泡儿一样，觉得它实在好看，同时又生怕它万一破碎了。

　　另一个原因是属于外在的、身体形态上的，正因为他有前面所说的那种思想，和从没有参加过别种劳动，使他浑身必然地，也是习惯地保留着旧艺人气息。他请安、作揖，表示自己有礼有节。他总要穿件"宁穿破，不穿错"的大褂，曾经打过"脚布"的脚，弄得至今腿脚还不利落，头发还能让人想起他梳过辫子的模样……他的这些习惯，和这些没落历史，在他身上所遗留下来的痕迹，也足使龙须沟的人们对他另眼相待了。

　　再有是怎样处理好程疯子这个人物性格的发展。随着故事的进行，时代的变化，他的性格是有很大的发展的。北京解放后，程疯子在人民政府的政策的具体实施感应中，他也开始了自己的改造。我以为在程疯子的思想上，被克服的主要缺点是不实际，因此从不实际到实际是程疯子性格的主要发展过程。

解放前的程疯子，在一种求生不能、求死不得的境界中，勉强培养出一个自己的小天地来。他用回忆自己的过去来安慰自己的现在，用向邻居述说自己，来挽回某些尴尬场面；寄情于孩子，聊以消忧，实在没办法了，挨打出血了，他什么都不能想，竟想起去找一个多年不通音信的现在不知死活的而且不一定甚至绝不会帮他忙的四把弟去。那是社会带给他灾害最大的时候，也是他最不实际的时候。

解放后，疯子从娘子的嘴里，赵大爷的嘴里，和自己的实际利益里逐渐觉察到新和旧的不同。他开始苦恼了，这种苦恼是过去所没有的，这也是他稍稍面向了实际才可能发生的变化。他问臭沟为什么还不修，他也希望能做点事情，像这些问题，都是他在旧社会里所不敢提出来的，甚至是因为深知提也没有用，就连想也不曾去想的。

沟真的修了，而且程疯子也看上自来水了，有事情做了。现实的变革和实际的利益，教育了他，告诉他活着是有指望了，于是他也不再乱想了，安心做事了，他也就实际些了。

程疯子性格的发展与其说是从疯到不疯，不如说是从"不实际"到比较"实际"。因为并没有哪个医生给他治过病，倒是人民政府政策的实施，改造了他的思想，治好了他的大病。

三、关于这出戏

《龙须沟》这出戏在当时演出所取得的"轰动效应"，主要是老舍先生剧作的成功。这出戏，是他一贯的现实主义创作方法和他对新社会无比热爱有机结合的产物。通过每个有血有肉、性格各异的人物和那真实、生动、幽默、深刻的语言，给人们留下了不可磨灭的印象。

当然，焦菊隐先生作为这出戏的导演，功莫大焉。他不仅准确、完整地体现了作者的原意，还在剧院初创时期为剧院培养了一批表演和舞台技术人才，给剧院以后的工作打下良好的基础。

《龙须沟》的演出，还标志着"以北京为中心的戏剧运动的高涨的开始。"这是当时中国青年艺术剧院院长廖承志同志的评语。他说："由去年到今年（指1950至1951），北京演出了很多戏，一般的来说，演出水平是逐步提高了的，到了《龙须沟》可以说是相当一大踏步的前进。这是好现象，是很可喜的现象。从此之后，戏剧必须继续向前进，再不许后退，否则必被观众所否定。戏剧的水平提高了一步，观众也跟着提高了一步……让我们彼此间相互勉励，相互推动，为着继续推动这新高涨共同努力吧！"

（于是之）

◎《龙须沟》的国内外版本。

茶 馆 （节录）

用不着相面，咱们既在江湖内，都是苦命人！

人物表

◎《茶馆》的电影海报。

王利发——男。最初与我们见面，他才20多岁。因父亲早死，他很年轻就做
　　　　　了裕泰茶馆的掌柜。精明、有些自私，而心眼不坏。

唐铁嘴——男。30来岁。相面为生，吸鸦片。

松二爷——男。30来岁。胆小而爱说话。

常四爷——男。30来岁。松二爷的好友，都是裕泰的主顾。正直，体格好。

李　三——男。30多岁。裕泰的跑堂的。勤恳，心眼好。

二德子——男。20多岁。善扑营当差。

马五爷——男。30多岁。吃洋教的小恶霸。

刘麻子——男。30来岁。说媒拉纤，心狠意毒。

康　六——男。40岁。京郊贫农。

黄胖子——男。40多岁。流氓头子。

秦仲义——男。王掌柜的房东。在第一幕里20多岁。阔少，后来成了维新的
　　　　　资本家。

老　人——男。82岁。无倚无靠。

乡　妇——女。30多岁。穷得出卖小女儿。

小　妞——女。10岁。乡妇的女儿。

庞太监——男。40岁。发财之后，想娶老婆。

小牛儿——男。10多岁。庞太监的书童。

宋恩子——男。20多岁。老式特务。

吴祥子——男。20多岁。宋恩子的同事。

康顺子——女。在第一幕中15岁。康六的女儿。被卖给庞太监为妻。

王淑芬——女。40来岁。王利发掌柜的妻。比丈夫更公平正直些。

巡　警——男。20多岁。

报　童——男。16岁。

康大力——男。12岁。庞太监买来的义子，后与康顺子相依为命。

老　林——男。30多岁。逃兵。

老　陈——男。30岁。逃兵。老林的把弟。

崔久峰——男。40多岁。做过国会议员，后来修道，住在裕泰附设的公寓里。

军　官——男。30岁。

王大拴——男。40岁左右，王掌柜的长子。为人正直。

周秀花——女。40岁。大拴的妻。

王小花——女。13岁。大拴的女儿。

丁　宝——女。17岁。女招待。有胆有识。

小刘麻子——男。30多岁。刘麻子之子。继承父业而发展之。

取电灯费的——男。40多岁。

小唐铁嘴——男。30多岁。唐铁嘴之子，继承父业，有做天师的愿望。

明师傅——男。50多岁。包办酒席的厨师傅。

邹福远——男。40多岁。说评书的名手。

卫福喜——男。30多岁。邹的师弟，先说评书，后改唱京戏。

方　六——男。40多岁。打小鼓的，奸诈。

车当当——男。30岁左右。买卖现洋为生。

庞四奶奶——女。40岁。丑恶，要做皇后。庞太监的四侄媳妇。

春　梅——女。19岁。庞四奶奶的丫环。

老　杨——男。30 多岁。卖杂货的。

小二德子——男。30 岁。二德子之子，打手。

于厚斋——男。40 多岁。小学教员，王小花的老师。

谢勇仁——男。30 多岁。与于厚斋同事。

小宋恩子——男。30 来岁。宋恩子之子，承袭父业，做特务。

小吴祥子——男。30 来岁。吴祥子之子，世袭特务。

小心眼——女。19 岁。女招待。

沈处长——男。40 岁。宪兵司令部某处处长。

茶客若干人，都是男的。

茶房一两个，都是男的。

难民数人，有男有女，有老有少。

大兵三五人，都是男的。

公寓住客数人，都是男的。

押大令的兵七人，都是男的。

宪兵四人。男。

傻　杨——男。数来宝的。

第一幕

时　间　一八九八年（戊戌）初秋，康梁等的维新运动失败了。早半天。

地　点　北京，裕泰大茶馆。

人　物　王利发　刘麻子　庞太监　唐铁嘴　康　六　小牛儿

　　　　松二爷　黄胖子　宋恩子　常四爷　秦仲义　吴祥子

　　　　李　三　老　人　康顺子　二德子　乡　妇　茶客甲、

　　　　乙、丙、丁　马五爷　小　妞　茶房一二人

〔幕启：这种大茶馆现在已经不见了。在几十年前，每城都起码有一处。这里卖茶，也卖简单的点心与菜饭。玩鸟的人们，每天在遛够了画眉、黄鸟等之后，要到这里歇歇腿，喝喝茶，并使鸟儿表演歌唱。商议事情的，说媒拉纤的，也到这里来。那年月，时常有打群架的，但是总会有朋友出头给双方调解；三五十口子打手，经调人东说西说，便都喝碗茶，吃碗烂肉面（大茶馆特殊的食品，价钱便宜，做起来快当），就可以化干戈为玉帛了。总之，这是当日非常重要的地方，有事无事都可以来坐半天。

〔在这里，可以听到最荒唐的新闻，如某处的大蜘蛛怎么成了精，受到雷击。奇怪的意见也在这里可以听到，像把海边上都修上大墙，就足以挡住洋兵上岸。这里还可以听到某京戏演员新近创造了什么腔儿，和煎熬鸦片烟的最好的方法。这里也可以看到某人新得到的奇珍——一个出土的玉扇坠儿，或三彩的鼻烟壶。这真是个重要的地方，简直可以算作文化交流的所在。

〔我们现在就要看见这样的一座茶馆。

〔一进门是柜台与炉灶——为省点事，我们的舞台上可以不要炉灶；后面有些锅勺的响声也就够了。屋子非常高大，摆着长桌与方桌，长凳与小凳，都是茶座儿。隔窗可见后院，高搭着凉棚，棚下也有茶座儿。屋里和凉棚下都有挂鸟笼的地方。各处都贴着"莫谈国事"的纸条。

〔有两位茶客，不知姓名，正眯着眼，摇着头，拍板低唱。有两三位茶客，也不知姓名，正入神地欣赏瓦罐里的蟋蟀。两位穿灰色大衫的——宋恩子与吴祥子，正低声地谈话，看样子他们是北衙门的办案的（侦缉）。

〔今天又有一起打群架的，据说是为了争一只家鸽，惹起非用武力解决不可的纠纷。假若真打起来，非出人命不可，因为被约的打

◎《茶馆》剧照。

手中包括着善扑营的哥儿们和库兵，身手都十分厉害。好在，不能真打起来，因为在双方还没把打手约齐，已有人出面调停了——现在双方在这里会面。三三两两的打手，都横眉立目，短打扮，随时进来，往后院去。

〔马五爷在不惹人注意的角落，独自坐着喝茶。

〔王利发高高地坐在柜台里。

〔唐铁嘴趿拉着鞋，身穿一件极长极脏的大布衫，耳上夹着几张小纸片，进来。

王利发　　唐先生，你外边遛跶吧！

唐铁嘴　　（惨笑）王掌柜，捧捧唐铁嘴吧！送给我碗茶喝，我就先给您相相面吧！手相奉送，不取分文！（不容分说，拉过王利发的手来）今年是光绪二十四年，戊戌。您贵庚是……

王利发　　（夺回手去）算了吧，我送给你一碗茶喝，你就甭卖那套生意口啦！用不着相面，咱们既在江湖内，都是苦命人！

　　　　　（由柜台内走出，让唐铁嘴坐下）坐下！我告诉你，你要是不戒了大烟，就永远交不了好运！这是我的相法，比你的更灵验！

〔松二爷和常四爷都提着鸟笼进来，王利发向他们打招呼。他们先把鸟笼子挂好，找地方坐下。松二爷文诌诌的，提着小黄鸟笼；常四爷雄赳赳的，提着大而高的画眉笼。茶房李三赶紧过来，沏上盖碗茶。他们自带茶叶。茶沏好，松二爷、常四爷向邻近的茶座让了让。

松二爷
常四爷　　您喝这个！（然后，往后院看了看）

松二爷　　好像又有事儿？

常四爷　　反正打不起来！要真打的话，早到城外头去啦，到茶馆来干吗？

　　〔二德子，一位打手，恰好进来，听见了常四爷的话。

二德子　　（凑过去）你这是对谁甩闲话呢？

常四爷　　（不肯示弱）你问我哪？花钱喝茶，难道还教谁管着吗？

松二爷　　（打量了二德子一番）我说这位爷，您是营里当差的吧？来，坐下喝一碗，我们也都是外场人。

二德子　　你管我当差不当差呢！

常四爷　　要抖威风，跟洋人干去，洋人厉害！英法联军烧了圆明园，尊家吃着官饷，可没见您去冲锋打仗！

二德子　　甭说打洋人不打，我先管教管教你！（要动手）

　　〔别的茶客依旧进行他们自己的事。王利发急忙跑过来。

王利发　　哥儿们，都是街面上的朋友，有话好说。德爷，您后边坐！

　　〔二德子不听王利发的话，一下子把一个盖碗搂下桌去，摔碎。翻手要抓常四爷的脖领。

常四爷　　（闪过）你要怎么着？

二德子　　怎么着？我碰不了洋人，还碰不了你吗？

马五爷　　（并未立起）二德子，你威风啊！

二德子　　（四下扫视，看到马五爷）喝，马五爷，您在这儿哪？我可眼拙，没看见您！（过去请安）

马五爷	有什么事好好地说，干吗动不动地就讲打？
二德子	嗻，你说得对！我到后头坐坐去。李三，这儿的茶钱我候啦！
	（往后面走去）
常四爷	（凑过来，要对马五爷发牢骚）这位爷，您圣明，您给评评理！
马五爷	（立起来）我还有事，再见！（走出去）
常四爷	（对王利发）邪！这倒是个怪人！
王利发	您不知道这是马五爷呀？怪不得您也得罪了他！
常四爷	我也得罪了他？我今天出门没挑好日子！
王利发	（低声地）刚才您说洋人怎样，他就是吃洋饭的。信洋教，说洋话，有事情可以一直地找宛平县的县太爷去，要不怎么连官面上都不惹他呢！
常四爷	（往原处走）哼，我就不佩服吃洋饭的！
王利发	（向宋恩子、吴祥子那边稍一歪头，低声地）说话请留点神！（大声地）李三，再给这儿沏一碗来！（拾起地上的碎瓷片）
松二爷	盖碗多少钱？我赔！外场人不做老娘们事！
王利发	不忙，待会儿再算吧！（走开）
	〔纤手刘麻子领着康六进来。刘麻子先向松二爷、常四爷打招呼。
刘麻子	您二位真早班儿！（掏出鼻烟壶，倒烟）您试试这个！刚装来的，地道英国造，又细又纯！
常四爷	唉！连鼻烟也得从外洋来！这得往外流多少银子啊！
刘麻子	咱们大清国有的是金山银山，永远花不完！您坐着，我办点小事！
	（领康六找了个座儿）
	〔李三拿过一碗茶来。
刘麻子	说说吧，十两银子行不行？你说干脆的！我忙，没工夫专伺候你！
康 六	刘爷！十五岁的大姑娘，就值十两银子吗？
刘麻子	卖到窑子去，也许多拿一两八钱的，可是你又不肯！

康　六	那是我的亲女儿！我能够……
刘麻子	有女儿，你可养活不起，这怪谁呢？
康　六	那不是因为乡下种地的都没法子混了吗？一家大小要是一天能吃上一顿粥，我要还想卖女儿，我就不是人！
刘麻子	那是你们乡下的事，我管不着。我受你之托，教你不吃亏，又教你女儿有个吃饱饭的地方，这还不好吗？
康　六	到底给谁呢？
刘麻子	我一说，你必定从心眼里乐意！一位在宫里当差的！
康　六	宫里当差的谁要个乡下丫头呢？
刘麻子	那不是你女儿的命好吗？
康　六	谁呢？
刘麻子	庞总管！你也听说过庞总管吧？侍候着太后，红的不得了，连家里打醋的瓶子都是玛瑙做的！
康　六	刘大爷，把女儿给太监做老婆，我怎么对得起人呢？
刘麻子	卖女儿，无论怎么卖，也对不起女儿！你糊涂！你看，姑娘一过门，吃的是珍馐美味，穿的是绫罗绸缎，这不是造化吗？怎样，摇头不算点头算，来个干脆的！
康　六	自古以来，哪有……他就给十两银子？
刘麻子	找遍了你们全村儿，找得出十两银子找不出？在乡下，五斤白面就换个孩子，你不是不知道！
康　六	我，唉！我得跟姑娘商量一下！
刘麻子	告诉你，过了这个村可没有这个店，耽误了事别怨我！快去快来！
康　六	唉！我一会儿就回来！
刘麻子	我在这儿等着你！
康　六	（慢慢地走出去）
刘麻子	（凑到松二爷、常四爷这边来）乡下人真难办事，永远没有个痛

痛快快！

松二爷　这号生意又不小吧？

刘麻子　也甜不到哪儿去，弄好了，赚个元宝！

常四爷　乡下是怎么了？会弄得这么卖儿卖女的！

刘麻子　谁知道！要不怎么说，就是一条狗也得托生在北京城里嘛！

常四爷　刘爷，您可真有个狠劲儿，给拉拢这路事！

刘麻子　我要不分心，他们还许找不到买主呢！（忙岔话）松二爷，
　　　　（掏出个小时表来）您看这个！

松二爷　（接表）好体面的小表！

刘麻子　您听听，嘎登嘎登地响！

松二爷　（听）这得多少钱？

刘麻子　您爱吗？就让给您！一句话，五两银子！您玩够了，不爱再要了，
　　　　我还照数退钱！东西真地道，传家的玩艺！

常四爷　我这儿正咂摸这个味儿：咱们一个人身上有多少洋玩艺儿啊！老
　　　　刘，就看你身上吧：洋鼻烟，洋表，洋缎大衫，洋布裤褂……

刘麻子　洋东西可是真漂亮呢！我要是穿一身土布，像个乡下脑壳，谁还
　　　　理我呀！

常四爷　我老觉乎着咱们的大缎子，川绸，更体面！

刘麻子　松二爷，留下这个表吧，这年月，戴着这么好的洋表，会教人另
　　　　眼看待！是不是这么说，您哪？

松二爷　（真爱表，但又嫌贵）我……

刘麻子　您先戴两天，改日再给钱！
　　　　〔黄胖子进来。

黄胖子　（严重的沙眼，看不清楚，进门就请安）哥儿们，都瞧我啦！我
　　　　请安了！都是自己弟兄，别伤了和气呀！

王利发　这不是他们，他们在后院哪！

○ 叶浅予速写《茶馆》（一）.

黄胖子　　我看不大清楚啊！掌柜的，预备烂肉面。有我黄胖子，谁也打不起来！（往里走）

二德子　　（出来迎接）两边已经见了面，您快来吧！

〔二德子同黄胖子入内。

〔茶房们一趟又一趟地往后面送茶水。老人进来，拿着些牙签、胡梳、耳挖勺之类的小东西，低着头慢慢地挨着茶座儿走；没人买他的东西。他要往后院去，被李三截住。

李　三　　老大爷，您外边蹓跶吧！后院里，人家正说和事呢，没人买您的东西！（顺手儿把剩茶递给老人一碗）

松二爷　　（低声地）李三！（指后院）他们到底为了什么事，要这么拿刀动杖的？

李　三　　（低声地）听说是为一只鸽子。张宅的鸽子飞到了李宅去，李宅不肯交还……唉，咱们还是少说话好，（问老人）老大爷您高寿啦？

老　人　　（喝了茶）多谢！八十二了，没人管！这年月呀，人还不如一只鸽子呢！唉！（慢慢走出去）

〔秦仲义，穿得很讲究，满面春风，走进来。

王利发	哎哟！秦二爷，您怎么这样闲在，会想起下茶馆来了？也没带个底下人？
秦仲义	来看看，看看你这年轻小伙子会做生意不会！
王利发	唉，一边做一边学吧，指着这个吃饭嘛。谁叫我爸爸死的早，我不干不行啊！好在照顾主儿都是我父亲的老朋友，我有不周到的地方，都肯包涵，闭闭眼就过去了。在街面上混饭吃，人缘儿顶要紧。我按着我父亲遗留下的老办法，多说好话，多请安，讨人人的喜欢，就不会出大岔子！您坐下，我给您沏碗小叶茶去！
秦仲义	我不喝！也不坐着！
王利发	坐一坐！有您在我这儿坐坐，我脸上有光！
秦仲义	也好吧！（坐）可是，用不着奉承我！
王利发	李三，沏一碗高的来！二爷，府上都好？您的事情都顺心吧？
秦仲义	不怎么太好！
王利发	您怕什么呢？那么多的买卖，您的小手指头都比我的腰还粗！
唐铁嘴	（凑过来）这位爷好相貌，真是天庭饱满，地阁方圆。虽无宰相之权，而有陶朱之富！
秦仲义	躲开我！去！
王利发	先生，你喝够了茶，该外边活动活动去！（把唐铁嘴轻轻推开）
唐铁嘴	唉！（垂头走出去）
秦仲义	小王，这儿的房租是不是得往上提那么一提呢？当年你爸爸给我的那点租钱，还不够我喝茶用的呢！
王利发	二爷，您说得对，太对了！可是，这点小事用不着您分心，您派管事的来一趟，我跟他商量，该长多少租钱，我一定照办！是！嗻！
秦仲义	你这小子，比你爸爸还滑！哼，等着吧，早晚我把房子收回去！
王利发	您甭吓唬着我玩，我知道您多么照应我，心疼我，决不会叫我挑着大茶壶，到街上卖热茶去！

秦仲义　你等着瞧吧!

〔乡妇拉着个十来岁的小妞进来。小妞的头上插着一根草标。李三本想不许她们往前走，可是心中一难过，没管。她们俩慢慢地往里走。茶客们忽然都停止说笑，看着她们。

小　妞　（走到屋子中间，立住）妈，我饿! 我饿!

〔乡妇呆视着小妞，忽然腿一软，坐在地上，掩面低泣。

秦仲义　（对王利发）轰出去!

王利发　是! 出去吧，这里坐不住!

乡　妇　哪位行行好? 要这个孩子，二两银子!

常四爷　李三，要两个烂肉面，带她们到门外吃去!

李　三　是啦! （过去对乡妇）起来，门口等着去，我给你们端面来!

乡　妇　（立起，抹泪往外走，好像忘了孩子；走了两步，又转回身来，搂住小妞吻她）宝贝! 宝贝!

王利发　快着点吧!

〔乡妇、小妞走出去。李三随后端出两碗面去。

王利发　（过来）常四爷，您是积德行好，赏给她们面吃! 可是，我告诉您: 这路事儿太多了，太多了! 谁也管不了! （对秦仲义）二爷，您看我说的对不对?

常四爷　（对松二爷）二爷，我看哪，大清国要完!

秦仲义　（老气横秋地）完不完，并不在乎有人给穷人们一碗面吃没有。小王，说真的，我真想收回这里的房子!

王利发　您别那么办哪，二爷!

秦仲义　我不但收回房子，而且把乡下的地，城里的买卖也都卖了!

王利发　那为什么呢?

秦仲义　把本钱拢在一块儿，开工厂!

王利发　开工厂?

秦仲义　　嗯，顶大顶大的工厂！那才救得了穷人，那才能抵制外货，那才能救国！（对王利发说而眼看着常四爷）唉，我跟你说这些干什么，你不懂！

王利发　　您就专为别人，把财产都出手，不顾自己了吗？

秦仲义　　你不懂！只有那么办，国家才能富强！好啦，我该走啦。我亲眼看见了，你的生意不错，你甭再耍无赖，不长房钱！

王利发　　您等等，我给您叫车去！

秦仲义　　用不着，我愿意蹓跶蹓跶！

（秦仲义往外走，王利发送。）

〔小牛儿搀着庞太监走过来。小牛儿提着水烟袋。

庞太监　　哟！秦二爷！

秦仲义　　庞老爷！这两天您心里安顿了吧？

庞太监　　那还用说吗？天下太平了，圣旨下来，谭嗣同问斩！告诉您，谁敢改祖宗的章程，谁就掉脑袋！

秦仲义　　我早就知道！

〔茶客们忽然全静寂起来，几乎是闭住呼吸地听着。

庞太监　　您聪明，二爷，要不然您怎么发财呢！

秦仲义　　我那点财产，不值一提！

庞太监　　太客气了吧？您看，全北京城谁不知道秦二爷！您比做官的还厉害呢！听说呀，好些财主都讲维新！

秦仲义　　不能这么说，我那点威风在您的面前可就施展不出来了！哈哈哈！

庞太监　　说得好，咱们就八仙过海，各显其能吧！哈哈哈！

秦仲义　　改天过去给您请安，再见！（下）

庞太监　　（自言自语）哼，凭这么个小财主也敢跟我逗嘴皮子，年头真是改了！（问王利发）刘麻子在这儿哪？

王利发　　总管，您里边歇着吧！

〔刘麻子早已看见庞太监，但不敢靠近，怕打搅了庞太监、秦仲义的谈话。

刘麻子　　喝，我的老爷子！您吉祥！我等了您好大半天了！

（搀庞太监往里面走）

〔宋恩子、吴祥子过来请安，庞太监对他们耳语。

〔众茶客静默了一阵之后，开始议论纷纷。

茶客甲　　谭嗣同是谁？

茶客乙　　好像听说过！反正犯了大罪，要不，怎么会问斩呀！

茶客丙　　这两三个月了，有些做官的，念书的，乱折腾乱闹，咱们怎能知道他们捣的什么鬼呀！

茶客丁　　得！不管怎么说，我的铁杆庄稼又保住了！姓谭的，还有那个康有为，不是说叫旗兵不关钱粮，去自谋生计吗？心眼多毒！

茶客丙　　一份钱粮倒叫上头克扣去一大半，咱们也不好过！

茶客丁　　那总比没有强啊！好死不如赖活着，叫我去自己谋生，非死不可！

◎叶浅予速写《茶馆》(二)。

王利发　诸位主顾，咱们还是莫谈国事吧！

〔大家安静下来，都又各谈各的事。

庞太监　（已坐下）怎么说？一个乡下丫头，要二百银子？

刘麻子　（侍立）乡下人，可长得俊呀！带进城来，好好地一打扮、调教，准保是又好看，又有规矩！我给您办事，比给我亲爸爸做事都更尽心，一丝一毫不能马虎！

〔唐铁嘴又回来了。

王利发　铁嘴，你怎么又回来了？

唐铁嘴　街上兵荒马乱的，不知道是怎么回事！

庞太监　还能不搜查搜查谭嗣同的余党吗？唐铁嘴，你放心，没人抓你！

唐铁嘴　嗻，总管，您要能赏给我几个烟泡儿，我可就更有出息了！

〔有几个茶客好像预感到什么灾祸，一个个往外溜。

松二爷　咱们也该走啦吧！天不早啦！

常四爷　嗻，走吧！

〔二灰衣人——宋恩子和吴祥子走过来。

宋恩子　等等！

常四爷　怎么啦？

宋恩子　刚才你说"大清国要完"？

常四爷　我，我爱大清国，怕它完了！

吴祥子　（对松二爷）你听见了？他是这么说的吗？

松二爷　哥儿们，我们天天在这儿喝茶。王掌柜知道：我们都是地道老好人！

吴祥子　问你听见了没有？

松二爷　那，有话好说，二位请坐！

宋恩子　你不说，连你也锁了走！他说"大清国要完"，就是跟谭嗣同一党！

松二爷　　我，我听见了，他是说……

宋恩子　　（对常四爷）走！

常四爷　　上哪儿？事情要交代明白了啊！

宋恩子　　你还想拒捕吗？我这儿可带着"王法"呢！（掏出腰中带着的铁
　　　　　链子）

常四爷　　告诉你们，我可是旗人！

吴祥子　　旗人当汉奸，罪加一等！锁上他！

常四爷　　甭锁，我跑不了！

宋恩子　　量你也跑不了！（对松二爷）你也走一趟，到堂上实话实说，没
　　　　　你的事！

　　　　〔黄胖子同三五个人由后院过来。

黄胖子　　得啦，一天云雾散，算我没白跑腿！

松二爷　　黄爷！黄爷！

黄胖子　　（揉揉眼）谁呀？

松二爷　　我！松二！您过来，给说句好话！

黄胖子　　（看清）哟，宋爷，吴爷，二位爷办案哪？请吧！

松二爷　　黄爷，帮帮忙，给美言两句！

黄胖子　　官厅儿管不了的事，我管！官厅儿能管的事吗，我不便多嘴！
　　　　　（问大家）是不是？

　　众　　嘛，对！

　　　　〔宋恩子、吴祥子带着常四爷、松二爷往外走。

松二爷　　（对王利发）看着点我们的鸟笼子！

王利发　　您放心，我给送到家里去！

　　　　〔常四爷、松二爷、宋恩子、吴祥子同下。

黄胖子　　（唐铁嘴告以庞太监在此）哟，老爷在这儿哪？听说要安份儿家，
　　　　　我先给您道喜！

庞太监	等吃喜酒吧！
黄胖子	您赏脸！您赏脸！（下）

〔乡妇端着空碗进来，往柜上放。小妞跟进来。

小　妞	妈！我还饿！
王利发	唉！出去吧！
乡　妇	走吧，乖！
小　妞	不卖妞妞啦？妈！不卖啦？妈！
乡　妇	乖！（哭着，携小妞下）

〔康六带着康顺子进来，立在柜台前。

康　六	姑娘！顺子！爸爸不是人，是畜生！可你叫我怎办呢？你不找个吃饭的地方，你饿死！我不弄到手几两银子，就得叫东家活活地打死！你呀，顺子，认命吧，积德吧！
康顺子	我，我……（说不出话来）
刘麻子	（跑过来）你们回来啦？点头啦？好！来见见总管！给总管磕头！
康顺子	我……（要晕倒）
康　六	（扶住女儿）顺子！顺子！
刘麻子	怎么啦？
康　六	又饿又气，昏过去了！顺子！倾子！
庞太监	我要活的，可不要死的！

〔静场。

茶客甲	（正与乙下象棋）将！你完啦！

——幕落

赏析

（一）谈《茶馆》的魅力

《茶馆》这个剧本，老舍先生1957年最后完成，我们1957年赶排，1958年春节演出。从1958年到现在，大家都知道，中间隔了10年不演戏，就是这样，这出戏也演了400多场了。在1949年以后写出的剧本里头，有这么长寿命的，好像还没有。尽管拍了电影、电视，只要再演，仍然受到欢迎。而且内行赞成，外行也赞成，年纪大的人喜欢看，年轻人也喜欢看。讲起中国话剧的现实主义传统来，要提到它，一些喜欢探讨新的现代戏剧观的年轻朋友们，也常常拿出《茶馆》这个剧作依据。另外，中国人喜欢看，外国人也喜欢看。就是这么一个很特殊的现象。那么，《茶馆》的魅力到底在哪儿？

我想第一条，这个剧本写得"真"，就像老舍先生的为人那样"真"。老舍先生是结交三教九流的，他是精通世故的。他不精通世故写不了《茶馆》。但老舍先生对人对事又是非常真挚的。我觉得缺少了这种真挚也写不成《茶馆》。一个老人，精通世故而不世故，返璞归真，待人特别真诚，我觉得这种品格，就决定了他写东西不撒谎，不浮夸，不说假话。我们看过老舍先生《出口成章》中的那些文章，老舍有时不惜用比较刻薄的话反对那些充满生造的新名词，华而不实的文章。由于老舍先生有那么一种品格，所以在他的作品里头，就没有故作多情的东西，没有矫饰，没有文字上的做作和雕琢。而且对那种文字现象，老舍简直是深恶痛绝。但评价他的真实，我不愿用"提高"、"加工"这样的词，倒情愿用"提炼"或"筛选"这样的词。他的《茶馆》，真是像沙里淘金一样，排除了大量沙子之后，找出了本身就有光的那点东西，他既没拔高，也没夸张。

第二点，老舍先生对党、对革命、对新中国有强烈的感情，他的这种政治倾向，在这个剧本里，完全化在人物命运当中。《茶馆》在国外演出时，特别在欧洲演出时，反响非常强烈。欧洲的观众，就是他们的知识分子，关于中国了解得很少。他们对中国的偏见很深，不少人认为中国的剧作就是政治宣传。看了《茶馆》以后，他们说，出乎意外，没有看到什么标语口号，这个戏是纯粹的话剧，是西方能接受的形式，但纯粹写的中国的历史。看完了以后，各国观众一致反映，他们懂得了中国为什么要爆发革命，而且这个革命为什么一定胜利。

（二）古今中外罕见的第一幕

《茶馆》演出，要出剧本，请曹禺写序。他很快交卷，曹禺同志写出以下的文字：

> "我记得读到《茶馆》的第一幕时，我的心怦怦然，几乎跳出来。我处在一种狂喜之中，这正是我一旦读到了好作品的心情。我曾对老舍先生说：'这第一幕是古今中外剧作中罕见的第一幕'。如此众多的人物，活灵活现，勾画出了戊戌政变后的整个中国的形象。这四十来分钟的戏，也可以敷衍成几十万字的文章，而老舍先生举重若轻，毫不费力地把泰山般重的时代托到观众面前，这真是大师的手笔……"

曹禺同志不但写了这篇序，以后，他碰见我们，总是夸老舍的这个第一幕："那个第一幕是经典呐……戏多么快呀……叫人心跳！"我们也觉得好，但不像曹禺同志那么深，着迷。"古今中外"不是随便说的啊！

为了别的事我读了《诗学》，读了亚里士多德给悲剧下了的定义：

> "悲剧是对于一个严肃、完整、有一定长度的行动的摹仿：它的媒介是语言，具有各种悦耳之音，分别在剧的各部分使用；摹仿方式是借人物的动作来表达，而不是采用叙述法：借引起怜悯与恐惧来使这种情感得到净化。"

这里我看到了两句话："媒介是语言……借人物的动作来表达"，再一句："不是采用叙述法"，……用我们的话说，就是：要有动作性的台词，不要叙述法。

请读者再看一下老舍的第一幕，那些人物，无论好人和坏人，都有要表达的动作，刘麻子有，还很积极；康六也有动作性，他要挣扎，一家大小的生死等着他，他怎么不急！下棋的人也有他们的"胜、败、生、死"的忧乐。所以，茶馆里并不太平，大家都在"动作"着，"没有采用叙述法"。由此，使这幕戏，在四十来分钟里，竟然画出了戊戌政变后的整个中国的形象，还是在这四十来分钟里，四五十人物，从"谭嗣同问斩"到"康顺子磕了头"，大大小小的事件有多少，确实是一幅长卷，"这真是大师的手笔！"

英国，威廉·阿契尔（1856—1924），戏剧理论家，写了一本《剧作法》，里面单写了一章，就叫《第一幕》。足见怎么写好"第一幕"也是一门学问了。可惜他没有见着《茶馆》第一幕，这是他的遗憾。

（三）"本色、当行""不工而工"

现在请出一位我国古人臧晋叔（1550—1620），编《元曲选》的，他的文学主张，相当进步，很有鉴赏眼光，他推崇元人杂剧，倡导"本色"，"当行"。赞元人杂剧妙在"不工而工"。"本色"，是指不瞎玩弄词藻；"当行"就是每个人不管白口还是唱词，都有自己的性格，不是张三的词李四也可以唱，王五的话赵六也可以说。"不工而工"，就是看起来不费力气，其实是用了很大的工夫，得到了自然的结果。我觉得这八个字，老舍先生是无愧于前人的。

先说本色，我给大家一个数字。我说的这个数字，抛去了舞台说明，还有比如"常四爷：大清国要完"，"常四爷"那仨字。我说的是纯粹台上对话的那个字数。第

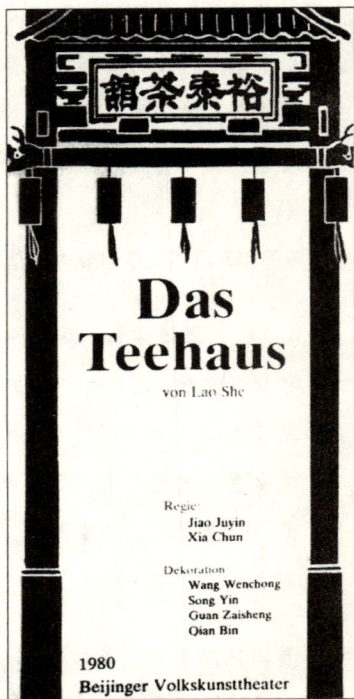

◎《茶馆》在德国演出的海报。

一幕有二十二人说话。这幕戏概括了戊戌政变后的世情，一共三千一百零三个字，当然不算标点、空格。第二幕说话的有十九人，字数五千九百零六字。三幕讲话的是二十四人，对话字数八千六百六十八个。大傻杨的数来宝是七百八十四个字。整个《茶馆》对话和数来宝的字数是一万八千四百六十一个，上下差不了几个字。没有冷僻的字，没有生造的词，没有浮夸的感情描写，更没有那种装模作样的警句。我们现在都追求戏剧创作的哲理性。有时我发现，某些剧本文字上好像很有哲理，你看两遍之后，觉得根本是一篇大白话，是装模作样的警句。而老舍却是用"大白话"说出了许多引人深思的道理。没有任何装模作样的语言。可惜我没统计，老人家这一万八千四百六十一个字，剔除了重复用的到底还剩多少字，很可能没出"千字文"。没有一个中学生不能看这个剧本的。老舍先生就用最平常的字，组成一万八千多字的对话，概括了半个世纪的历史，而且概括得那么生动、深刻。老舍先生运用语言的能力，确实是无愧于前人了。

《茶馆》像一条很广阔的河流，非常之流畅、朴实，也非常之深。西方不是有这样一句谚语吗？浪花翻得高的，就是肤浅的，相反，表面平静的是深刻的。我觉得《茶馆》就是表面平静，但却很深、很广的一条河流，不是表面浪花翻滚，其实没不了膝盖的溪流。它是条表面平静，却很流畅、深广的河。这是说"本色"。

再说"当行"，用现在的话说，就是台词的性格化。不多举例了。你就看第一幕，庞太监一上场，秦二爷和庞太监的对话。一个显然是慈禧派的人物，一个显然是光绪派，维新的，要干实业。这么两个人凑到一块，他完全写的是两个性格的斗争，并不直接去写政治斗争。要是咱们按路线斗争的路子写，这段戏不知要写多么长。头一句秦二爷问庞太监："庞老爷，这两天您安顿了吧？"话里就有刺。那边就说了："那还用说吗？圣旨下来了，谭嗣同问斩。"两人的话，除了表现出政治观点的不同外，两人谁都不能容谁的那种性格，简直跃然纸上。不管文学也好，戏剧也好，只能是性格化的斗争，不管前景是什么，你写的题材是什么，必须变为性格斗争，才能有戏。

第三个问题，"不工而工"，"寓教于乐"。老舍先生是大雅近俗。老舍先生说：

写戏得"叫座儿"。而且"叫座儿"这个词，他还公然写在文章里发表。像我们这些同行们，总有点知识分子的清高。"叫座儿"仨字是不会说的。但老先生愣是将它写进文章里。这就是老舍先生率真的地方，戏不叫座不行。我们再谈艺术崇高的目的，不叫座也不行。所以他写戏确实是想到观众的。

我觉得老舍有两个平等，第一，他对观众很平等，第二，他对他写的人物很平等。他是尊重观众的，他成功的戏中，没有一个是站在台上教训观众的。另外，他对所写的人物也是很平等的，无非有爱有憎就是了。那些人物就是他周围的人，他不想以高深示人，也不强加给那些人一些他们不该说的话。我觉得他写戏的时候，第一尊重生活，第二心里有看戏的人。所以他写的戏观众爱看，演员爱演，别管你有多大本事，在这些戏中都能发挥出来。

老舍先生的作品没有叫人看了累得慌的。我是觉得确实做到了"不工而工"。这就是我对《茶馆》这个剧本的看法，一个是他的真实；一个是他把政治倾向隐藏在性格描写当中；再就是"本色当行，不工而工"。我觉得《茶馆》的生命和魅力，与这几点有直接的关系。

（于是之）

附 录

老舍作品要目

长篇小说

老张的哲学		上海商务印书馆 1928 年 1 月初版。
赵子曰		上海商务印书馆 1928 年 4 月初版。
二马		上海商务印书馆 1931 年 4 月初版。
小坡的生日		上海生活书店 1934 年 7 月初版。
猫城记		上海现代书局 1933 年 8 月初版。
离婚		上海良友图书公司 1933 年 8 月初版。
牛天赐传		上海人间书屋 1936 年 3 月初版。
骆驼祥子		上海人间书屋 1939 年 3 月初版。
文博士		香港作者书社 1940 年 11 月初版。
火葬		重庆上海晨光出版公司 1944 年 5 月初版。
四世同堂	第一部：惶惑	上海良友复兴印刷公司 1946 年 1 月初版。
	第二部：偷生	上海晨光出版公司 1946 年 11 月初版。
	第三部：饥荒	香港文化生活出版社 1975 年 1 月初版。
	三部合订本	天津百花出版社与四川人民出版社 1979 年 10 月出版。
	缩写本（据 Ida Pruitt 英译本《The Yellow Storm》，美国纽约 Harcourt Brece 出版社 1951 年译出，补入以上各种版本未收的 88 — 100 段）	
		北京出版社 1984 年 3 月初版。

鼓书艺人（据 Helena Kuo 英译本《The Drum Singers》，1952 年纽约出版，转译）

　　　　　　　　　　　　　　人民文学出版社 1980 年 10 月初版。

无名高地有了名　　　　　　　人民文学出版社 1955 年 5 月初版。

正红旗下　　　　　　　　　　人民文学出版社 1980 年 6 月初版。

中短篇小说

赶集　　　　　　　　　　　　上海良友图书印刷公司 1934 年 9 月初版。

樱海集　　　　　　　　　　　上海人间书屋 1935 年 8 月初版。

蛤藻集　　　　　　　　　　　上海开明书店 1936 年 11 月初版。

火车集　　　　　　　　　　　上海杂志公司 1939 年 8 月初版。

贫血集　　　　　　　　　　　重庆文聿出版社 1944 年 3 月初版。

戏　剧

残雾（话剧）　　　　　　　　重庆商务印书馆 1940 年 4 月初版。

张自忠（话剧）　　　　　　　重庆华中图书公司 1941 年 1 月初版。

面子问题（话剧）　　　　　　重庆正中书局 1941 年 4 月初版。

国家至上（话剧，与宋之的合著）重庆上海杂志公司 1940 年 12 月初版。

大地龙蛇（话剧歌舞剧）　　　重庆国民图书出版社 1941 年 11 月初版。

归去来兮（话剧）　　　　　　重庆作家书屋 1943 年 2 月初版。

谁先到了重庆（话剧）　　　　重庆联友出版社 1943 年 2 月初版。

王老虎（又名《虎啸》，话剧，与赵清阁、萧亦五合著）

　　　　　　　　　　　　　　载《文学创作》1943 年 4 月第 1 卷第 6 期。

桃李春风（又名《金声玉振》，话剧，与赵清阁合著）

成都中西书局 1943 年 12 月初版。

方珍珠（话剧） 上海晨光出版公司 1950 年 10 月初版。

龙须沟（话剧） 北京大众书店 1951 年 1 月初版。

春华秋实（话剧） 人民文学出版社 1953 年 8 月初版。

柳树井（曲剧） 北京宝文堂书店 1952 年 2 月初版。

青年突击队（话剧） 大众出版社 1955 年 9 月初版。

西望长安（话剧） 作家出版社 1956 年 3 月初版。

十五贯（京剧，据昆曲改编） 人民出版社 1956 年 10 月初版。

茶馆（话剧） 中国戏剧出版社 1958 年 6 月初版。

红大院（话剧） 作家出版社 1959 年 5 月初版。

女店员（话剧） 天津百花文艺出版社 1959 年 6 月初版。

青霞丹雪（京剧） 出版社 1959 年 7 月初版。

全家福（话剧） 作家出版社 1959 年 8 月初版。

神拳（原名《义和团》，话剧） 中国戏剧出版社 1963 年 5 月初版。

宝船（儿童歌剧） 中国少年儿童出版社 1961 年 12 月初版。

荷珠配（话剧，据川剧改编） 中国戏剧出版社 1962 年 4 月初版。

散文 · 诗歌 · 曲艺

老舍幽默诗文集（诗歌、杂文小品） 上海时代图书公司 1934 年 4 月初版。

三四一（通俗文艺） 重庆独立出版公司 1938 年 11 月初版。

剑北篇（长诗）	文艺奖助金管理委员会出版部（重庆）1942 年 5 月初版。
过新年（曲艺）	上海晨光出版公司1951 年 2 月初版。
我热爱新北京（散文）	北京出版社 1979 年 4 月初版。

理论批评·创作经验

文学概论讲义	齐鲁大学文学院30年代初作为内部教材印刷发行，北京出版社 1984 年 6 月初版。
老牛破车	上海人间书屋 1937 年 4 月初版。
福星集	北京出版社 1958 年 5 月初版。
小花朵集	天津百花文艺出版社 1963 年 3 月初版。
出口成章	作家出版社 1964 年 2 月初版。
老舍论创作	上海文艺出版社 1980 年 2 月初版。
老舍生活与创作自述	香港生活·读书·新知三联书店 1980 年 4 月初版。
老舍论剧	中国戏剧出版社 1981 年 12 月初版。
老舍文艺评论集	合肥安徽人民出版社 1982 年 6 月初版。
老舍曲艺文选	中国曲艺出版社 1982 年 12 月初版。

选集·文集

老舍选集	上海开明书店 1951 年 8 月初版。

老舍短篇小说选   人民文学出版社 1956 年 10 月初版。

老舍剧作选   人民文学出版社 1959 年 9 月初版。

老舍诗选（旧体诗）   九龙狮子会 1980 年 12 月初版。

老舍小说集外集   北京出版社 1982 年 3 月初版。

老舍剧作全集（四卷）   北京中国戏剧出版社1982年6月—1985年
                                       8 月初版。

老舍幽默文集   长沙湖南人民出版社 1983 年 1 月初版。

老舍新诗选   石家庄花山文艺出版社 1983 年 8 月初版。

老舍散文选   天津百花文艺出版社 1984 年 5 月初版。

老舍文集（十六卷）   人民文学出版社 1980 年 11 月—1991 年
                                       5 月初版。